SCHULD

EIN COLD-CASE-TEAM THRILLER

PATRICK BUROW

W0387179

Schuld - Ein Cold-Case-Team Thriller
© 2021 Patrick Burow
Alle Rechte vorbehalten
1.Auflage, Januar 2021

Covergestaltung: Buchcoverdesign.de / Christian Gilcher - https://buchvoverdesign.de
Bildrechte: Adobe Stock ID 131283988 und freepk.com

Lektorat: Kanut Kirches

Korrektorat: Rebecca Feist

Herausgeber: Dr. Patrick Burow, c/o AutorenServices.de, Birkenallee 24, 36037 Fulda

Dieses Werk ist urheberrechtlich geschützt. Jegliche Vervielfältigung und Verwertung ist nur mit schriftlicher Genehmigung des Autors zulässig.

Alle in diesem Roman geschilderten Handlungen und Personen sind frei erfunden. Ähnlichkeiten mit lebenden oder verstorbenen Personen sind zufällig und nicht beabsichtigt.

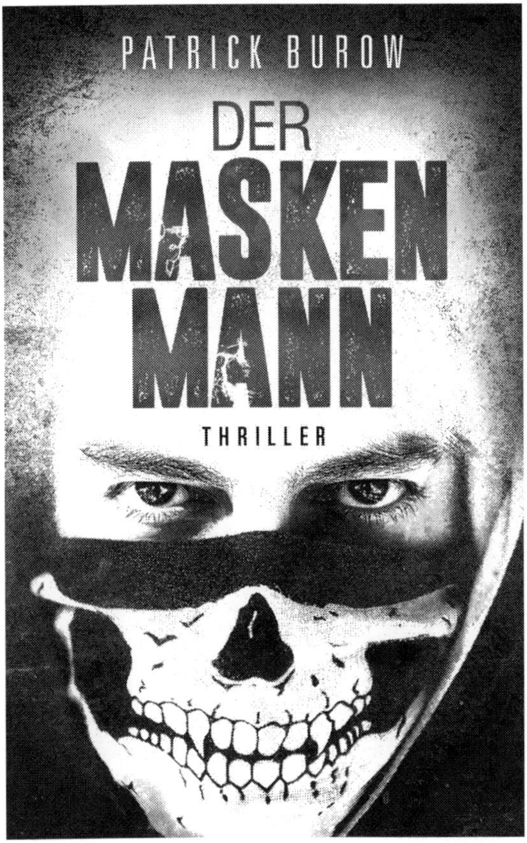

Hole dir den kostenlosen Kurzthriller
“Der Maskenmann”
- mehr dazu am Ende des Buches

PROLOG

Splitterndes Glas zerriss die Stille. Katharina von Allwörden zuckte zusammen und stieß dabei den Ordner mit der Aufschrift *Gründung Alsternet GmbH* um.

Das Geräusch war aus Richtung Empfangsraum gekommen. Das konnte nicht sein. Sie war an diesem Freitagabend alleine in der Kanzlei. Ihre Sekretärin hatte sich schon vor Stunden ins Wochenende verabschiedet.

Das Geräusch zersplitternden Glases war aber unverkennbar gewesen. Erst ein Knall, dann ein klirrender Regen und schließlich der klackernde Aufprall der Scherben auf dem Holzfußboden. War es von der Glastür zum Flur gekommen? Versuchte jemand einzubrechen?

Instinktiv streckte sie die Hand nach der Schreibtischschublade aus, doch sie war leer. Früher, als sie noch ihre Kanzlei in St. Pauli gehabt hatte, hatte immer ein Revolver griffbereit in der Schublade gelegen. Zuhälter, Schläger und Killer waren damals ihre Mandanten gewesen. In ihrer neuen, auf Wirtschaftsrecht spezialisierten Kanzlei am Baumwall hatte sie sich jedoch immer sicher gefühlt. Bis jetzt.

Katharina von Allwörden lauschte angestrengt. Zuerst hörte sie nichts. Doch dann ertönte das Knarren der Dielen des über hundertjährigen Kontorhauses.

Die Anwältin hielt inne. Schritte näherten sich. Sie spürte, wie ihr Pulsschlag sich beschleunigte. Schwere Schritte. Jetzt war sie wirklich alarmiert. Reglos starrte sie auf die Zimmertür. Sie konnte nicht flüchten. Ihr Büro hatte nur eine Tür und lag im 6. Stock.

Die Eichentür mit vier Füllungen war im Laufe der Zeit nachgedunkelt, das erst kürzlich ausgetauschte golden glänzende Messingschloss stand in auffälligen Kontrast dazu.

Von Allwörden griff nach dem Telefonhörer. Im selben Moment sah sie, wie die Türklinke heruntergedrückt wurde, ganz langsam. Wie gelähmt fixierte sie die sich öffnende Tür.

Ein Mann mit einer Pistole kam herein.

Katharina von Allwörden fiel der Hörer aus der Hand. Ihre Lippen zitterten, sie brachte kein Wort heraus. Schon immer hatte sie sich gefragt, wie es sich anfühlen würde, in den Lauf einer Pistole zu schauen. Jetzt wusste sie es. Sie hielt unwillkürlich den Atem an und ihr Herzschlag setzte aus.

»Machen Sie exakt, was ich Ihnen sage, oder ich jage Ihnen eine Kugel in den Schädel«, sagte er mit bedrohlich ruhiger Stimme.

Der Mann zielte genau zwischen ihre Augen. Wie paralysiert starrte sie auf die silbern eingefasste Mündung der mattschwarzen Pistole.

»Stehen Sie auf und drehen Sie sich zum Fenster.«

Katharina von Allwörden brauchte einen Augenblick, um sich aus ihrer Schockstarre zu lösen. Sie erhob sich aus dem Drehsessel und stellte sich ans Fenster.

»Hände auf den Rücken.«

Der Mann zog ein Seil aus seiner Jackentasche. Die

Anwältin spürte, wie sich die raue Faser um ihre Handgelenke zuzog.

Würde der grandiose Ausblick auf die Elbphilharmonie und den Hafen das Letzte sein, was sie in diesem Leben sehen würde?

1

Staatsanwalt Michael Thomforde legte einen durchsichtigen Plastikbeutel mit einem daumendicken Seil darin auf den Labortisch. »Du musst mir helfen, Nils. Der Fall ist hoffnungslos. Wir brauchen dringend etwas, um den Täter dingfest zu machen.«

Nils Ohnsorg sah von seinem Mikroskop auf. »Hallo, Michael, welch angenehme Überraschung.» Er streifte seine blauen Latexhandschuhe ab und schüttelte Michael die Hand. Sein Lieblingsstaatsanwalt hatte schon besser ausgesehen. Sein Alter von über fünfzig Jahren war ihm durch die graumelierten Haare und das zerfurchte Gesicht deutlich anzusehen, aber er hatte immer noch diese scharf beobachtenden Augen. Vor fünf Jahren war Michael zum ersten Mal zu ihm in das Privatlabor Hanse Forensik gekommen, weil das Labor des Landeskriminalamts hoffnungslos überlastet gewesen war, und Nils hatte ihm schnell die gewünschte Analyse geliefert. Danach war Michael immer wieder mit Aufträgen zu ihm gekommen. Sie hatten zusammen Dutzende von Schlachten im Gerichtssaal miteinander geschlagen. Und jedes Mal gewonnen.

»Na, was hast du mir heute mitgebracht?« Nils schob sich

die Plastikbrille von der Stirn auf die Nase und sah auf den Plastikbeutel.

»Es ist ein schwieriger Fall, den nur der DNA-Papst lösen kann.« Michael ließ sich auf einen Drehstuhl fallen.

Nils strich sich den weißen Kittel glatt. »Du schmierst mir Honig um den Bart.«

»Nein, im Ernst, Nils, du hast die Gabe, auch dort noch kleinste Spuren zu finden, wo andere längst aufgegeben haben.«

»Ich sehe eben genauer hin als andere und erziele damit mehr Treffer. Also, worum geht es?«

»Katharina von Allwörden, eine Anwältin. Ihre Kanzlei liegt in der Nähe der Speicherstadt. Sie wurde in ihrem Büro überfallen, gefesselt und erdrosselt. Der Täter hat eine größere Menge Bargeld aus ihrem Tresor erbeutet.«

»Ach, der Anwaltsmord. Das war ja vor ein paar Tagen ganz groß in der *Bild.*« Wieder so ein langweiliger Mord, dachte er und blickte zum Fenster hinaus. Draußen zog ein Containerschiff auf der Elbe gemächlich dahin.

»Ein Mord an einer Staranwältin ist nicht gerade alltäglich, und es gibt noch keine heiße Spur. Der Behördenleiter und die Medien sitzen mir im Nacken. Ich möchte, dass du dir dieses Seil ansiehst. Mit ihm wurde das Opfer gefesselt.«

»Und auch erdrosselt?«

»Nein, das Seil, mit dem sie erdrosselt wurde, hat schon das LKA untersucht. Erfolglos. Hier ist das Gutachten.« Michael zog das gefaltete Dokument aus dem Sakko und gab es Nils. »Ich hoffe, du findest etwas.«

Nils nahm den Beutel in die Hand und inspizierte ihn. Ein raues, naturfarbenes Seil lag zusammengerollt darin. Es war etwa einen Zentimeter dick und bestand wahrscheinlich aus Sisal. »Wenn du auch nichts findest, bleibt der Mord unaufgeklärt.«

»Gibt es Verdächtige?« Nils legte den Beutel auf den weißen Resopaltisch zurück.

»Nicht wirklich. Die Allwörden war eine kämpferische Verteidigerin, sie hat sich viele Feinde gemacht. Vielleicht wollte jemand aus dem kriminellen Milieu sie als Mitwisserin ausschalten. Es gibt eher zu viele als zu wenige Menschen, die ihr nach dem Leben hätten trachten können.«

»Nicht mal eine Ahnung?«

Michael verzog den Mund. »Ich würde auf Vincent Harms tippen. Er ist ein polizeibekannter Einbrecher. Die Allwörden hat ihn verteidigt, allerdings erfolglos, er hat vier Jahre Freiheitsstrafe kassiert. Grund genug, sich an ihr zu rächen. Und er hat für den Tatzeitpunkt kein Alibi.«

Harms, Vincent Harms. Nils kam der Name vage vertraut vor. Eine verschwommene Erinnerung an einen Gerichtssaal blitzte in seinen Gedanken auf.

»Gibt es Vergleichs-DNA?«

»Ja, Harms' DNA-Profil liegt in der DNA-Analyse-Datei ein. Die Untersuchung habt übrigens auch ihr gemacht. Das ist aber schon lange her.«

»Ich knöpfe mir das Seil mal vor und gebe dir dann Bescheid.«

»Dafür wäre ich dir sehr dankbar.«

Nils legte für die Analyse des Seils eine Nachtschicht ein. Meistens hatte er es nur mit Kripobeamten zu tun. Viele von denen legten keinen Wert auf einen persönlichen Kontakt zu ihm und schickten ihre Aufträge einfach mit der Post. Ein leibhaftiger Staatsanwalt, der sich auch Zeit für einen freundschaftlichen Plausch nahm, war eine Seltenheit im Labor. Im Lauf der Jahre waren sie gute Freunde geworden. Michael hatte ihn sogar einmal in seiner Cessna zu einem Rundflug über Hamburg mitgenommen.

Unter der Leuchtlupe war wie erwartet Hautabrieb an dem Seil zu erkennen. Wenn gefesselte Handgelenke an einem Seil scheuern, kommt es zu einem starken Abrieb. Die spannende Frage war, ob neben den Hautschuppen des Opfers auch welche des Täters zu finden sein würden. Es war ein raues Seil und das Opfer hatte sich sicher gewehrt. Wenn der Täter keine Handschuhe getragen hatte, könnte er bei der Fesselung durchaus eigene Hautschuppen an das Seil angetragen haben. Nils extrahierte die Hautschuppen von dem Seil und gab sie in eine Zentrifuge, die die DNA herausfilterte. Anschließend legte er die Probe in eine Kopiermaschine, die die DNA vervielfältigte. Das alles dauerte eine Weile. Die DNA-Analyse würde insgesamt vier Stunden brauchen. Schließlich gab er die Probe in einen Sequenzierautomaten. Das an einen großen Mulitfunktionsdrucker erinnernde Gerät wertete DNA-Sequenzen automatisch aus. Er war mit einem Computer mit einer speziellen Auswertungssoftware verbunden. Am Ende spuckte der Computer die genetischen Fingerabdrücke als Zahlencodes aus. Und in Form von Zahlencodes ließen DNA-Identifizierungsmuster sich leicht in Datenbanken einspeichern und vergleichen.

Als der Computer nur ein DNA-Identifizierungsmuster ausgab, wusste Nils sofort, dass die Untersuchung ein Fehlschlag war. Er ahnte es schon, aber zur Sicherheit verglich er die Zahlenfolge mit dem LKA-Gutachten. Es war die DNA der ermordeten Anwältin. Die Untersuchung hatte keine Fremd-DNA ergeben.

Er ließ sich auf seinen Stuhl sinken und verschränkte die Hände hinter dem Kopf. Er wollte seinem Freund einen Ermittlungserfolg bescheren. Michael war stolz auf seine hohe Verurteilungsquote und hoffte, demnächst zum Oberstaatsanwalt befördert zu werden. Ein ungelöster prominenter Mordfall wäre da sicher nicht gut. Michael hatte Vincent Harms im Visier, einen polizeibekannten Einbrecher, der sich an seiner Anwältin für eine lange Haftstrafe gerächt hat. Ein Alibi hatte der Mann auch nicht. Wenn Michael Harms für den Schuldigen hielt, es ihm nur nicht beweisen konnte, könnte Nils hier ein wenig nachhelfen.

Die Aufgabe des Labors beschränkte sich darauf, aus den Spuren DNA-Identifizierungsmuster herauszuarbeiten. Den Abgleich der gefundenen DNA-Profile mit gespeicherten DNA-Profilen nahm dann das Bundeskriminalamt vor. Es führte die bundesweite DNA-Analyse-Datei. Bei Übereinstimmung des im Labor festgestellten DNA-Profils mit einem bereits gespeicherten Datensatz ergab sich ein Treffer. Alles, was Nils brauchte, um Michael zu helfen, war der Zahlencode der DNA von Vincent Harms. Er hatte der Gerechtigkeit schon öfter nachgeholfen und würde es auch in diesem Fall wieder tun.

Inzwischen erinnerte er sich auch wieder an den Fall. Es war das erste Mal gewesen, dass er ein Gutachten mündlich vor Gericht vorgetragen hatte. Er war unsicher gewesen, und Michael hatte ihn vor einem scharfen Anwalt in Schutz genommen. Nach etwas Suchen fand er sein damaliges Gutachten auf dem Laborserver. Jetzt musste er nur noch den Zahlencode der DNA von Vincent Harms kopieren und in sein aktuelles Gutachten einfügen. Danach hatte er an dem Seil Fremd-DNA gefunden, nämlich die von Vincent Harms. Das Seil würde er verschwinden lassen, sodass es nicht mehr für eine Zweitbegutachtung zur Verfügung stand. Sowas kam auch in großen und guten Labors immer wieder mal vor.

2

Drei Jahre später. Die Alster unter ihm sah aus wie ein weißes Leichentuch mitten in der Stadt. Im Sommer tummelten sich hunderte weiße Segelboote auf dem blauen Wasser, die Ufer und Parks leuchteten grün und die Fontäne auf der Binnenalster sprudelte munter vor sich hin. Doch jetzt, an diesem 3. Januar, lag die Alster wie tot unter Eis und Schnee begraben.

Michael Thomforde saß allein am Steuer seiner Cessna 172. Er hatte sie *Betty* getauft, eine Koseform von Elisabeth, der Name seiner Jugendliebe. Er war von der Elbe gekommen und flog in nördlicher Richtung über Hamburg. Er zog das Gas heraus und das laute Dröhnen des Triebwerks erstarb zu einem Flüstern. Das Sportflugzeug war ausgetrimmt und lag ruhig in der Luft. An diesem kalten Wintertag war die Sicht bei klarem Himmel gut, und es war windstill. Er musste nichts tun, die Cessna segelte in siebenhundert Meter Höhe einfach geradeaus dem Horizont entgegen. Links unter ihm zog gemächlich die Außenalster vorbei. Für einen Augenblick vergaß er, dass er in einer Maschine saß, und fühlte sich wie ein Vogel.

Normalerweise machte das Fliegen Thomforde glücklich.

Aus der Vogelperspektive sah die Erde sonst immer schön aus. Die grenzenlose Freiheit über den Wolken hatte schon Reinhard Mey besungen. Doch heute wollten seine Ängste und Sorgen nicht so einfach verschwinden. Frauke hatte sich vor sechs Monaten von ihm getrennt und nun wollte sie sich scheiden lassen. Er hatte aus dem Einfamilienhaus ausziehen müssen und lebte jetzt in einer Einzimmerwohnung. Gestern war der Brief von ihrem Anwalt gekommen. Sie wollte das Sorgerecht für die Zwillinge, das Haus und 50.000 Euro Unterhalt im Jahr. Das Schreiben kam einer Kriegserklärung gleich. Seine Hoffnungen auf eine einvernehmliche Scheidung hatten sich damit erledigt. Laura und Luca hatte er nicht mal an Weihnachten sehen dürfen. Ein Umgangsrecht würde er sich erst mühsam vor Gericht erstreiten müssen.

Nur die Cessna durfte er dem Anwaltsbrief nach behalten. Kein Wunder, denn Frauke hatte keinen Flugschein und hasste Fliegen. Thomforde hatte sich die Cessna vor drei Jahren gebraucht für 30.000 Euro gekauft. Der neue SUV, den sich Frauke unter den Nagel gerissen hatte, war das Doppelte wert. Wegen der Kinder brauchte sie ein Auto, hatte sie gemeint.

Vor Thomforde kam der Flughafen Hamburg in Sicht. Die beiden sich kreuzenden Landebahnen sahen wie ein seitenverkehrtes L aus.

»D-EHFR, bleiben Sie vom Flughafen weg«, meldete sich der Fluglotse prompt.

»Verstanden.«

Thomforde drehte ab und segelte in Richtung Süden das andere Alsterufer entlang. Er nahm Kurs auf das 118 Meter hohe Radisson-Blu-Hotel. Der graue Betonklotz markierte den Beginn der Parkanlage *Planten un Blomen*, die sich wie ein schmales Handtuch bis zur Elbe hinzog. Darin lagen auch das Strafjustizgebäude und die Untersuchungshaftanstalt, links am Gorch-Fock-Wall die Staatsanwaltschaft. In diesem

Bermudadreieck hatte er die letzten zwanzig Jahre als Staatsanwalt gearbeitet und jüngst Schiffbruch erlitten.

Es war ein Schock für Thomforde gewesen, als er vor sechs Monaten suspendiert worden war. Drei seiner Anklagen hatten zu Fehlurteilen geführt. Inhaftierte mussten nachträglich freigesprochen und freigelassen werden. Die Sache war von linken Politikern und den Medien zu einem Justizskandal aufgebauscht worden. Dabei hatte nicht er, sondern jemand anderes die entscheidenden Fehler gemacht. Thomforde hatte sich das letzte halbe Jahr den Kopf zermartert, wie es dazu hatte kommen können. Er wünschte, er könnte die Zeit zurückdrehen und hätte die Unschuldigen nicht angeklagt. Sein Vorgesetzter Dr. Schäfer machte trotzdem ihn als Leiter der Ermittlungen dafür verantwortlich. Gestern noch väterlicher Freund behandelte er ihn plötzlich, als hätte er Ebola. Er leitete ein Disziplinarverfahren gegen Thomforde ein und suspendierte ihn. Aufgrund der Suspendierung war Thomforde ausgesprochen finster drauf gewesen und hatte anfangs auch zu viel getrunken. Er hatte bis zu diesem Zeitpunkt geglaubt, er führe eine gute Ehe. Doch Frauke hatte sich aufgrund seiner langen Dienstzeiten vernachlässigt gefühlt und sich innerlich schon vor geraumer Zeit von ihm abgewandt. Mit einem plötzlich dauernd anwesenden und dazu schlecht gelaunten Ehemann konnte sie nichts anfangen. Sie hatte ihm seine Koffer vor die Tür gestellt.

Sein Leben stürzte gerade wie ein Kartenhaus zusammen.

Das gelbe Klinkergebäude der Staatsanwaltschaft kam links voraus in Sicht. In Thomforde flackerte der Wunsch auf, sich mit der Cessna in das Büro von Dr. Schäfer zu stürzen. Er stellte in seinem Kopf eine Flugwegberechnung an. Neunzig Grad Linkskurve, Vollgas, Sturzflug. Nur Sekunden später würde eine Tonne Stahl mit über zweihundertfünfzig Stundenkilometern in das Büro von Dr. Schäfer einschlagen.

Das würden sie beide nicht überleben. Und alle seine Probleme wären schlagartig vorbei.

Thomforde legte die Cessna in eine Linkskurve und schob den Gashebel ganz hinein. Das Triebwerk erwachte röhrend zum Leben. Er visierte das Büro von Dr. Schäfer an. Im Dachgeschoss gelegen konnte er es nicht verfehlen.

»D-EHFR, was sind Ihre Absichten?«, fragte der Fluglotse.

Thomforde ignorierte ihn. Einen Kamikaze-Sturzflug würde er kaum genehmigen.

Die Staatsanwaltschaft war noch zweihundertfünfzig Meter entfernt.

Thomforde senkte die Nase. Der Fahrtmesser stieg weiter.

»D-EHFR, Sie sind zu tief, ich habe Sie nicht mehr auf dem Schirm«, beschwerte sich der Lotse.

Das Büro von Dr. Schäfer war jetzt nur noch hundert Meter entfernt.

Unter ihm flogen die Dächer der Messehallen dahin. Voraus lag die Untersuchungshaftanstalt. Dann trennten ihn nur ein schmaler Streifen des Parks und der vierspurige Gorch-Fock-Wall von seinem Ziel.

Noch fünfzig Meter.

Gleich war es vorbei, und er würde mit dem Aufschlag alle Probleme auf einmal loswerden. Es würde nicht einmal wehtun. Er würde sofort tot sein. Sein Körper wäre zerfetzt, bevor die Schmerzrezeptoren etwas registrieren und ans Gehirn weitermelden könnten.

Noch dreißig Meter.

Doch dann blitzten Bilder von Laura und Luca in seinem Kopf auf. Sein Sohn war ihm wie aus dem Gesicht geschnitten, wollte Jura studieren und Richter werden. Seine Tochter kam mehr nach ihrer Mutter und schrieb Fortsetzungen der Harry-Potter-Geschichten. Er vermisste beide so sehr.

Noch zehn Meter.

Der Tod war ihm gewiss.

In letzter Sekunde zog Thomforde das Steuerhorn zu sich ran. Die Cessna reckte ihre Nase in den Himmel und flog um Haaresbreite über das Dach der Staatsanwaltschaft.

Er flog einfach weiter geradeaus. Dem Horizont und einer ungewissen Zukunft entgegen.

3

Vom Behördenleiter einbestellt zu werden, bedeutete meist nichts Gutes. Thomforde fragte sich, was Dr. Schäfer von ihm wollte, als er am ersten Montag des Jahres durch die kahlen Gänge der Staatsanwaltschaft ging. Seinen Kamikaze-Versuch konnte er nicht mitbekommen haben, da er mit dem Rücken zum Fenster saß. Es würde um die Suspendierung gehen. Seit sechs Monaten war Thomforde kaltgestellt. Diese erzwungene Untätigkeit hatte ihn an den Rand einer Depression geführt. Von dem gegen ihn eingeleiteten Disziplinarverfahren hatte er seitdem nichts mehr gehört. Wahrscheinlich würde Dr. Schäfer versuchen, ihn zu einem eigenen Entlassungsgesuch zu drängen. Aber den Gefallen würde er ihm nicht tun. Wenn Dr. Schäfer ihn entlassen wollte, musste er das schon selbst tun. Und Thomforde würde es ihm so schwer wie irgend möglich machen. Schon weil er keine beruflichen Alternativen sah. Er hatte in den letzten Monaten viel Zeit gehabt, über sich und seine Zukunft nachzudenken. Und die beruflichen Möglichkeiten waren für einen Staatsanwalt im Alter von über fünfzig Jahren überschaubar. Falls er wirklich gehen musste, bliebe ihm nichts anders übrig, als sich als Anwalt niederzulassen und die Richter, seine ehemaligen Kollegen, um Pflichtverteidigungen anzubetteln. Das wäre ein unwürdiger Seitenwechsel.

»Nehmen Sie Platz«, erwiderte Dr. Schäfer und deutete auf den Stuhl vor seinem Schreibtisch. Er hatte weiße, gewellte Haare, ein fleischiges Gesicht und einen Schnauzbart. Wegen seiner brummigen Art und seines Schnauzbartes nannten ihn alle hinter vorgehaltener Hand nur *das Walross*.

Thomforde erkannte seine Personalakte auf dem Schreibtisch. Ein scharfer Schmerz durchzuckte seinen Magen. Er hatte mit seiner Vermutung also recht gehabt.

»Herr Thomforde, ich hoffe, Sie haben Ihre Auszeit genossen.«

Das klang so, als habe er sich freiwillig ein Sabbatjahr genommen und sei gerade gut erholt von einer Weltreise zurückgekommen.

»Sie wissen, warum ich Sie einbestellt habe?«

Thomforde atmete tief ein und schloss die Augen. »Wegen der drei falschen Anklagen«, brachte er gequält hervor.

»Jeder kann mal einen Bock schießen, aber dreimal hintereinander bringt das Fass zum Überlaufen.«

Thomforde starrte auf den Boden. Seine schwarzen Halbschuhe müssten dringend geputzt werden.

»Sie werden mir zustimmen, dass es so nicht weitergehen kann. Sie sind seit sechs Monaten nicht mehr im Dienst, bekommen aber weiter ein Gehalt. Das ist eine Verschwendung von Steuergeldern.«

Einen Augenblick kam in Thomforde der Wunsch auf, seine Faust in das fleischige Gesicht von Dr. Schäfer zu rammen.

»Mein Gehalt wurde um dreißig Prozent gekürzt.«

»Wie dem auch sei.« Dr. Schäfer machte eine abwehrende

Handbewegung. »Es ist die Zeit für eine neue Aufgabe für Sie gekommen.«

Neue Aufgabe bedeutete, dass es hier nicht um seine Entlassung ging. Thomforde atmete auf und wartete ab. Wohin konnte man einen in Ungnade gefallenen Staatsanwalt strafversetzen? Wollte Dr. Schäfer ihn etwa ins Dezernat für Bußgeldsachen schicken? Leiter der Aktenarchivierung? Leuchtturmwärter auf Neuwerk?

»Sie sind ein hervorragender Ermittler, und ich habe nach einer neuen Aufgabe gesucht, die Ihnen gerecht wird.«

Das wurde ja immer spannender, dachte Thomforde.

»Bei der Polizei wird gerade eine Cold-Case-Einheit neu gegründet, die ungeklärte Todesdelikte aufklären soll.« Dr. Schäfer legte eine Kunstpause ein. »Der Justiz- und der Innensenator würden Sie gerne als dessen Leiter sehen.«

Thomforde zog überrascht beide Augenbrauen hoch. Die Sache kam also von ganz oben. »Dann würde ich zur Polizei abgeordnet?«

»Ja, und Sie würden wieder Ihr volles Gehalt bekommen.«

Thomforde gefiel eine Abordnung zur Polizei nicht, denn sie kam einer Degradierung gleich.

»Wer ist noch in der Cold-Case-Einheit?«

»Ihnen werden Top-Kriminaler zur Seite gestellt. Ein ehemaliger SEK-Leiter, eine überaus erfahrene Profilerin und ein Computergenie werden Sie unterstützen.«

»Dann sind wir nur zu viert.«

»Ja, die Ermittlungsgruppe ist klein, aber Sie werden sich ohne Zeitdruck mit ausgesuchten Fällen befassen. Wenn Sie ab und zu einen uralten Fall aufklären, sind alle zufrieden.«

Das war ein cleverer Schachzug des Justizsenators, fand Thomforde. Statt ein gerichtlich angreifbares Entlassungsverfahren zu betreiben, entsorgte er ihn einfach in eine neu gegründete Polizeieinheit.

»Wie lange würde ich abgeordnet?«

»Erst mal für ein Jahr mit der Option auf Verlängerung.«

Ein Jahr plus Verlängerung hieß im Zweifel für immer, das war Thomforde klar.

»Wo wird die Einheit ihren Sitz haben?«

»Auf dem Gelände der Polizeiakademie in Winterhude. Sie bekommen eine Etage ganz für sich und Ihre Leute, damit Sie ungestört arbeiten können.«

Thomfordes Blick fiel auf das Buddelschiff auf dem Sideboard. Mit seinen Wurstfingern würde Dr. Schäfer das filigrane Segelschiff kaum selbst durch die enge Flaschenöffnung bekommen haben.

Dr. Schäfer wartete einen Augenblick ab und fragte dann: »Also, was halten Sie davon? Ich bräuchte für die Abordnung Ihre Zustimmung.« Er zog ein vorbereitetes Formular aus der Akte, legte einen Kugelschreiber darauf und schob beides rüber.

Thomforde wusste, dass das Cold-Case-Team eher eine Abschiebung als eine Rehabilitation bedeutete.

»Sie brauchen meine Entscheidung sofort?«

»Ja.« Dr. Schäfer tippte auf die Linie für seine Unterschrift.

Thomforde zögerte mit einer Antwort. Wenn er ja zum Cold-Case-Team sagte, wäre seine Entlassung vom Tisch. Aber eigentlich wollte er wieder als Staatsanwalt arbeiten. Er mochte keine faulen Kompromisse.

»Ich habe nicht den ganzen Tag Zeit«, sagte Dr. Schäfer mit Nachdruck.

»Ich fürchte, ich kann diese Aufgabe nicht guten Gewissens übernehmen.«

Dr. Schäfer schoss Röte in die Wangen.

»Herrje, warum in aller Welt denn nicht?«

»Ich habe bisher immer allein gearbeitet und deshalb keine Erfahrung in der Leitung eines Teams.«

Dr. Schäfers Zähne mahlten unter dem Schnauzbart. »Im Falle einer Beförderung wären Sie Abteilungsleiter geworden und hätten auch Führungsverantwortung übernehmen müssen.«

»Wir reden aber gerade nicht über meine Beförderung, sondern über das genaue Gegenteil.«

4

Der Junge schoss auf seinem Skateboard oben auf die Treppe zu. Er hob ab, überflog die sieben Stufen, machte eine Pirouette in der Luft und knallte am Fuß der Treppe auf den Beton. Elegant rollte er aus. Sein Atem bildete dünne Wölkchen in der kalten Luft.

Thomforde saß auf der Bank vor dem Haus der Jugend. Ein trister Waschbetonbau aus den 70er Jahren, sein Grau gnädig unter unzähligen Graffitis verborgen. Einmal in der Woche nachmittags leistete Thomforde hier ehrenamtliche Rechtsberatung. Meistens ging es um Themen wie Handyverträge, Zoff mit den Eltern, Ausbildungsprobleme oder Drogen. Eigentlich fand die Beratung oben im Büro statt. Doch sein heutiger Klient traute sich nicht zu ihm hoch ins Büro.

Marvin war vierzehn Jahre alt. Er war einer von drei Jugendlichen, die trotz der frostigen Temperaturen die Skateranlage nutzten. Er trug eine schwarze Jeans und Jacke, ein Basecap und hatte ein rotes Skateboard. Auf dem schoss er eine Halfpipe hoch, flog einen Moment in Richtung Himmel, drehte sich in der Luft und krachte wieder auf den Boden. Thomforde hauchte in seine gewölbten Hände. Langsam wurde ihm trotz Mantel kalt. Marvin musterte ihn, als er an ihm vorbeirollte. Marvin machte einen Sprung über einen Betonblock, kehrte zurück und blieb drei Meter vor ihm stehen.

»Sind Sie der Anwalt?«

»Ja.« Für die kostenlose Rechtsberatung im Haus der Jugend war Thomforde ein Anwalt. Staatsanwalt würde viele Jugendliche abschrecken, hatte die Leiterin gemeint. Und jetzt war es nicht einmal falsch, denn als Staatsanwalt war er suspendiert.

Marvin stand unschlüssig mit seinem Skateboard in der Hand da.

»Wenn du ein Problem hast, kann ich dir vielleicht helfen. Setz dich zu mir«, sagte Thomforde und klopfte auf den freien Platz neben sich.

Zögernd kam Marvin näher und setzte sich.

»Ich habe Scheiße gebaut.«

Konflikte mit dem Gesetz waren ein häufiges Thema von Jugendlichen in diesem Problemstadtteil. Und den Sünderblick aus feuchten braunen Hundeaugen hatte Thomforde auch schon oft gesehen.

»Okay, erzähl mir, was passiert ist.«

Marvin zögerte, nahm seine Basecap ab und fuhr sich durch seine langen Haare.

»Dieser Lehrer Mitze ist ein Hurensohn. Er hat mir eine Sechs gegeben, weil ich angeblich abgeschrieben hab. Aber das stimmt gar nicht. Ich war richtig wütend darüber. Da habe ich ein Foto von ihm gemacht, es aufgepeppt und gepostet. Und jetzt macht der Arsch deswegen Stress.«

Marvin hatte einen zarten Flaum auf der Oberlippe. Er war kein Kind mehr, aber noch weit davon entfernt, ein Mann zu sein.

»Erklär mir das mit dem Foto genauer.«

»Ich habe ihn im Unterricht heimlich fotografiert und

dann einen Schweinekopf auf seinen Körper gemacht. Und ‚Mitze – die Sau‘ drübergeschrieben. Und das habe ich dann auf WhatsApp und Insta gepostet.«

Marvin zog sein Handy aus der Tasche und zeigte Thomforde seine Fotomontage. Der Lehrer stand vor einer mit mathematischen Gleichungen beschriebenen Tafel. Über seinem dunkelgrauen Sakko und weißen Hemd war ein grinsender Schweinekopf montiert.

»Wie ist das herausgekommen?«

»Alina und Sarah haben im Unterricht laut gelacht, als sie das Bild gesehen haben, Mitze hat das Handy einkassiert und es dann auch gesehen.«

Es war vielleicht auch nicht die cleverste Idee, das Foto während des Unterrichts zu verbreiten, dachte Thomforde.

»Weiß dieser Herr Mitze, dass das Foto von dir stammt?«

Marvin schüttelte den Kopf. »Nein, es hat mich niemand verpfiffen. Aber er hat unsere Klassenfahrt gestrichen.«

»Und das ist ein Problem für dich?«

»Na ja, anfangs fanden die Mitschüler das Schweinefoto witzig, viele haben es auch geliked. Aber jetzt sind die meisten wegen der gecancelten Klassenfahrt sauer auf mich.«

Marvin sah zu den beiden anderen Jugendlichen, die ihn beobachteten.

»Kollektivstrafen sind eigentlich nicht zulässig. Zu Herrn Mitze gehen und es zugeben möchtest du aber nicht?«

Marvin riss die Augen auf und wich ein Stück zurück. »Nein, ich will nicht in den Jugendknast.«

»Hat Mitze Strafanzeige erstattet?«

»Keine Ahnung«, antwortete Marvin achselzuckend. Er sah nach unten und spielte mit seiner Basecap.

»Das heimliche Fotografieren wäre eine Verletzung seiner Persönlichkeitsrechte und seine Darstellung als Schwein eine Beleidigung. Deinen Kopf würde dich das nicht kosten.«

Marvin schaute verblüfft auf. »Ich muss nicht in den Knast?«

»Nein, sicher nicht. Wenn Herr Mitze dich überhaupt anzeigt, musst du mit zwanzig bis dreißig Arbeitsstunden rechnen.«

Thomforde sah zuerst nur ein leichtes Zucken von Marvins Mundwinkeln. Langsam wanderten seine Mundwinkel ganz nach oben. Schließlich breitete sich sein Lächeln über das ganze Gesicht aus. Es erstarb aber gleich wieder.

»Was soll ich jetzt machen, um da wieder rauszukommen?«

»Du musst dazu stehen, was du gemacht hast, und versuchen, es wiedergutzumachen. Das Foto darf nicht weiter kursieren. Du musst es überall löschen, wo du es gepostet hast, und deine Mitschüler bitten, es auf ihren Handys ebenfalls zu löschen.«

Marvin sah auf sein neben sich liegendes Handy und nickte. »Was ist mit dem Arsch?«

Einen Augenblick überlegte Thomforde, Marvin wegen seiner Ausdrucksweise zu rüffeln. Luca würde er so etwas nicht durchgehen lassen.

»Gut wäre, wenn du dich bei ihm entschuldigen würdest.«

Marvin trat auf sein Skateboard. Es flog in die Luft und Marvin fing es wieder auf. »Warum sollte ich mich bei ihm entschuldigen?«

»Was für ein Typ Lehrer ist er?«

»Ein hysterischer Tyrann«, sagte Marvin ohne Zögern.

Thomforde erinnerte sich an seine eigene Pubertät. Schon damals hatte es ausschließlich schreckliche und ganz schreckliche Lehrer gegeben.

»Ihr habt an der Gesamtschule doch diese Schulpsychologin. Wenn du damit einverstanden bist, kann ich sie anrufen und um ein vermittelndes Gespräch bitten.«

»Cool.«

Marvin hielt ihm die Hand zum High Five hin und Thomforde klatschte sie ab. Mit einem Satz war Marvin wieder auf seinem Skateboard.

»Danke, Mann.« Marvin drehte sich weg und rollte auf die nächste Rampe zu.

Thomforde war zufrieden, dass er dem Jungen hatte weiterhelfen können. Marvin hatte er zur Schadensbegrenzung geraten. Ob diese bei seinem Karriereknick auch der richtige Weg sein könnte? Sollte er sich die Sache mit der Cold-Case-Einheit noch einmal überlegen?

5

Eisiger Wind peitschte Thomforde Schnee ins Gesicht, als er mit seiner Aktentasche in der Hand am nächsten Morgen über den Hof der Akademie der Polizei in Winterhude stapfte. Er hatte es sich nach dem Gespräch mit Marvin anders überlegt. Das Cold-Case-Team war derzeit seine einzige Chance auf eine berufliche Rehabilitation. Wenn er seine Sache gut machte, konnte er hoffentlich zur Staatsanwaltschaft zurückkehren.

Die ehemalige Wehrmachtskaserne bot ein deprimierendes Ambiente. Die panzergrauen Blöcke waren um einen rechteckigen Platz gruppiert. »Drittes Gebäude auf der linken Seite«, hatte der Pförtner am Tor gesagt. Die Gebäude ließen sich aufgrund des Schneetreibens kaum erkennen. Endlich fand er es. Das Dach des dreistöckigen Gebäudes war mit Schnee bedeckt, weiße Fenster prangten wie Fremdkörper in der betonfarbenen Fassade und eine schwere dunkelbraune Eingangstür sah wenig einladend aus.

Drinnen klopfte sich Thomforde den Schnee von den Stiefeln und sah sich um. Die Kacheln im Flur sahen aus wie ein fahles Gesicht und hatten einen Stich ins Grünliche. So in etwa musste ein Krankenhaus in Tschernobyl aussehen. Ein

Schild wies zum Eingang des Polizeimuseums die Treppe hoch. Anscheinend hatte man die neue Einheit, weil sie alte Fälle aufrollen sollten, im Museum einquartiert. Seltsame Form von Humor.

Unter dem Schild hatte jemand einen weißen Zettel mit der Aufschrift *CCT* und einem Pfeil nach unten angebracht. Missmutig stieg Thomforde die schwarz geflieste Treppe hinunter. Tiefer als jetzt konnte er kaum noch fallen.

Hinter einer Stahltür schlug ihm Farbgeruch entgegen. Die unverputzten Kellerwände waren frisch weiß gestrichen worden. An der Wand stapelten sich noch ein Dutzend leerer Farbeimer. Thomforde ging den niedrigen Kellergang entlang. Ab und zu musste er den Kopf einziehen, um nicht gegen eine Stahlstrebe oder ein Rohr zu laufen. In einem Raum stand eine Guillotine. Thomforde blieb im Türrahmen stehen und sah sie sich an. Das stählerne Fallbeil hing lauernd über der Richtbank. Er wusste, dass mit dieser Guillotine bis 1949 Todesurteile im Untersuchungsgefängnis Holstenglacis vollstreckt worden waren. Sie sah immer noch funktionstüchtig aus.

Stimmen lockten Thomforde zu dem Besprechungsraum am Ende des Ganges. Ein Kellerfenster wie eine Schießscharte ließ nur wenig Tageslicht herein. An der Decke brummte eine nackte Neonröhre. Um einen rechteckigen großen Tisch hatten sich seine drei neuen Mitarbeiter gesetzt und tranken Kaffee.

»Moin, ich bin Staatsanwalt Thomforde.«

Die drei Mitarbeiter sahen ihn interessiert an und erwiderten seinen Gruß.

Thomforde stellte seine Aktentasche ab, hängte seinen Mantel auf und setzte sich zu ihnen. Der alte Stuhl knarzte. Die ältere Frau schob ihm einen Pott Kaffee rüber.

»Danke, Sie müssen die Profilerin sein.« Thomforde hatte

Personalakten mit Fotos seines Teams bekommen, sie aber nur überflogen.

»Ich bin Renate Krayenborg, die Polizeipsychologin.«

Thomforde nickte ihr zu.

Jan Erikson saß ihm gegenüber. Seine kurzen blonden Haare krönten ein jugendliches schmales Gesicht. Sein hellblaues Hemd spannte über seinen Muskeln.

»Sie haben bisher ein Sondereinsatzkommando geleitet?«, fragte Thomforde.

»Das ist richtig. Und wir hatten ein paar sehr erfolgreiche Einsätze«, sagte Erikson.

»Warum sind Sie dann hier?«, fragte Thomforde und nahm einen Schluck Kaffee. Er schmeckte wie Zaunlasur.

Erikson schwieg.

»Ich kann auch Ihre Personalakte rausholen und daraus vorlesen.« Thomforde sah zu seiner am Fuße des Garderobenständers stehenden Aktentasche.

»Ich habe bei einem Einsatz versehentlich einen Unbeteiligten angeschossen. Der Chef meint, mir säße die Pistole zu locker am Gürtel, und ich bräuchte eine kleine Auszeit.«

»Dann sind Sie hier richtig. Die Gefahr von Schusswechseln ist beim Graben in uralten Akten eher gering.« Thomforde stellte seinen Kaffeebecher auf der abgewetzten Tischplatte ab. »Was hat es eigentlich mit diesen Schrottmöbeln auf sich?«

»Sie waren für eine Sonderausstellung *Polizeiwache 1965* vorgesehen«, erklärte Krayenborg, die am Kopfende des Tisches saß. Sie war mit 59 Jahren die Älteste der Einheit. Weiße, halblange Haare, eine große schwarze Hornbrille und ein kräftiges Kinn verliehen ihr eine intellektuelle Härte. Sie zündete sich eine Zigarette an.

»Hier darf man rauchen?«, fragte Thomforde verwundert.

»Als ob sich irgendwer darum scheren wird, was wir hier tun«, antwortete Krayenborg spöttisch. Sie hielt die Zigarette mit zurückgebogenem Handgelenk hoch. »Wir könnten uns hier gegenseitig die Kehlen aufschlitzen und es würde niemand merken.«

Interessanter Gedanke. Thomforde stellte sich vor, wie er den einen oder anderen nutzlosen Mitarbeiter des Teams zur Guillotine führte. Als Erstes wäre der dran, der diese Kaffeejauche gekocht hatte.

»Welches Ungemach hat Sie hierhergeführt?«

»Mein letzter Einsatz bei einer Geiselnahme endete etwas unglücklich.« Krayenborg wedelte mit der Hand den Rauch vor ihrem Gesicht weg.

»Ach ja, die Geiselnahme in der Deutschen Bank. Ich habe davon gelesen.«

Mit unglücklich hatte Krayenborg untertrieben. Als der Geiselnehmer wütend geworden war, weil seine Forderungen nicht erfüllt wurden, und er mit der Erschießung von Geiseln drohte, hatte sie ihn provoziert: ›Sie sind zu feige, um das durchzuziehen. Sie sollten jetzt aufgeben.‹ Ganz so feige war der Mann dann doch nicht gewesen. Kaum war das Gespräch beendet, hatte er zur Waffe gegriffen. Er erschoss erst zwei Geiseln und dann sich selbst. Das Klirren eines Löffels gegen Porzellan lenkte die Aufmerksamkeit von Thomforde zu Sasha Petrowa. Sie hatte ein rundes Gesicht, buschige Augenbrauen und einen kleinen Mund. Sie saß schräg gegenüber und rührte verdrossen in ihrem Kaffee.

»Sie sind unsere Computerexpertin?«, fragte Thomforde.

Petrowa sah nicht mal auf und nickte nur. Sie trug ein schwarzes Sweatshirt mit blutroter Aufschrift *Manga-Bitch*. Ihre Fingernägel waren stark abgekaut.

»Welches Dienstvergehen haben Sie begangen, um hier zu landen?«

Endlich sah Petrowa auf. Arktisblaue Augen musterten ihn kühl. »Versehentlich einen Server gelöscht.«

»Was hatte das für Folgen?«

»Das Landeskriminalamt konnte drei Wochen lang nicht arbeiten.«

Na super, dachte Thomforde. Bei den Top-Kriminalern, die Dr. Schäfer ihm versprochen hatte, handelte es sich um einen Westentaschen-Rambo, eine alte Eule und eine unfähige Computermaus. Lauter verkrachte Existenzen. Was für eine Versagertruppe. Einen Ermittlungserfolg würde es nur geben, wenn er ihn allein herbeiführte. Auf dieses Team würde er besser nicht bauen.

»Und warum sind Sie zum Cold-Case-Team befördert worden?«, fragte Erikson mit ironischem Unterton. Thomforde verstand, was er damit sagen wollte. Diese Cold-Case-Einheit war eine schlecht getarnte Strafversetzung. Wahrscheinlich war es auch das Ende ihrer Karrieren.

Thomforde hatte befürchtet, dass diese Frage kommen würde. Das wäre ein hervorragender Zeitpunkt gewesen, dem Team irgendeine Geschichte zu erzählen, in der es um ein starkes Interesse für Altfälle und den Wunsch nach beruflicher Veränderung ging. Doch er wollte die Zusammenarbeit nicht mit einer Lüge beginnen. Die anderen hatten schließlich auch ihre Fehler eingeräumt.

»Ich war bisher Staatsanwalt in der Abteilung für Tötungsdelikte. Ich habe öfter mit dem DNA-Pabst Ohnsorg zusammengearbeitet. Wie sich im Nachgang herausstellte, hat er mehrere DNA-Gutachten gefälscht. Dadurch sind Unschuldige verurteilt worden.«

Krayenborg drückte ihre Zigarette im Aschenbecher aus und sah Thomforde kritisch an. »Was waren das für Fälle?«

Las Krayenborg keine Zeitung? Die Medien hatten die drei Fälle zu einem Justizskandal aufgebauscht.

»Die Anwältin von Allwörden ist in ihrer Kanzlei überfallen, ausgeraubt und erdrosselt worden. Ohnsorg hat an dem Seil, mit dem sie gefesselt wurde, angeblich die DNA eines vorbestraften Einbrechers gefunden. Harms wurde zu lebenslänglich verurteilt. Ohnsorg hatte den DNA-Treffer aber fingiert und Harms wurde nachträglich freigesprochen.«

Thomforde sprach nicht gerne über diese Fälle, aber sein Team hatte ein Recht darauf, davon zu erfahren. Also schilderte er auch den zweiten Fall.

»Ausgerechnet eine Polizistentochter war vergewaltigt und erstochen worden. Die Spusi fand fremde Schamhaare und Spermien an der Leiche. Ohnsorg identifizierte sowohl die Haare als auch die Spermien als die eines einschlägig vorbestraften Sexualtäters. Er wurde zu lebenslänglich verurteilt. Die Sache flog auf, als der Verteidiger nachwies, dass der Verurteilte nach einer Prostatakrebsoperation impotent geworden war. Er konnte nicht der Vergewaltiger gewesen sein.«

Jeder seiner neuen Mitarbeiter hatte einen Fehltritt vorzuweisen, er gleich drei. Ihren interessierten Gesichtern entnahm er, dass sie ihm den dritten Fall nicht ersparen würden.

»Am Flughafen waren bei der Einreise eines Kolumbianers zwölf Kilo weißes Pulver verpackt als Babynahrung in seinem Koffer gefunden wurden. Der Zoll vermutete Kokain und nahm den Mann fest. Nach Ohnsorgs Analyse war es tatsächlich Kokain, und ich beantragte einen Haftbefehl. Der mutmaßliche Drogenkurier saß monatelang in U-Haft. Eine Neubegutachtung durch ein anderes Labor ergab, dass es wirklich nur Milchpulver war. Ohnsorg räumte ein, das Pulver nur per Augenschein untersucht zu haben, ohne es wirklich zu testen.«

»Warum sollte jemand Milchpulver schmuggeln?«, fragte Erikson.

»Der Mann sagte, es sei für kolumbianische Verwandte in Hamburg, deren Kinder eben dieses Milchpulver gewöhnt seien. Wahrscheinlicher ist, dass es sich um einen Testschmuggel handelte. Irgendein Drogenkartell wollte ausprobieren, ob es möglich ist, Kokain als Babynahrung getarnt nach Deutschland zu schmuggeln.«

Thomforde sah in die Runde. Erikson und Krayenborg hörten ihm aufmerksam zu. Petrowa starrte in ihren Kaffee, als ob alle Geheimnisse des Universums darin verborgen waren.

»Sie müssen mir glauben, ich wusste von diesen Fälschungen nichts. Ich habe Ohnsorg niemals aufgefordert, die Testergebnisse zu manipulieren. Wir haben auch niemals über diese Möglichkeit gesprochen.«

»Warum sind Sie dann hier im Keller gelandet, wenn Sie mit der Sache nichts zu tun haben?«, fragte Erikson.

»Man wirft mir vor, mich hätte die auffallend hohe Trefferquote von Ohnsorg stutzig machen müssen. Ohnsorg war natürlich ein Traum für jeden Staatsanwalt. Er hat häufiger als andere Treffer erzielt und konnte auch überzeugend vor Gericht auftreten.«

»Drei Justizirrtümer bei hunderten Anklagen jedes Jahr klingt jetzt nicht so schlimm. Auch ein guter Schütze schießt mal daneben«, kommentierte Erikson.

Okay, Erikson, du musst nicht unters Fallbeil. Du wirst mein Freund. Thomforde nickte ihm kurz zu.

»Da Sie Karriere machen wollten, war Ihnen eine hohe Verurteilungsquote aber sehr willkommen und Sie haben die auffallend hohe Trefferquote von Ohnsorg nicht weiter hinterfragt«, sagte Krayenborg.

Psychologen waren gut darin, andere zu durchschauen. Thomforde würde sich vor ihr in Acht nehmen müssen.

»Ich fürchte, diesen Vorwurf muss ich mir gefallen lassen. Haben Sie eigentlich den Kaffee gekocht?«

»Ja.«

Krayenborg hatte sich für einen Test der Guillotine qualifiziert.

6

Krayenborg riss die weiß-grüne Cockpittür auf und ließ sich auf den Sitz fallen. In den Händen hielt sie eine rote Akte. Gleichzeitig heulten die beiden Triebwerke auf. Nur Sekunden später hob der Hubschrauber knatternd ab. Thomforde saß rechts auf dem Pilotensitz.

»Libelle zwei, das flüchtige Fahrzeug befindet sich in der Großen Elbstraße«, quäkte der Tower.

»Libelle zwei hat verstanden und nimmt die Verfolgung auf.«

Thomforde steuerte einen Südkurs und beschleunigte den Polizeihubschrauber auf 270 km/h.

»Ich habe im Archiv den perfekten ersten Fall für uns gefunden.« Krayenborg tippte auf die rote Akte auf ihrem Schoß.

Thomforde drückte ein paar Schalter auf dem Armaturenbrett. Er sah sie nicht an und sagte auch nichts. Sie hatte von Anfang an gespürt, dass er sie nicht mochte. Aber jetzt ignorierte er sie bewusst. Hatte er ein Problem mit Psychologen oder mit ihr persönlich?

»Es ist der Mordfall Christine Jansen. Sie wurde 1993 als 17-Jährige nach einem Diskothekenbesuch an einer Bahnstrecke vergewaltigt und erwürgt. Der Mörder wurde nie gefasst.«

Thomforde steuerte mit dem Steuerknüppel zwischen den Knien stur geradeaus. Links schimmerte die Außenalster, vor ihnen kam die Elbe in Sicht.

»Der Fall ist aussichtsreich. Es wurden Haare auf der Kleidung des Mordopfers gefunden, die damals noch keiner DNA-Analyse unterzogen werden konnten. Heute schon. Mit ein bisschen Glück führt uns die DNA-Spur zum Täter.«

Thomforde schien ihr nicht zuzuhören. Wollte er den Fall nicht? Warum nicht?

Der Hubschrauber wurde langsamer. Thomforde sah konzentriert nach unten, während er über der Elbe kreiste.

»Flüchtiges Fahrzeug entdeckt. Es fährt vom St. Pauli Fischmarkt in Richtung Landungsbrücken«, sagte Thomforde ins Mikro.

Der Funk knatterte, die Stimme des Towers sagte: »Verstanden, Libelle zwei. Wir schicken Streifenwagen.«

Thomforde ging tiefer.

Jetzt entdeckte auch Krayenborg den schwarzen Mercedes. Er raste in Richtung Landungsbrücken.

Thomforde senkte die Nase des Helikopters nach unten und holte wieder Geschwindigkeit auf.

»Hören Sie mir eigentlich zu?«, fragte sie.

Und bekam keine Antwort. Sie hatte genug. Dieser Mann würde ihr jetzt endlich zuhören müssen. Sie drückte auf den roten Knopf. Augenblicklich fror das Bild des flüchtenden Mercedes ein. Auch das Flap-flap der Rotoren verstummte. Der Hubschraubersimulator stand im ersten Stock des Polizeimuseums.

»Was soll das denn?« Thomforde warf Krayenborg einen verärgerten Blick zu.

»Ich will mit Ihnen über unseren ersten Fall sprechen.« Krayenborg tippte auf die Akte auf ihrem Schoß.

»Überflüssig. Der Mord an von Allwörden wird unser erster Fall.« Thomfordes Nasenflügel blähten sich.

»Das ist ein Justizirrtum und kein Cold Case.»

»Falsch. Durch den Freispruch von Harms wurde der Mord an von Allwörden wieder ungeklärt.«

Thomforde schlug den Steuerknüppel mehrfach gegen den Sitz.

»Außerdem sind Sie in dem Fall ja wohl befangen.«

»Die Staatsanwaltschaft ist die objektivste Behörde der Welt.«

»Ich sehe Therapiebedarf.«

Thomforde hob amüsiert eine Augenbraue. »Bei Ihnen oder bei mir auf der Couch?«

»Besser in der geschlossenen Anstalt.«

»Sehen Sie es positiv.« Sein Lächeln wirkte entschuldigend. «Ich bin in diesen Fall schon hervorragend eingearbeitet. Und er ist deutlich aussichtsreicher als der Mordfall Christine Jansen.«

»Warum das?«

»Allein schon, weil der Mordfall von Allwörden noch nicht so lange her ist wie dieser andere Mord, den Sie im Archiv ausgegraben haben.« Er deutete auf die Akte auf Krayenborgs Schoß. »Dreieinhalb Jahre nach der Tat haben wir noch realistische Chancen, Spuren, Zeugen und den Mörder zu finden. Bei Jansen ist die Tat fast dreißig Jahre her. Was ist, wenn uns die Haare nur zu einem Verdächtigen führen, der auch schon tot ist?«

Krayenborg überlegte einen Augenblick. Bei einer dreißig Jahre zurückliegenden Tat könnte der Täter alt oder vielleicht auch schon tot sein. Sie nickte.

»Und jetzt raus hier. Ich muss Verbrecher jagen«, herrschte Thomforde sie an.

7

Einen Verbrecher würden sie damit nicht fangen.

Thomforde drehte den Zündschlüssel des Dienstwagens um. Der Anlasser röhrte wie ein verendender Hirsch und erstarb.

Der weiße VW Passat Kombi war zwanzig Jahre alt und hatte 280.000 Kilometer auf der Uhr. Die Karosserie wies zahlreiche Kratzer, Dellen und Durchrostungen auf. In der Frontscheibe war das Spinnennetzmuster eines Steinschlags zu sehen. Der Innenraum war stark zerschlissen.

Neuer Versuch. Wieder röhrte der Anlasser. Thomforde bemerkte, dass die Umdrehungen langsamer wurden. Viel Saft war nicht mehr in der Batterie. Der Motor wollte nicht kommen.

Thomfordes Frage nach dem Fuhrpark der Einheit hatte Polizeipräsident Beesten eines seiner seltenen Lächeln entlockt. Einen Tag später hatte er die Schlüssel für dieses Wrack bekommen. Beesten war sogar noch stolz darauf gewesen, das Auto vor der Verschrottung gerettet zu haben. Das passte schon, dachte Thomforde, ein Schrottauto für eine Schrotteinheit.

Er wartete eine halbe Minute und versuchte es wieder.

Endlich kam der Motor, auch wenn er muckerte wie eine altersschwache Hafenbarkasse. Die Scheibenwischer schoben den Schnee beiseite. Thomforde drehte mit dem Passat ein paar Runden auf dem Hof der Polizeikaserne. Er trat das Gaspedal voll durch. Obwohl der Motor gequält aufheulte, beschleunigte der Wagen kaum. Das schleifende Geräusch deutete auf einen Kupplungsschaden hin. Zudem griffen die abgefahrenen Reifen im Schnee schlecht. Ein Verbrecher müsste schon mit einem Rollstuhl fliehen, um ihn mit diesem Wagen verfolgen zu können.

Gerechtigkeit ist Wahrheit in Aktion, war sein Motto gewesen. Er hatte sich vor allem als Anwalt der Opfer gesehen. Meist standen die Täter im Blickpunkt des Interesses. Nicht selten konnten sie mit ihren Lügen ihren Kopf aus der Schlinge ziehen. Bei jeder Straftat gab es aber auch leidende Opfer. Menschen, die um ihr Geld, ihre Gesundheit oder ihr Leben gebracht worden waren. Thomforde hatte es als seine Aufgabe angesehen, die Täter zu finden und sie ihrer gerechten Strafe zuzuführen. Er hatte an das System geglaubt. Doch nun diese drei Justizirrtümer, seine Suspendierung und die Abschiebung in diese Kellerkinder-Abteilung. Heute Morgen war es ihm schwergefallen, überhaupt aufzustehen. Er hatte den Wecker ignoriert und war einfach liegen geblieben. Wenn es keine Gerechtigkeit mehr gab, wozu dann noch kämpfen?

»Dafür gibt es keinen Etat«, hatte Beesten Thomfordes Frage nach weiteren Sachmitteln beantwortet. Der Führung war wahrscheinlich schon das Gehalt dieser Versagertruppe zu viel und mehr durfte es dann wirklich nicht kosten. Sie könnten alles nutzen, was sie im Keller des Polizeimuseums fanden, erläuterte Beesten, mehr würde es nicht geben. Nur dass nichts in diesem Rattenloch jünger als fünfzig Jahre war.

Thomforde spürte ein bleiernes Druckgefühl in der Brust. Vielleicht wäre es doch besser gewesen, sich mit der Cessna in das Büro von Dr. Schäfer zu stürzen. Er stellte den Dienstwagen vor dem Polizeimuseum ab und ging hinein. Im Eingang stand ein Whiteboard, auf dem der Weg zur Kasse des Polizeimuseums beschrieben wurde. Thomforde klemmte es sich unter den Arm. Auf eine Unterschlagung kam es jetzt auch nicht mehr an.

8

»Der Mörder ist durch Aufhebeln der Tür eingedrungen.« Thomforde stand mit seinem Team vor einem Büro im sechsten Stock eines Kontorhauses am Baumwall. Hinter ihnen ratterte ein Paternoster. Erikson überragte mit seinen ein Meter achtundachtzig alle anderen. Krayenborg spielte mit ihrem Feuerzeug in der Hand.

Der Hausmeister schloss das derzeit unvermietete Büro auf und ließ das Cold-Case-Team hinein. Mit dieser Tatortbesichtigung am 12. Januar begann es seine Ermittlungen im Fall von Allwörden.

»Hier war der Empfangsraum.«

Thomforde zeigte auf den kleinen und fensterlosen Raum. »Damals standen hier ein Schreibtisch, ein Regal und zwei Besucherstühle.«

Erikson, Krayenborg und Petrowa sahen sich um, obwohl es eigentlich nichts zu sehen gab.

»Die Anwältin war an jenem Freitagabend allein, die Sekretärin hatte schon Feierabend gemacht«, sagte Thomforde. Er war gleich nach dem Mord schon einmal hier gewesen. Er ging weiter zu dem Büro der Anwältin. Der

Holzfußboden ging in Teppichboden über. Erikson, Petrowa und Krayenborg folgten ihm.

»Was für ein fantastischer Ausblick«, bemerkte Krayenborg. Die Elbphilharmonie ragte vor der Hafenkulisse in den hellblauen Himmel. »Hier würde ich gerne meine Staffelei aufstellen.«

»Wir haben versucht, den Tathergang zu rekonstruieren«, sagte Thomforde. Er hatte sich erst einlesen müssen, um sich wieder genau an den Fall zu erinnern. Der Mord lag immerhin schon dreieinhalb Jahre zurück. »Das Geräusch splitternden Glases wird Katharina von Allwörden von ihrer Arbeit aufgeschreckt haben. Sie wird vielleicht noch nach dem Telefon gegriffen haben, doch bevor sie den Notruf wählen konnte, war der Mann schon bei ihr. Er wird eine Waffe, ein Messer oder eine Pistole, in der Hand gehalten haben, um sie einzuschüchtern. Vielleicht erkannte sie den Mann wieder, und sie haben miteinander gesprochen. Unter vorgehaltener Waffe ließ sich von Allwörden widerstandslos mit einem Seil fesseln.«

»Von dem Seil sollten die falschen DNA-Spuren stammen?«, fragte Erikson.

»Richtig.«

Thomforde machte einen Schritt auf die hintere Wand zu und zeigte auf quadratische Eindrücke im Teppichboden. »Hier stand der Tresor. Der Mann verlangte den Code für ihn. Gefesselt und mit einer auf sie gerichteten Waffe sah sie keine andere Möglichkeit, als ihn zu nennen. Die Polizei hat ihn offen ohne Aufbruchsspuren vorgefunden.«

»Was wurde gestohlen?«, fragte Erikson.

»Laut der Anwaltsgehilfin Bargeld und Geschäftspapiere sowie der Computer.«

»Also ein klassischer Raubmord«, stellte Erikson fest.

»Von Allwörden wird den Mann angefleht haben, das Geld zu nehmen und zu gehen.«

»Chef, Sie sollten Krimis schreiben«, meinte Erikson.

»Was für eine Kanzlei hatte von Allwörden?«, fragte Krayenborg.

»Sie hatte sich zunächst als Kiezanwältin auf St. Pauli einen Namen gemacht. Die Rotlichtgrößen gingen bei ihr ein und aus. Später vertrat sie auch Prominente. Vor fünf Jahren verlegte sie ihre Kanzlei von St. Pauli hierher und spezialisierte sich auf das Wirtschaftsrecht.«

Thomforde ging zu dem Fenster und zeigte auf den Boden. »Der Täter nahm ein zweites Seil und schlang es von Allwörden um den Hals. Hier wurde sie erdrosselt aufgefunden.«

Erikson, Krayenborg und Petrowa gruppierten sich im Halbkreis darum. Sie betrachteten den Teppichboden, auf dem keine Spuren des Verbrechens zu sehen waren. Thomforde lehnte sich mit dem Rücken gegen das Fensterbrett.

»Ich schlage vor, wir knöpfen uns noch mal Harms vor«, sagte Thomforde.

»Trotz des Freispruchs?«, fragte Krayenborg verwundert.

»Harms ist nur aus Mangel an Beweisen, nicht wegen erwiesener Unschuld freigesprochen worden.«

»Das halte ich für den falschen Weg«, warf Krayenborg ein.

»Harms ist für mich weiter verdächtig. Er ist ein Profieinbrecher, hatte ein Motiv, weil von Allwörden ihm eine harte Strafe beschert hat. Und er hatte für die Tatzeit kein Alibi.«

»Es gibt nur einen richtigen Weg. Die Ermittlungen müssen bei dem Opfer ansetzen. Wer aus ihrem Umfeld hatte ein Motiv für einen Mord?«, sagte Krayenborg.

Thomforde seufzte genervt, erwiderte aber nichts. Es gab nie nur einen richtigen Weg.

»Alle nennen Sie nur noch Justizirrtums-Tommy. Sie wollen doch nicht noch mal so einen kapitalen Bock schießen«, fügte Krayenborg spitz hinzu. Thomforde stellte sich den welken Hals der Eule in der Aussparung der Guillotine vor. Ein Ruck am Hebel und sie würde für immer Ruhe geben.

»Meine Fehlentscheidungen haben immerhin niemanden das Leben gekostet.«

Der Gesichtsausdruck der Eule gefror.

»Die entscheidende Frage muss doch sein, wer von dem Tresor mit dem Bargeld wusste?« Erikson stand immer noch auf der Stelle, wo der Teppich noch nicht ausgebleicht war. »Folge dem Geld oder dem Sperma. Jeder Mord klärt sich so auf.«

»Was hat der Fall bitte mit Sperma zu tun?«, fragte Krayenborg.

»Das ist nur so ein Spruch.«

Krayenborg sah zu seinen hochgegelten Haaren hoch. »Was sind Sie nur für ein Gockel.«

Erikson überging die Bemerkung. »Wahrscheinlich hatte der Täter es nur auf das Geld im Tresor abgesehen und nicht damit gerechnet, dass die Anwältin an einem Freitagabend noch im Büro ist.«

»Eigentlich müssten Sie beide in Therapie«, bemerkte Krayenborg spitz.

»Mir fehlt nichts«, konterte Thomforde.

»Die Uneinsichtigen sind die schlimmsten Patienten.«

So viel Widerstand war für Thomforde überraschend. Er war der Leiter des Teams und kannte den Fall sehr gut. Was sollte diese Diskussion?

»Vergessen Sie nicht, es gibt nur einen richtigen Weg«, fügte Krayenborg hinzu. Ihr gesenkter Blick durch ihre starken Brillengläser und ihr erhobener Zeigefinger sollten wohl sagen, dass nur sie diesen vermeintlich richtigen Weg kannte.

»Ich bleibe dabei. Das Bargeld im Tresor ist der Schlüssel«, warf Erikson ein.

Petrowa hatte bis jetzt noch gar nichts gesagt. Sie hatte das Büro kaum betreten und stand mit offener Jacke neben dem Hausmeister an der Tür. Thomforde fiel ihre zierliche Figur auf. Sie dürfte keine fünfzig Kilo wiegen. Wahrscheinlich ernährte sie sich ausschließlich von ihren abgekauten Fingernägeln.

»Was meinen Sie denn, Frau Petrowa? Wie sollten wir die Ermittlungen Ihrer Ansicht nach angehen?« Vielleicht konnte er die Stille auf seine Seite ziehen. Eine kleine Allianz zwischen ihm und Sasha Petrowa gegen die beiden Eigensinnigen.

»Shorty wird sich kaum für den Fall interessieren«, warf Erikson ein.

Petrowa bedachte Erikson mit einem funkelnden Blick und trat einen Schritt nach vorn. »Ich würde in den Polizeidatenbanken nach Verdächtigen suchen. Wir geben alle Details des Verbrechens ein, der Computer sucht dann nach einem Begehungsmuster. Wenn wir Glück haben, ist der Täter schon mal in ähnlicher Weise auffällig geworden.«

»Das bringt doch nur etwas, wenn wir es mit einem Serientäter zu tun haben«, sagte Erikson und sah tadelnd zu Petrowa herunter.

»Okay, dann macht jeder seins«, sagte Thomforde mit resigniertem Tonfall. Er ließ sein Team stehen und verließ das Büro.

9

»Die Obduktion hat als Todesursache Tod durch Erdrosseln ergeben. Strangulationsinstrument war ein Seil«, sagte Krayenborg. Sie stand vor einem Whiteboard im Besprechungsraum. Thomforde hatte sie am Tag nach der Tatortbesichtigung gebeten, eine erste Fallanalyse zu erstellen. Insgeheim genoss sie es, diese Besprechung zu leiten. Krayenborg sah in die Runde. Thomforde, Erikson und Petrowa hatten keine Fragen. Unter der Überschrift *Mord an von Allwörden* schrieb sie *Tod durch Erdrosseln.*

»Es gibt keine Anhaltspunkte für mehrere Täter«, fuhr Krayenborg fort. Sie schrieb *Einzeltäter* auf das Whiteboard.

Petrowa saß vor einem Laptop und tippte die Stichworte ab.

»Nach kriminalistischer Erfahrung werden Gewaltverbrechen überwiegend von Männern begangen.« Krayenborg setzte *männlicher* vor *Einzeltäter.*

»Das ist diskriminierend. Es gibt auch jede Menge Verbrecherinnen.« Eriksons Gesicht lief rot an.

»Lassen Sie sich mal die Kriminalstatistik vorlesen. Über 80 Prozent der Gewaltstraftaten werden von Männern begangen. Frauen dagegen tauchen vor allem als Opfer in der Statistik auf.«

»Wollen Sie andeuten, ich könnte nicht lesen?«

»Sie sehen aus wie jemand, der seine Zeit mit Gewichten und nicht mit Büchern verbringt.«

»Chef, die Krähe beleidigt mich.« Erikson wandte sich an Thomforde.

»Ach, für Sie bin ich die Krähe und nicht die Eule. Wie kreativ.«

»Ich schlage vor, wir kommen zum Thema zurück.« Thomforde sah Krayenborg aufmunternd an.

Das Whiteboard auf der Staffelei und der Marker in ihrer Hand erinnerten sie an ihr liebstes Hobby, das Anfertigen von Gemälden.

»Der Täter wird ein unauffälliges Erscheinungsbild gehabt haben.«

»Woher wissen Sie das?«, fragte Erikson. Seine blonden Haare waren vorne zu einem Hahnenkamm frisiert. Einen Augenblick überlegte sie, einen nackten Mann mit einem Hahnenkopf zu malen.

»Mein Lieber, der Tatort liegt in einem großen Kontorhaus. Der Täter musste vom Eingang bis zur Kanzlei im sechsten Stock und wieder zurückgehen. Alle Angestellten in dem Kontorhaus sind von der Polizei befragt worden. Niemandem ist jemand aufgefallen.«

Krayenborg fügte *unauffälliges Erscheinungsbild* ihrer Liste hinzu. Unauffällig wie Petrowa. Wenn nicht ab und zu Tastaturanschläge von ihr zu hören wären, könnte man denken, sie wäre gar nicht da.

»Kommen wir zum Motiv.« Krayenborg schwang den Marker wie ein Dirigent seinen Stab.

»Es ist ein Bereicherungsdelikt. Der Täter hatte es auf das Geld im Tresor abgesehen«, sagte Erikson.

Krayenborg bedachte ihn mit einem mitleidigen Blick.

Erikson hielt sich für clever, war im Wesentlichen aber testosterongesteuert. »Nicht so schnell, Sie Intelligenzallergiker. Eine Strangulation ist eine intime Tötungsart, denn der Täter kommt seinem Opfer sehr nahe. Das könnte ein Indiz für eine Beziehungstat sein.«

»Sie hat mich schon wieder beleidigt.«

»Psycho-Renate hat das nicht so gemeint«, rutschte es Thomforde heraus.

»Was wollen Sie denn damit sagen?«, zischte Krayenborg.

Thomforde schlug mit der Hand auf den Tisch. »Schluss jetzt.«

Krayenborg und Erikson tauschten noch ein paar giftige Blicke aus.

»Wie passt das aus dem Tresor entwendete Geld da rein?« Thomforde hatte die Ermittlungsakte vor sich liegen und spielte mit einer Büroklammer.

»Der Täter könnte eine Beziehungstat als Raubmord getarnt haben.« Das lag doch auf der Hand. Und Thomforde glaubte, er hätte mit seiner Büroklammer alles unter Kontrolle.

»Dann war es ein Sexualmord?«, fragte Erikson.

Krayenborg bedachte Erikson mit einem missbilligenden Blick. Das hättest du wohl gerne. »Haben Sie heute Morgen Ihre Tabletten nicht genommen?«

»Ich brauche keine Tabletten.«

»Wer sich für geistig gesund hält, wurde nur noch nicht gründlich untersucht.«

»Können wir bitte zum Thema zurückkommen?«, warf Thomforde ein.

»Es war *kein* Sexualmord. Das Opfer war vollständig bekleidet und es gab keine Anhaltspunkte für sexuelle Handlungen.«

Erikson sah demonstrativ zur Decke.

Krayenborg setzte ihre Fallanalyse fort. »Mir scheint eine Beziehungstat wahrscheinlicher. Aber wir können diesen Punkt noch offenlassen.« Sie notierte *Motiv: Beziehung und/oder Bereicherung*.

Draußen ertönte ein Chor von Martinshörnern. Blaulicht flackerte durch das schmale Fenster. Mehrere Streifenwagen fuhren zu einem vermutlich spannenderen Fall los.

»Eine weitere Frage ist, ob von Allwörden ein Zufallsopfer oder die Tat geplant war.« Krayenborg wartete auf Vorschläge.

»Der Täter wusste offenbar, dass die Anwaltsgehilfin schon Feierabend hatte und von Allwörden allein in der Kanzlei sein würde. Und er wusste offensichtlich auch von dem Geld im Tresor.«

»So eine Perle der Weisheit hätte ich von Ihnen am aller wenigsten erwartet, Erikson.«

Petrowa sagte weiterhin nichts. Ihr größter Wunsch dürfte ein Tarnumhang sein, der sie unsichtbar machen würde.

»Ich erinnere mich an die Aussage der Anwaltsgehilfin. In der Kanzlei waren keine Seile vorhanden. Der Täter muss sie mitgebracht haben.« Thomforde strich den Aktendeckel glatt.

Der Büroklammer-Fetischist glaubte, er leite das Cold-Case-Team. Das würde man noch sehen. Als Klügste und geistig Gesündeste sollte sie eigentlich das Team leiten.

Krayenborg notierte ›geplantes Vorgehen‹.

»Ist eigentlich nach der Herkunft des Seils ermittelt worden?«, fragte Erikson.

»Es war ein handelsübliches Seil aus Sisal. Es kann in jedem Baumarkt gekauft werden«, antwortete Thomforde.

Krayenborg machte einen Strich unter die Einzelpunkte und schrieb *Fazit* darunter. »Die Ermittlungen müssten bei dem Opfer ansetzen. Wer aus ihrem Umfeld hatte ein Motiv für einen Mord?«, wiederholte sie die Frage, die sie schon einmal in den Raum gestellt hatte.

Krayenborg schaute erst zu Thomforde und dann zu Erikson. Erstaunlicherweise widersprach keiner der beiden.

10

Lisa Wolf sah aus wie ein Zombie. Dunkle Schatten um ihre Augen standen in scharfem Kontrast zu ihrer ungesund blassen Gesichtsfarbe.

Erikson und Krayenborg fanden Lisa Wolf nachmittags im Schminkraum des *Hamburg Dungeon*, wo sie sich auf ihre Rolle als Krankenschwester im Pestkrankenhaus vorbereitete. Die Brünette trug eine weiße Bluse, eine lederne Bauchbinde und einen grauen Rock.

»Wie kommt es, dass Sie nicht mehr als Anwaltsgehilfin arbeiten?«, fragte Krayenborg.

»Als die Kanzlei geschlossen wurde, war ich fünfundzwanzig. Ich wollte noch einmal etwas ganz anderes versuchen und habe eine Ausbildung zur Musical-Darstellerin angefangen.«

»Hier verdienen Sie sich etwas dazu?«

»Ja, Gruselschauspielerin zu sein, ist besser als zu kellnern, und ich sammele schon etwas praktische Erfahrung.«

»Sie könnten hier auch ohne Schminke arbeiten«, sagte Erikson zu Krayenborg.

»Gerne. Und als Erstes werde ich Sie obduzieren.« Krayenborg klopfte mit einem Fingerknöchel gegen Eriksons Kopf. »In Ihrem Schädel werde ich nur ein Vakuum finden.«

»Dafür haben Sie genug Teer für den gesamten Ausbau der Ostseeautobahn in der Lunge.«

»Guter Vorschlag. Darf man hier rauchen?«

Lisa Wolf sah zu ihr hoch und sagte: »Nein.« Dann tunkte sie ein Messer in eine kleine Dose mit roter Paste und zog es quer über ihren Hals. Die Illusion einer blutenden Halswunde war perfekt.

»Was hatte es mit dem Tresor in der Kanzlei auf sich?«, fragte Erikson.

Lisa Wolf nahm einen Zerstäuber und spritzte sich Blut auf Gesicht und Oberkörper. Dann war sie mit dem Schminken fertig und drehte sich herum.

»Viele Mandanten zahlten das Honorar in bar. Das kam dann in den Tresor.«

»Sind Barzahlungen bei einem Anwalt nicht unüblich?«

»Eigentlich schon. Aber Frau von Allwörden hatte als Kiezanwältin angefangen und viele Mandanten aus dem Milieu bevorzugten Bargeld. Zuhälter und Drogenhändler haben die Taschen ständig voller Scheine. Ihr war Bargeld übrigens auch lieber.»

Als Lisa Wolf den Satz ausgesprochen hatte, hielt sie sich die Hand vor den Mund.

Erikson und Krayenborg tauschten einen Blick.

»Warum?«, fragte Erikson.

»Vergessen Sie meinen letzten Satz.«

»Sie müssen uns schon die Wahrheit sagen. Wir können Sie auch mit auf das Präsidium nehmen. Meine Kollegin ist eine Verhörexpertin.«

Krayenborg nickte.

»Um Schwarzgeld zu verdienen. Barzahlungen versteuerte sie nicht. Und war sie zur Pflichtverteidigerin bestellt worden, mussten die Mandanten bar noch etwas drauflegen. Das durfte das Gericht natürlich nicht wissen.«

»Wer wusste von dem Tresor mit dem Bargeld?«, fragte Erikson.

»Was für eine dämliche Frage.« Krayenborg sah ihn abfällig an.

»Jeder, der schon mal in ihrem Büro war. Und dass sie gerne Bargeld nahm, hat sich auf dem Kiez rumgesprochen.«

Lisa Wolf setzte eine weiße Haube auf und band sich eine blutbefleckte Schürze um. Dann sah sie zur Wanduhr. »Kommen Sie mit. Ich muss jetzt zur Vorführung.«

Labyrinthische Gänge führten sie zum *Pestraum*. Gegenüber den Zuschauerbänken stand ein Holztisch mit einer Männerleiche.

»Hab ich es mir doch gedacht. Meine Vorgängerin hat wieder nicht aufgeräumt.« Lisa Wolf begann, die lose herumliegenden Organe in den Bauchraum der Silikonpuppe zurückzustopfen.

»Das gruselt die Zuschauer?«, fragte Erikson erstaunt.

»Sehen Sie die Pestbeule hier?«, fragte Lisa Wolf und zeigte auf die aufgeplatzte eitrige Wunde am Unterarm. Als sie den Finger in die Wunde legte, spritzte aus einer verborgenen Pumpe Wasser in Richtung der Zuschauerbänke. »Die Zuschauer sitzen im Halbdunkel und ducken sich erschreckt weg. ›Das nennt man Tröpfeninfektion‹, werde ich sagen. ›Sie haben sich gerade angesteckt.‹«

»Was für Mandanten hatte Ihre Chefin?« Krayenborg musterte die Organe mit professionellem Interesse.

»Kiezgrößen, Drogenbarone und Mörder. Zuletzt hatte sie zunehmend auf Wirtschaftsmandanten umgesattelt.«

»Hatte sie Feinde?«

»Darauf können Sie wetten. Das bleibt nicht aus, wenn man regelmäßig Schwerkriminelle verteidigt.«

»Gab es Drohungen?«

»Ja, sie nahm die aber nicht weiter ernst. Das gehöre zum Geschäft, sagte sie.«

»Wer waren ihre wichtigsten Mandanten?«

Lisa Wolf hatte alle Organe einsortiert und klappte die aufgeschnittene Bauchdecke zu.

»Da könnte ich Ihnen jetzt die Namen aller Rotlicht-größen herunterbeten.«

»Präziser gefragt: Wer war ihr wichtigster Mandant unmittelbar vor ihrem Tod?«

»Häufig kam Magnus Ragnar, ein Wirtschaftsmandant. Der machte irgendwas mit Internet.«

Erikson sah Krayenborg fragend an. Auch sie hatte den Namen offensichtlich noch nie gehört.

Lisa Wolf deckte die Leiche mit einem groben Leinentuch zu.

»Sie müssen jetzt gehen. Die Zuschauer kommen gleich.«

»Glück gehabt, Erikson. Ihren Schädel säge ich ein andermal auf.«

11

Das Fiasko hatte genau an diesem Ort seinen Anfang genommen. Michael Thomforde stieg schlecht gelaunt aus seinem Wagen aus. Von der Elbe kam ihm ein kalter Wind entgegen, sodass er sich mit einer energischen Bewegung den Kragen hochschlug. Es begann zu dämmern. Er stapfte über das schneebedeckte Kopfsteinpflaster zu dem Gebäude gegenüber. *Hanse Forensik* stand auf dem Messingschild des zweistöckigen Backsteinbaus an der Großen Elbstraße in Altona.

Thomforde hatte plötzlich das Gefühl, beobachtet zu werden. Er blieb stehen und sah sich um. Zweihundert Meter die Straße runter parkte gerade ein dunkler BMW ein. War er ihm gefolgt? Beobachtete ihn der Mann, der gerade Kartons aus einem Transporter auslud? Oder der Kranführer aus seiner Kanzel?

»Sieh mal an. Der Herr Staatsanwalt traut sich noch mal her«, sagte Sandra Brinkmann, als Thomforde ihr Labor betrat. Sie hatte eine blond gefärbte, toupierte und mit viel Haarspray fixierte Frisur. Der Wind draußen würde ihr nichts anhaben können.

Thomforde war einen Augenblick irritiert. Simone Brinkmann sah ihn mit frostigem Blick an, blieb sitzen und reichte ihm nicht die Hand. Bei Ohnsorg hätte er einen Stuhl und einen Kaffee bekommen. Neben der Computertastatur lag ein Stapel Ermittlungsakten.

»Sie freuen sich nicht, mich wiederzusehen?«, fragte Thomforde. Sandra Brinkmann war früher die Assistentin von Ohnsorg und deutlich freundlicher gewesen.

»Der Justizskandal hat das Labor an den Rand der Insolvenz gebracht. Niemand wollte uns mehr Aufträge geben, obwohl wir Ohnsorg fristlos entlassen haben.«

Der Vorwurf, er hätte den Justizskandal zu verantworten, schwang unausgesprochen mit. Thomforde war aber nicht gekommen, um die Schuldfrage zu diskutieren.

»Jetzt kriegen Sie aber wieder Aufträge?« Thomforde zeigte auf den Stapel Ermittlungsakten.

»Dafür musste ich wochenlang bei Polizei, Staatsanwaltschaft und Gericht Klinken putzen. Es war erniedrigend, darum betteln zu müssen, uns eine neue Chance zu geben.« Sandra Brinkmann klang entrüstet.

Das war der Preis, um zur Laborleiterin aufzusteigen, dachte Thomforde. Ohne den Justizskandal hätte Brinkmann in absehbarer Zeit keine Chance auf eine Beförderung gehabt.

»Frau Brinkmann, ich möchte gerne wissen, ob es möglich ist, das Seil noch mal neu zu begutachten.«

»Sie hoffen, doch noch Spuren des wahren Täters zu finden?«

»Richtig.«

Eine junge Frau mit schwarzem Haar, dunkler Hautfarbe und weißem Kittel kam herein.

»Ich brauche eine Unterschrift.« Die Laborantin legte einen Laborbericht vor Brinkmann auf den Tisch.

»Das ist übrigens Frau Toprak.«

»Hallo«, sagte Frau Toprak lächelnd zu Thomforde.

Brinkmann unterschrieb den Bericht. Thomforde sah der attraktiven Laborantin hinterher, als sie hinausging.

»Grundsätzlich ja. Haben Sie das Seil?« Sandra Brinkmann streckte den Arm mit der Handfläche nach oben aus.

»Nein, es ist nie zur Staatsanwaltschaft zurückgelangt. Es muss noch hier sein.«

Thomforde sah sich suchend in dem Labor um, konnte den Plastikbeutel mit dem Seil aber nicht entdecken.

»Das Labor wurde von der Kripo auf den Kopf gestellt. Das Seil ist nicht hier«, sagte Sandra Brinkmann mit vorwurfsvollem Ton.

Wie konnte ein wichtiges Beweismittel verschwinden?

»Haben Sie noch Kontakt zu Ohnsorg? Er muss wissen, wo das Seil geblieben ist.«

Sandra Brinkmann lachte auf. »Ohnsorg macht eine Weltreise. Zuletzt hat er auf Facebook aus Nepal gepostet. Das ist aber auch schon wieder ein paar Wochen her.«

Thomforde hatte Ohnsorg in seiner Cessna zu einem Rundflug mitgenommen. Es war der erste Flug überhaupt für Ohnsorg gewesen. Und ihm war schlecht geworden.

»Eine Weltreise? So reiselustig habe ich ihn gar nicht in Erinnerung.«

»Vielleicht ist er auch nur wegen des Strafverfahrens abgetaucht.«

Damit könnte Brinkmann recht haben. Ohnsorg musste unter anderem mit einer Anklage wegen Freiheitsberaubung in mittelbarer Täterschaft in drei Fällen rechnen. Vielleicht gab es auch weitere Falschgutachten, von denen er nicht wusste. Wenn Ohnsorg systematisch Gutachten gefälscht hatte, musste er mit einer mehrjährigen Freiheitsstrafe rechnen. Grund genug, unterzutauchen.

Wo ist Ohnsorg?

12

»Verdammt! Diese Mistkiste!«, fluchte Petrowa und klappte den Laptop mit einem Knall zu. »Sie hat sich schon wieder aufgehängt.«

Krayenborg sah erstaunt von einer Akte auf. Der erste Kaffee dieses Tages stand noch dampfend neben ihr. Sie saß Petrowa gegenüber im Büro. Die Einrichtung bestand aus zwei aneinandergestellten Schreibtischen und ein paar Regalen. Kein einziges Möbelstück war jünger als sie selbst. So viele Worte am Stück hatte sie von ihrer schweigsamen Kollegin noch nie gehört. »Probleme?«

Die Tür ging auf. »Ist das hier eine Schreibstube?«, fragte ein beleibter Mann mit Glatze mit dunklem Haarkranz und bayerischem Akzent. Dann drehte er sich zu der Frau hinter sich. »Guck mal, hier sitzen sogar zwei Frauen, die Sekretärinnen spielen.«

»Der Keller gehört nicht zum Polizeimuseum. Gehen Sie wieder nach oben«, sagte Krayenborg in genervtem Tonfall.

Der Bayer brauchte einen Augenblick, bis er begriffen hatte.

»Oh, tut uns leid.« Der Mann schloss die Tür hinter sich.

Krayenborg kannte das schon. Mindestens einmal am Tag

verirrte sich ein Besucher hier nach unten. Vielleicht war es doch nicht so clever von Thomforde gewesen, das Whiteboard mit Ausschilderung zum Museum aus dem Eingangsbereich mitzunehmen.

Der Laptop war groß, klobig und offensichtlich älter. Petrowa drehte ihn um und las den Aufkleber auf der Rückseite. »Was bedeutet Datensichtgerät der Bundeswehr?«

»Es wird sich um einen ausgemusterten Armee-Laptop handeln.«

»Das erklärt einiges. Seine CPU ist dieselbetrieben und läuft mit Windows 2000. So kann ich nicht arbeiten.« Petrowa drehte den Laptop wieder um und schob ihn weit von sich weg. »Wollen wir uns duzen? Woher kommst du eigentlich?« Krayenborg fand, Petrowa sah jünger als 27 Jahre aus. Sie war klein, zierlich und hatte eine rundliche Gesichtsform.

»Gerne. Ich komme aus Russland«, antwortete Sasha zögernd. Ihr ernster Gesichtsausdruck wurde durch ihre buschigen Augenbrauen verstärkt.

Renate war Spezialistin für Verhörtechniken. Unter ihren bohrenden Fragen hatte schon so mancher harter Junge gestanden. Sie würde Sasha noch zum Reden bringen. »Ich stamme aus der ehemaligen DDR. Wo genau in Russland?«

»Aus einem kleinen Dorf in Sibirien.«

Die Kollegin war nur wenig gesprächig. Kein Wunder, wenn man aufwächst, wo sich die Polarfüchse gute Nacht sagen. Permafrost wärmt niemandes Herz.

»Hast du studiert?«

»Informatik in Tomsk.«

»Mein Vater hat eine Psychiatrie in Sachsen geleitet. Ich bin auf dem Klinikgelände aufgewachsen. Damals hat man noch mit Elektroschocks gearbeitet. Ich hätte wahrscheinlich auch welche bekommen, wenn ich mich geweigert hätte, Psychologie zu studieren.«

Renate zog eine Zigarette aus der Schachtel und klappte

ihr Feuerzeug auf. Sashas Blick wandelte sich von teilnahmslos in missbilligend. Renate klappte ihr Feuerzeug wieder zu und schob die Zigarette zurück in die Schachtel.

»Danach bist du nach Deutschland gekommen?«

»Vor zwei Jahren.«

Kurze Antworten, keine Gegenfragen. Renate nahm es nicht persönlich, denn Sasha verhielt sich immer so abweisend. Den abgebissenen Nägeln nach, um den linken Daumen war sogar ein Pflaster gewickelt, bestand Therapiebedarf, so wie bei fast allen Menschen. Wenn sie sich umsah, war sie weit und breit der einzige geistig gesunde Mensch.

»Ich habe es bereut, mich dem Wunsch meines Vaters gebeugt zu haben. Im nächsten Leben mache ich etwas ohne Idioten.«

Das war einer von Renates Lieblingssprüchen. Normalerweise lachten die Leute dann immer. Eine Psychologin, die im nächsten Leben etwas ohne Idioten machen wollte, war doch der Brüller. Doch Sasha zeigte keine Reaktion.

»Was hast du auf dem Laptop gesucht?«, fragte Renate.

»Verdächtige in den Polizeidatenbanken.«

»Schon fündig geworden?«

»Nein.«

»Dafür habe ich in der Akte einen Kandidaten gefunden. Es ist der Ehemann der von Allwörden.«

»Was macht ihn verdächtig?« Sasha zog die Augenbrauen fragend hoch.

»Frauenmorde sind häufig Beziehungstaten. Und dieser Ehemann ist auffällig.«

»Warst du jemals verheiratet?«

»Nein, ich bin mein ganzes Leben ledig geblieben und jetzt ist es dafür auch zu spät.«

»Woran hat es gelegen?«

»Die Männer haben mir vorgeworfen, ich würde sie ständig analysieren.«

»Hast du?«

»Selbstverständlich, aber nicht ständig, höchstens zweimal am Tag. Und jetzt zurück zu unserem Verdächtigen. Er heißt Finan Negash, ist Eritreer und zehn Jahre jünger als von Allwörden.«

13

Ein Mord war auf der Chaiselongue verübt worden. Eine Millionärsgattin war von ihrem rasend eifersüchtigen Ehemann erwürgt worden, nachdem er hinter ihre Affäre mit seinem besten Freund gekommen war. Das war vor fünfzig Jahren ein Riesenskandal in der Hansestadt gewesen. Bis gestern hatte die Chaiselongue im zweiten Stock der Ausstellung gestanden. Hinter ihr an der Wand hatte eine Tafel mit Informationen über den aufsehenerregenden Fall, Zeitungsausschnitten und Fotos gehangen. Erikson hatte beim Runtertragen geholfen. Von Beesten hätte er nie eine Couch bekommen. Thomforde hoffte, niemand würde hier im Keller nach ihr suchen.

Thomforde machte es sich mit dem Laptop auf dem Schoß auf dem Liegemöbel bequem. Ohnsorg hätte ihn mit Gefälligkeitsgutachten versorgt, lautete der Vorwurf im Disziplinarverfahren. Er hätte immer nur Ohnsorg beauftragt, der ihm prompt die gewünschten Ergebnisse geliefert habe. Zwei Freunde hätten zum Nachteil der Beschuldigten konspirativ zusammengearbeitet. Doch er hatte Ohnsorg nie um so einen Gefallen gebeten. Was konnte er dafür, wenn Ohnsorg aus Ehrgeiz oder falsch verstandener Freundschaft DNA-Treffer erfunden hatte? Ohnsorg und niemand anderes war schuld an seinem beruflichen Desaster.

Er und Ohnsorg waren Freunde, zumindest auf Facebook. Er rief auf seinem privaten Laptop das Facebook-Profil von Ohnsorg auf. Der strahlte ihm auf seinem Profilfoto mit hellblauen Augen, weißer Kunststoffbrille, Igelfrisur und rotem Haar entgegen, als er gerade in ein Flugzeug stieg. Offenbar der Beginn der von Brinkmann erwähnten Weltreise. Alle ein bis zwei Wochen folgte ein Post von seiner aktuellen Reisestation. Auf kleinen Karten war der Reiseweg eingezeichnet, dem Fotos von Ohnsorg folgten. Er fand den von Brinkmann erwähnten Post aus Nepal. Ohnsorg war vor den schneebedeckten Gipfeln des Himalayas zu sehen. Ein weiteres Foto zeigte ihn in einem Tuk-Tuk in Indien. Auf dem nächsten war er in Badehose an einem Strand auf den Malediven zu sehen. Thomforde sah sich den bisherigen Reiseverlauf an. Er war in Europa gestartet und jetzt in Asien angekommen. Ohnsorg plante offenbar, die Erde in östlicher Richtung zu umrunden. Und er reiste allein, denn auf den Fotos war keine Begleitung zu sehen.

Weiter unten waren die Freunde von Ohnsorg, seine Musik und Filme und was ihm sonst noch gefiel, aufgelistet. Thomforde fiel beim Durchscrollen auf, dass er eigentlich kaum etwas Privates über Ohnsorg wusste. Sie hatten eine Arbeitsbeziehung miteinander gehabt. Er hatte gespürt, dass Ohnsorg auch privaten Kontakt wollte, war aber nicht darauf eingegangen. Er hatte ihn schon sympathisch gefunden, hatte aber neben Vollzeitjob mit ständigen Überstunden, Familie und Fliegerhobby keine Zeit für eine Männerfreundschaft gehabt.

Thomforde hatte die Freundschaftsanfrage von Ohnsorg damals gedankenlos angenommen. Er hatte über zweihundert *Freunde* auf Facebook, von er denen er mindestens hundert überhaupt nicht kannte. Er maß dem keine Bedeutung bei.

Wer von ihnen würde ihn besuchen, wenn er im Krankenhaus läge? Wahrscheinlich niemand. Aber im Disziplinarverfahren war Facebook als Beweis für die angebliche Freundschaft herangezogen worden.

Sollte er Ohnsorg als Freund entfernen? Er könnte die Freundschaft glaubwürdiger bestreiten, wenn er nicht mehr mit Ohnsorg auf Facebook verknüpft wäre. Außerdem fühlte Thomforde sich im Stich gelassen. Während er hier allein die Suppe auslöffeln musste, entzog sich Ohnsorg seiner Verantwortung durch eine Weltreise. Aber wenn er Ohnsorg löschte, wäre die letzte Verbindung zu ihm gekappt und er würde ihn nicht finden.

Thomforde schrieb ihm eine Nachricht.

Nils, bitte melde dich. Wir müssen dringend miteinander reden.

14

Das typisch norddeutsche Einfamilienhaus in Alsterdorf war einmal Thomfordes ganzer Stolz gewesen. Es hatte weiße Türen und Fenster und war aus rotem Backstein gebaut worden. Das schwarze Dach war schneebedeckt. Er hatte es vor fünfzehn Jahren gemeinsam mit Frauke errichten lassen. Er hatte seine Zwillinge hier aufwachsen sehen. Doch er lebte hier nicht mehr.

Seine Suspendierung vor sechs Monaten hatte wie eine Lawine auch seine Ehe mit in den Abgrund gerissen. Jetzt war seine Suspendierung aufgehoben, und er hatte als Leiter des Cold-Case-Teams eine neue Aufgabe. Er rührte inzwischen auch keinen Alkohol mehr an. Thomforde sah nicht mehr wie ein Wrack aus. Er war beim Friseur gewesen, frisch rasiert und hatte sich einen neuen Anzug gekauft. Er wollte mit Frauke noch mal über alles reden. Vielleicht konnte er sie umstimmen.

Als Thomforde auf den Eingang zuging, hatte er wieder das Gefühl, beobachtet zu werden. Er blickte sich um, konnte aber nichts Verdächtiges entdecken.

Thomforde lächelte freundlich, als die Haustür aufging. Wohlige Wärme strömte ihm aus dem Inneren entgegen. Er versuchte, sich seine Überraschung nicht anmerken zu lassen, als er die neue Frisur seiner Frau sah. Im nativen Zustand hatte sie lange blassbraune Haare. Jetzt waren sie pink und nur noch halblang. Die Frisur würde ihren Schülerinnen besser als ihr stehen. Die Schmetterlingsbrille und das kräftige Kinn, das ihrem Gesicht eine maskuline Ausstrahlung gab, hatte sie auch vor der Trennung schon gehabt.

»Was willst Du?« Ihre kernige, herrische Stimme, die sie auch außerhalb des Klassenzimmers als Waffe einsetzte, hatte er fast vergessen. Sie war es als Gymnasiallehrerin gewohnt, das Sagen zu haben. Als er sie kennengelernt hatte, war sie 34 Jahre alt und richtig nett gewesen. Doch im Laufe der Jahre hatte sie ihr autoritäres Gehabe immer mehr aus dem Klassenzimmer mit nach Hause gebracht. Er selbst war sich der Grenze zwischen Berufs- und Privatleben bewusst. Wenn er die Robe in den Schrank hängte und nach Hause fuhr, war er kein Staatsanwalt mehr.

»Frauke, bei mir gibt es berufliche Veränderungen und ich finde, wir sollten noch mal über alles reden.«

»Du kannst keinen Unterhalt mehr zahlen?«

Es schien Frauke nach der Trennung nur noch ums Geld zu gehen. Das Einzige, was sie an ihm interessierte, war die monatliche Überweisung.

»Nein, die Veränderungen sind positiv.«

»Ist es dafür nicht ein bisschen zu spät?« Frauke reckte ihr Kinn nach oben und verschränkte ihre Arme vor der Brust. »Letzten Sommer wollte ich mit dir zu einer Eheberatung gehen. Die hast du verweigert und dich stattdessen in der Flasche verkrochen.«

»Ja, es war ein Fehler, nicht mit dir zur Psychologin zu gehen. Wir können das aber nachholen.«

Michael hatte dienstlich ständig mit Psychologen zu tun, die für jedes verabscheuungswürdige Verbrechen eine Entschuldigung fanden. Fast alle Verbrecher hatten eine schlechte Kindheit, weshalb sie für ihre Taten gar nicht oder jedenfalls nicht voll verantwortlich gemacht werden konnten. Deshalb hatte er Vorbehalte gehabt, als Frauke mit ihm zu einer Psychologin gehen wollte.

Frauke schüttelte den Kopf. »Nein, Michael, wir haben uns vor einem halben Jahr getrennt, und ich will mich von dir scheiden lassen.«

»Frauke, ich bitte dich. Noch ist es nicht zu spät.« Thomforde merkte selbst, wie sein Tonfall von versöhnlich in bettelnd umgeschlagen war. Es widerte ihn an.

»Gibt es hier ein Problem?« Hinter Frauke war ein fremder Mann aufgetaucht. Er trug ein silbernes Kassengestell und einen lichten Bürstenhaarschnitt. In einem Jahr würde er nicht mehr zum Friseur gehen müssen.

»Das ist Till, mein neuer Freund«, sagte Frauke und zeigte hinter sich. Er trug ein Achselshirt, das den Blick auf einen breiten Oberkörper mit beeindruckendem Bizeps freigab, und eine Jogginghose. Seit wann zog es Frauke zu Proleten hin?

Ein Grinsen machte sich unter Tills Schnauzer breit.

»Das ist mein Ex-Mann. Er wollte gerade gehen.«

Till war der Fitnesstrainer von Frauke. Sie hatte ihn einmal beiläufig erwähnt. Thomforde fragte sich, wie lange schon was zwischen den beiden lief. Hatte es schon angefangen, als er noch das Bett mit Frauke geteilt hatte?

»Nein, ich wollte nicht gerade gehen. Kann ich wenigstens Laura und Luca sehen?«

Thomforde schaute die Treppe hoch in Richtung der Kinderzimmer.

»Nein.« Frauke schüttelte energisch den Kopf.

Till drängte sich an Frauke vorbei.

»Du gehst jetzt besser.« Tills Atem roch nach Matjes.

»Sie mischen sich hier nicht ein.« Thomforde stieß ihm

mit dem Finger auf die Brust. »Das hier ist immer noch mein Haus. Und ich will jetzt meine Kinder sehen.«

Till packte ihn am Hemdkragen, riss ihn hoch und schüttelte ihn.

Thomforde versuchte, sich dem Griff zu entwinden, während seine Füße hilflos in der Luft strampelten. Doch Tills Hände waren wie ein Schraubstock. Das Hemd zog sich um seinen Hals zu, und er bekam schlecht Luft.

Till sagte mit leisem, aber bedrohlichem Ton: »Du gehst jetzt besser, sonst breche ich dir die Nase.«

Plötzlich ließ Till ihn los. Er hatte Mühe, den Fall abzufangen. Er rang vornübergebeugt nach Atem.

Am liebsten hätte Thomforde Till sein dümmliches Grinsen aus dem Gesicht geschlagen. Doch ihm war klar, dass er einen Kampf gegen diesen Muskelprotz niemals gewinnen konnte.

Frauke sah ihn mit verschränkten Armen kampflustig an.

Thomforde drehte sich wortlos um und ging. Hinter sich hörte er die Haustür ins Schloss knallen.

Sein Versöhnungsversuch war grandios gescheitert.

15

Thomforde drückte den Klingelknopf ein wenig länger als nötig. Er war direkt von Alsterdorf hierher gefahren. Er hörte Schritte auf dem Holzfußboden der Altbauwohnung in Eppendorf.

Die Wohnungstür wurde aufgemacht. Krayenborg trug eine rote Latzhose mit lauter Farbflecken darauf.

»Was wollen Sie?«

»Ich wollte mit Ihnen über Harms sprechen.«

Krayenborg drehte sich wortlos um und ging den Flur herunter. Sie hatte die Tür offengelassen.

Thomforde betrat die Wohnung und folgte ihr. Es roch nach Zigarettenrauch. Ein Stück begleitete ihn ein Perserkater, der sich miauend an seine Beine schmiegte. Er drehte enttäuscht ab, als Thomforde ins Wohnzimmer anstatt in die Küche ging.

Krayenborg stand bereits wieder vor einer Staffelei, auf der die Umrisse eines Mannes zu sehen waren. Leise war klassische Musik zu hören.

Thomforde blieb schlagartig stehen, als er den echten Mann in der Ecke entdeckte. Auf einem Hocker saß ein etwa dreißigjähriges Modell. Er hatte seine langen Haare zu einem

Dutt gebunden, trug einen Vollbart, war schlank und muskulös. In einer Art Denkerpose schaute er aus dem Fenster.

»Das ist Juan. Beachten Sie ihn einfach nicht.« Krayenborg arbeitete mit einem Bleistift weiter an den Umrissen.

Der Mann war nackt.

Thomforde wandte den Blick ab. Auf dem Couchtisch lag ein Stapel erotischer Liebesromane.

Nicht nur sein Oberkörper mit den Bizeps, den definierten Brustmuskeln und dem Six-Pack war zu sehen. Juan war komplett nackt.

Thomforde versuchte, die Fassung wiederzugewinnen.

»Juan ist eigentlich ein Callboy, arbeitet aber auch als Aktmodell. Nach dem Malen bleibt er noch ein bisschen.«

Thomforde hatte sich bislang keine Gedanken über das Liebesleben seiner Kollegin gemacht, aber einen Miet-Tarzan hätte er nun wirklich nicht erwartet. Und war Jane nicht deutlich jünger gewesen?

Sein Blick schweifte ab zu der Couch an der Wand. Einen Augenblick lang spürte Thomforde den Wunsch, sich dort hinzulegen. Er fühlte sich müde und abgeschlagen. Die Eule könnte sich auf den Sessel daneben setzen und irgendetwas Aufbauendes sagen.

»Juan, mach mal den Dutt auf«, riss ihn Krayenborg aus seinen Gedanken.

Juan fingerte das Gummiband herunter und schüttelte den Kopf. Seine Löwenmähne fiel bis auf seine Schultern. Braun mit blonden Strähnchen.

»Malen ist Ihr Hobby?«, fragte Thomforde.

»Sie Möchtegern-Pilot halten mich für eine Amateurin?«

Thomfordes Blick fiel auf die Gemälde an der Wand. Sie zeigten nackte Männer und Katzen. Seine Tochter malte auch gerne, und er fragte sich, ob sich Krayenborgs Werke von ihren Bildern groß unterschieden. Außer natürlich das Laura keine nackten Männer malte.

»Selbstverständlich nicht. Ich maße mir als Kunstbanause auch kein Urteil an.«

»Dann ist ja gut. Ich werde mit meinen Bildern irgendwann richtig erfolgreich sein. Dann kann ich die Polizei verlassen und meine eigene Galerie aufmachen.«

Wenn Krayenborg nicht selbst Psychologin wäre, hätte Thomforde ihr geraten, eine aufzusuchen.

»Ich habe auch schon einen Namen, sie soll *Cat & Adonis* heißen.«

»Mir geht es ähnlich. Ich will Buschflieger in der Serengeti werden.«

Krayenborg reagierte auf seinen Versuch, Nähe herzustellen, nicht.

»Ich wollte noch mal auf Harms zurückkommen«, sagte Thomforde.

Krayenborg verdrehte theatralisch die Augen. »Ich hatte Ihnen bereits gesagt, dass das der falsche Weg ist.«

Juan hielt seinen Kopf in Richtung Fenster gerichtet, verfolgte das Gespräch aber aus den Augenwinkeln.

»Und ich hatte Ihnen bereits die gegen ihn sprechenden Indizien genannt.«

»Das führt zu nichts. Sie wollen sich nur von Ihrer Schuld reinwaschen.«

Thomforde erwiderte nichts.

»Eine Psychotherapie könnte Ihnen helfen. Ich kann Ihnen ein paar gute Kolleginnen empfehlen.«

Thomforde fragte sich, ob es eine gute Idee gewesen war, hierherzukommen.

Krayenborg sah ihn durch ihre dicken Brillengläser an. »Ist sonst noch was?«

Thomforde war eigentlich aus einem anderen Grund gekommen, aber ihm schien die Situation ungünstig. Krayenborg war nicht erfreut über seinen Besuch und auch nicht allein.

»Entweder Sie spucken jetzt aus, weshalb Sie eigentlich gekommen sind, oder Sie verabschieden sich.« Krayenborg zeigte mit dem Bleistift in der Hand in Richtung Tür.

Thomforde sah auf die Musterung des Parketts zu seinen Füßen. Dann fasste er sich ein Herz.

»Ich war eben bei meiner Frau und wollte mich mit ihr versöhnen, doch sie hat bereits einen neuen Partner. Hätten Sie einen Tipp, wie ich sie zurückgewinnen kann?«

Ein verständnisloser Blick streifte ihn kurz, bis sie sich wieder ihrem Bild zuwandte.

»Finden Sie sich mit der Trennung ab. Suchen Sie sich eine neue Frau«, sagte Krayenborg in barschem Tonfall.

Thomforde meinte, aus den Augenwinkeln ein Lächeln über Juans Gesicht gleiten zu sehen.

»Ich kann Frauke nicht vergessen.«

»Sie brauchen dringend eine Therapie.«

Er fühlte sich zum zweiten Mal an diesem Nachmittag, als hätte er einen Eimer voll kaltem Wasser ins Gesicht bekommen.

»Und jetzt raus mit Ihnen. Ich habe zu malen.«

Er verabschiedete sich und ging.

16

Wiebke von Allwörden hatte halblange weiße Haare und ein längliches Gesicht. Auf ihrer roten Bluse glitzerte eine Perlenkette. Den Abschluss bildete ein cremefarbener Rock. Erikson und Petrowa saßen auf einer Couch ihr gegenüber in einem gemütlichen Wohnzimmer. Auf dem Tisch standen drei Tassen Kaffee. Durch das Fenster waren der Fischmarkt und die Elbe zu sehen. Die untergehende Sonne tauchte den Fluss in ein goldenes Licht. Im Hintergrund spielte Udo Jürgens, und der Nymphensittich im Käfig in der Ecke versuchte, den Gesang zu übertönen.

Nach ein paar Worten Smalltalk kam Erikson zur Sache. »Was für ein Mensch war Ihre Tochter?«

»In der Zeitung wurde sie immer als furchtlos und knallhart beschrieben. Aber so war Kathi nicht. Privat war sie meistens fröhlich und manchmal auch ängstlich.«

»Warum hatte sie Angst?«

»Sie hatte täglich mit Verbrechern zu tun und bekam öfter Drohungen.«

»Hat sie Namen genannt?«

»Nein, sie hat nur gesagt, sie habe viele Feinde und

bekomme öfter Drohungen. Ich habe auch nicht nachgefragt, weil ich das im Einzelnen gar nicht wissen wollte.«

Dieses Fischen im Trüben brachte nichts. Erikson beschloss, das Thema zu wechseln. »Wir würden gerne Näheres über den Ehemann Ihrer Tochter erfahren.«

Wiebke von Allwörden sah hoch zum Bild an der Wand. Katharina von Allwörden stand im schwarzen Hosenanzug mit weißer Bluse vor den Säulen des Oberlandesgerichts. Mit blauen Augen, halblangen blonden Haaren und einem schmalen Mund lächelte sie in die Kamera.

Eine durchaus attraktive Frau, fand Erikson.

»Kathi ist nur 44 Jahre alt geworden. Und ihr Mörder läuft immer noch frei herum.«

»Genau deshalb brauchen wir Ihre Hilfe.«

»Tja, wo die Liebe hinfällt.« Wiebke von Allwörden schüttelte den Kopf. »Ich war schon sehr überrascht, als Kathi mir Finan vorstellte. Schwarz und zehn Jahre jünger. Möchten Sie einen Eierlikör?«

Erikson hatte keine Kinder. Aber falls er eine Tochter hätte, dürfte die keinen Afrikaner mit nach Hause bringen. Neben der Flasche Eierlikör in der Schrankwand lagen rote Boxhandschuhe.

»Nein, danke. Haben Sie mal geboxt?«

»Wo denken Sie hin? Kathi hat die von einem Gangster geschenkt bekommen, nachdem sie ihn rausgeboxt hatte. Sie lagen immer bei ihr auf dem Schreibtisch. Sie selbst hatte sich dem Fechten verschrieben und sogar ein paar Turniere gewonnen.«

Thomforde hatte von Allwörden als bissige und engagierte Verteidigerin geschildert, die Richtern und Staatsanwälten ihr Leben oft schwer gemacht hatte. Die Boxhandschuhe passten dazu.

»Wo haben sich die beiden kennengelernt?«

»Bei einer Gerichtsverhandlung. Er ist Dolmetscher.«

Petrowa hatte einen Notizblock vor sich liegen und schrieb mit.

»Wie war die Ehe?«

Befragungen waren für Erikson ungewohnt. In seiner alten SEK-Einheit war es meist darum gegangen, Türen einzutreten, den Verdächtigen zu überwältigen und abtransportfertig zu fesseln.

»Katharina und Finan haben eine harmonische Ehe geführt. Sie sagte, er sei ihr Ruhepol. Er hat sie immer aufgefangen, wenn sie nach einem stressigen Tag im Gerichtssaal nach Hause kam.«

»Gab es Affären?«

»Nein. Soweit ich weiß, waren sie einander treu.«

»Ist Herr Negash jemals gewalttätig gegenüber ihrer Tochter geworden?«, fragte Petrowa.

Erstaunt sah Erikson Petrowa an. Seine Kollegin konnte reden.

»Verdächtigen Sie etwa Finan?«, fragte Wiebke von Allwörden.

»Das ist reine Routine«, sprang Erikson ein. Warum hatte Krayenborg Finan Negash nach ihrer Aktenlektüre für verdächtig gehalten?

»Finan war ein ganz Lieber. Er hat Kathi nicht geschlagen.«

17

Harms Sicherheitstechnik stand in roter Schrift auf blauem Grund auf dem Dachschild. Daneben war ein manngroßer stilisierter Schlüssel aufgestellt. Die Alarmanlagenfirma hatte ihren Sitz in einem einstöckigen Flachbau in der Schmuckstraße gehabt. Krayenborg und Thomforde standen vor dem verschlossenen Tor. Die ehemals weißen Wände waren schmutzig-grau geworden und großflächig mit Graffiti beschmiert. Die Fenster waren vereist und das Innere der Firma dadurch nicht einsehbar. Auf dem Parkplatz davor lagen Eis und Schnee, vereinzelt ragten die Spitzen kahler Sträucher heraus.

»Das also war mal Harms Firma.« Krayenborg zündete sich eine Zigarette an.

»Das Gebäude ist bestimmt fünfzehn Meter breit. So groß hatte ich mir seine Firma gar nicht vorgestellt.« Thomforde hauchte in seine Hände, um sie zu wärmen. »St. Pauli ist ein Hotspot der Kriminalität. Harms wird hier gute Geschäfte gemacht haben.«

»Und dann hat das Fehlurteil seine Existenz vernichtet.« Krayenborg nahm einen tiefen Zug aus ihrer Zigarette und warf dann den Kopf in den Nacken.

»Das weiß ich auch.« Thomforde warf Krayenborg einen finsteren Blick zu. Er wollte nicht schon wieder eine Diskussion über seinen Anteil an dem Fehlurteil führen. »Mir wird kalt. Lassen Sie uns zu seiner Wohnung gehen.«

Thomforde und Krayenborg gingen die Schmuckstraße hundert Meter weiter runter und auf die andere Seite. Auf dem Gehweg lagen die Hinterlassenschaften der Nacht, leere Zigarettenpackungen, Bierflaschen und benutzte Kondome. Nachts verdienten hier transsexuelle Prostituierte ihr Geld.

»Haben Sie auch manchmal das Gefühl, beobachtet zu werden?«, fragte Thomforde und blickte kurz über seine Schulter.

»Seit der Wende ehrlich gesagt nicht. Wie sieht die Person aus, die Sie beobachtet?«

»Kann ich nicht sagen. Es ist nur ein Gefühl.«

Thomforde betrachtete betont unauffällig die Straße.

»Wann hat das angefangen?«

»Vor ein paar Tagen, als ich das Labor aufgesucht habe.«

»Im Anfangsstadium ist eine paranoide Schizophrenie gut behandelbar. Soll ich Ihnen einen Spezialisten empfehlen?«

Thomforde antwortete nicht.

Die Wohnung von Harms lag in einem Mehrfamilienhaus, dessen Putz abblätterte. Im Hochparterre flackerte die Neonwerbung für ein Tattoo-Studio. Zu Harms ging es drei Stufen runter ins Souterrain. Krayenborg trat ihre Zigarette aus.

Harms öffnete auf Thomfordes Klingeln.

Die Einzimmerwohnung war mit einem Schreibtisch samt Stuhl, einem Bücherregal, einem Kleiderschrank und einer Schlafcouch möbliert. *Noch so ein Kellerkind*, dachte Krayenborg, als sie sich neben Thomforde auf die Couch setze.

Vincent Harms setzte sich auf den Schreibtischstuhl gegenüber. Er hatte wache braune Augen und eine gerade schmale Nase. Seine hellbraunen Haare waren zu lang und fettig. Das markante Kinn brauchte eine Rasur. Harms war durchaus attraktiv, dachte Krayenborg, er müsste nur mal zum Friseur.

»Nach Ihrem Freispruch rollen wir den Mord an Katharina von Allwörden noch mal auf«, sagte Thomforde.

Es roch faulig und muffig. Dann entdecke Krayenborg den schwarzen Schimmel in der Zimmerecke.

»Ausgerechnet Sie kommen deswegen zu mir?«, sagte Harms leise, aber mit aggressivem Unterton.

»Sie wissen genau, dass es nicht mein Fehler war. Ich bin, wie der Richter auch, auf das gefälschte Gutachten hereingefallen.«

»Dieser Ohnsorg war doch ihr Lieblingsgutachter.«

Krayenborg hörte Thomforde neben sich seufzen. Sein schlechtes Gewissen quälte ihn offensichtlich. Sie fragte sich, was Thomforde von Harms erhofft hatte. Vergebung?

»Wie ist es Ihnen nach der Haftentlassung ergangen?«, fragte Krayenborg.

Harms sagte nichts.

»Wir haben uns eben Ihre Firma angesehen. Sie sieht stillgelegt aus.«

»Meine Firma ist pleite.« Die Miene von Harms bekam etwas Verbittertes. Krayenborg wusste aus der Akte, dass Harms sich vom Schulabbrecher mühsam zum Firmeninhaber hochgearbeitet hatte. »Ich habe eine Haftentschädigung bekommen, von der ich eine Weile lang leben kann.«

»Wollen Sie Ihre Firma wieder aufmachen?«

»Geht Sie das irgendetwas an? Wo waren Sie nach dem Freispruch? Niemand ist zu mir gekommen und hat sich entschuldigt.«

Krayenborg konnte den Groll von Harms verstehen.

»Aber jetzt sind wir da und hören Ihnen zu.« Krayenborg versuchte, anteilnehmend zu klingen.

»Das ist doch Bullshit. Sie sind nur hier, weil Sie mich weiter verdächtigen.«

»Ich bin keine Ermittlerin, sondern Psychologin.« Krayenborg log nicht gerne.

»Nein, ich will Schriftsteller werden und schreibe gerade ein Buch.« Er zeigte auf die handschriftlichen Notizen, die neben der Computertastatur auf dem Schreibtisch lagen.

»Wie interessant. Über welches Thema?«

Krayenborg bemerkte, wie Harms zögerte.

»Drei Jahre in der Hölle – Tagebuch eines Justizopfers.«

Aus den Augenwinkeln sah Krayenborg, wie Thomforde den Mund verzog. Er stellte sich wahrscheinlich lebhaft vor, wie schlecht er in dem Buch wegkam, und hoffte, es würde nie veröffentlicht werden.

»Haben Sie schon einen Verlag dafür?«

Thomforde neben ihr würde hoffen, das Manuskript würde nie diesen Raum verlassen und vom Schimmel zerfressen werden.

»Ja, ein großer Münchener Verlag will es herausbringen.«

Thomfordes Gesicht versteinerte. Dabei kann autobiografisches Schreiben einen therapeutischen Effekt haben. Krayenborg hatte sich unauffällig umgesehen und weder Alkohol noch Drogen entdeckt. Wenn Harms sein Trauma, unschuldig im Gefängnis gesessen zu haben, durch Schreiben überwand, war das aus psychologischer Sicht nicht so schlecht.

»Von Allwörden hatte Sie mal wegen einer Einbruchsserie verteidigt.«

Harms rechter Mundwinkel zuckte auf die beiläufig von Krayenborg gestellte Frage.

»Ja, aber nicht gut. Statt der erhofften Bewährung bin ich für vier Jahre eingefahren.» Ein Ausdruck des Bedauerns huschte über Harms Gesicht.

»Hegten Sie deswegen einen Groll gegen sie?«

»Warum können Sie mich nicht einfach in Ruhe lassen? Das Fehlurteil hat mein Leben zerstört«, sagte Harms mit gepresster Stimme und sah auf den billigen Teppichboden.

Harms befand sich in einem Dilemma, erkannte Krayenborg. Gab er einen Groll auf von Allwörden zu, lieferte er damit ein Mordmotiv, stritt er ihn ab, stand er als Lügner da und machte sich dadurch auch verdächtig.

»Beantworten Sie bitte meine Frage. Wir sind gleich wieder weg.«

Harms schaute wieder hoch. »Ich weiß, worauf Sie hinauswollen. Ich war sauer auf sie, aber nicht so stark, dass ich sie umgebracht hätte.«

Krayenborg glaubte ihm. Schlechte Verteidigung ist normalerweise kein Mordmotiv. Sonst würde es mehr Anwälte auf dem Friedhof als im Gerichtssaal geben. Trotzdem wollte sie ihm noch ein wenig auf den Zahn fühlen.

»Vielleicht sind Sie in die Kanzlei eingebrochen und gingen davon aus, dass niemand mehr da sein würde.«

Das war Eriksons Theorie. Immerhin war Harms ein einschlägig vorbestrafter Einbrecher.

Harms stand auf und verschränkte die Arme vor der Brust. »Das muss ich mir von Ihnen nicht bieten lassen. Ich bin wegen des Mordes an der Anwältin freigesprochen worden.«

Krayenborg sah zu Thomforde, der weiter schwieg. Gegen den Freispruch ließ sich kaum etwas sagen. Und natürlich wurde ein Justizopfer aggressiv, wenn es wegen derselben Tat schon wieder verdächtigt wurde. Harms musste sich wie in einem Albtraum fühlen, der nie aufhörte.

Harms zeigte in Richtung Tür. »Und jetzt gehen Sie bitte.«

18

»Ich habe da einen interessanten Kandidaten«, sagte Petrowa zu Erikson, der ihr gegenüber im Besprechungsraum saß. Erikson sah sie müde an. In seinem Wasserglas sprudelte eine Aspirin.

»Lange Nacht?«

»Schlimmer, langes Wochenende.«

»Der Verdächtige heißt Magnus Ragnar. Die Anwaltsgehilfin hatte ihn als wichtigsten Mandanten angegeben. Ich habe im Internet nach ihm recherchiert.«

»Okay, Chippi, leg los.« Erikson klappte das vor ihm liegende Lehrbuch *Einführung in Cold-Case-Ermittlungen* zu.

»Ragnar stammt aus Norwegen. Er ist Inhaber der *Nordic Group*, eine E-Commerce-Agentur. Sie hilft Onlinehändlern bei der Erstellung und Optimierung ihrer Webpräsenzen.«

Erikson betrachtete sie mit Augen, die tiefblau waren wie sibirischer Quarz.

»Die Internetagentur muss wohl recht erfolgreich sein, denn Ragnar spendet regelmäßig größere Beträge für die Elbphilharmonie.«

»Was macht ihn für dich verdächtig?«, fragte Erikson. »Ist doch in Ordnung, wenn wir uns duzen?«

Petrowa war einen Augenblick verblüfft. »Okay, Muskel-Jan.«

»Freut mich, aber Jan reicht.«

Sasha bereute das vorschnelle Aufgeben der Distanz augenblicklich und fing an, an ihrem linken Zeigefinger zu knabbern. Als sie bemerkte, dass Jan sie beobachtete, versteckte sie ihre Hände schnell unter dem Tisch.

»Wie lange machst du das mit den Nägeln schon?«

»Das habe ich schon als Kind gemacht. Ich habe es mir nie abgewöhnen können.«

»Vielleicht kann Renate dir helfen?«

»Niemand kann mir helfen. Ich habe wirklich schon alles versucht.« Zaghaft hob Sasha ihre Hände unter dem Tisch hervor und legte sie auf den Tisch. »Nicht einmal das Auftragen von Tabascosoße konnte mich abhalten.«

Jan streckte seine Hände aus, um ihre zu berühren. Schnell zog sie sie zurück und ließ sie wieder unter dem Tisch verschwinden.

Sasha sah, dass Jan enttäuscht war. Er fing sich aber gleich wieder.

»Ich habe auch was im Kopf. Meine Mutter ist schließlich Mathelehrerin.« Jans Zeigefinger senkte sich auf das Lehrbuch.

»Versteht ihr euch gut?«

»Wir haben nur selten Kontakt. Sie ist kalt und abweisend.«

»Und dein Vater?«

»Ist schon lange tot«, sagte Jan mit leerem Blick.

»Das tut mir leid. Was hat er gemacht?«

Jan zögerte. Offensichtlich sprach er nicht gerne über den Tod seines Vaters.

»Er war Polizist und beobachtete zufällig einen Raubüberfall. Der Räuber stach ihm ein Messer in die Brust.

»War er sofort tot?«

Jan drehte seinen Kopf zur Seite und presste seine Kiefer aufeinander.

»Nein, er verblutete, als ich neben ihm kniete. Ich konnte nichts dagegen tun. Ich war erst elf.«

Jans Augen röteten sich und wurden wässrig. Sasha nahm seine auf dem Tisch liegende Hand und drückte sie. Ein Junge hatte seinen Vater verloren. Es gab keine Worte, die diese Wunde heilen konnten. Dann zog sie ihre Hand behutsam zurück.

»Deshalb bist du auch Polizist geworden?«

»Unterbewusst schon. Der Mörder meines Vaters wurde nie gefasst.«

Das wäre eigentlich ein Fall für die Eule, wie Michael sie gern nannte, aber auf ihre Couch würde sich Jan nie legen.

»Also, warum erscheint dir Ragnar verdächtig?«, kam Jan abrupt zum Thema zurück.

»Ganz einfach, warum ist der Inhaber einer Internetagentur Stammmandant bei einer Anwältin?«

»Das ist in der Tat seltsam.«

»Und ich frage mich, ob eine Internetagentur tatsächlich so viel Geld abwirft. Ragnar ist nur nicht Mäzen der Elbphilharmonie, sondern hat eine Eigentumswohnung im Marco-Polo-Tower, einem der teuersten Wohnhäuser Hamburgs.«

»Wo ist die Agentur? Hast du ein Foto von ihr?«

»Auf St. Pauli. Hier ist auch ein Foto.« Sasha tippte auf den Bildschirm.

Jan stand auf, umrundete den Tisch und beugte sich über Sasha. Er kam ihr so nahe, dass sie sein markantes Aftershave riechen konnte. Einen Augenblick dachte sie, sein Drei-Tage-Bart würde an ihrem Hals entlangstreichen, aber das bildete sie sich nur ein.

Auf Google war ein gelb verklinkertes Haus zu sehen. Unten war ein Drogeriemarkt, darüber Büros.

»Eine mega-erfolgreiche Internetagentur stelle ich mir irgendwie anders vor, so als Glaspalast in der Hafen-City.«

»Ich finde, wir sollten der Agentur mal einen Besuch abstatten.«

19

Alster Insolvenz hatte seine Büros in einem ehrwürdigen Haus aus rotem Sandstein mit grünem Kupferdach am Jungfernstieg. Während außen der Charme eines über hundertjährigen Kontorhauses erhalten geblieben war, strahlte Jan und Sasha drinnen moderner Minimalismus mit viel Glas und Edelstahl entgegen.

Über zwanzig Anwälte standen auf dem Kanzleischild. Im Empfangsraum ging es geschäftig zu. Mit Firmenpleiten ließ sich offenbar gutes Geld verdienen, dachte Erikson, während sie eine Sekretärin den langen Gang entlangführte. An der Wand hingen schwarz-weiße Hamburg Kunstdrucke.

Insolvenzverwalter Dr. Harald Kahle empfing sie in seinem Büro. Sein dunkles Resthaar war millimeterkurz rasiert. Er trug einen quadratischen Rund-um-den-Mund-Bart. Sein dreiteiliger schwarzer Anzug mit dunkelblauer Krawatte erinnerte an einen Beerdigungsunternehmer. Ein bisschen war er das auch, nämlich ein Firmenbestatter. Im Kontrast zu diesem düsteren Eindruck stand sein freundliches Lächeln.

»Also, was kann ich für Sie tun?«, fragte Dr. Kahle, nachdem Jan und Sasha vor seinem Schreibtisch auf den Bauhausfreischwingern Platz genommen hatten.

»Wir interessieren uns für das Dolmetscherbüro Negash«, sagte Jan. Sasha schlug ihren Notizblock auf.

Dr. Kahle strich sich mit Daumen und Zeigefinger übers Kinn. »Die Insolvenz muss mindestens drei Jahre her sein. Ein tragischer Fall, aber mit glücklichem Ausgang.«

Jan und Sasha warteten ab.

»Herr Negash war ein guter und gefragter Dolmetscher, hatte sich aber mit den falschen Leuten umgeben. Seine angestellten Dolmetscher hatten systematisch überhöhte Rechnungen geschrieben und Negash hat sie entsprechend bezahlt. Die Justiz hat die Rechnungen später erheblich gekürzt. Er selbst blieb auf der Differenz sitzen und musste Insolvenz anmelden.«

»Herr Negash ist demnach unverschuldet in Insolvenz geraten«, stellte Jan fest. »Hätte er seine Mitarbeiter nicht entlassen und allein weitermachen können?«

»Er hat sie ja entlassen, bekam aber trotzdem Ärger mit der Innenbehörde.«

»Warum?«, fragte Sasha.

»Die Dolmetscher müssen in wirtschaftlich geordneten Verhältnissen leben, um nicht bestechlich zu sein. Ein Insolvenzverfahren kann zur Streichung von der Dolmetscherliste führen.«

»Und Sie haben sich für Herrn Negash eingesetzt, damit das nicht passiert?«, fragte Jan.

Jan bemerkte den verständnislosen Seitenblick von Sasha. Wenn ihr seine Art der Befragung nicht gefiel, könnte sie gerne übernehmen.

Das Lächeln von Dr. Kahle sollte wohl entschuldigend wirken. »Nein, das war nicht meine Aufgabe. Seine Frau war Anwältin und hat ihn vertreten. Doch ausgerechnet, als die Innenbehörde seine Zulassung wiederrufen wollte, verstarb sie.«

»Hätte ihm seine Frau nicht finanziell unter die Arme greifen können?«

Dr. Kahle brauchte einen Augenblick, seine Worte sorgfältig abzuwiegen. »Die Kollegin war gut im Geschäft und hätte die 100.000 Euro sicherlich aufbringen können. Aber sie wollte nicht für den Betrug anderer bezahlen. Ihr Plan war, gegen die Innenbehörde und die Ex-Mitarbeiter juristisch zu kämpfen.«

Oder die Ehe war doch nicht so gut, wie die Mutter sie beschrieben hatte, dachte Jan.

»Sie deuteten eingangs einen glücklichen Ausgang an.«

»Ja, so tragisch der Tod seiner Frau für ihn persönlich war, hat er doch seine Finanzprobleme gelöst. Er war Alleinerbe und das Insolvenzverfahren sowie seine Probleme mit der Innenbehörde waren vom Tisch.«

In Jans Kopf formte sich ein Verdacht.

»Was wäre ohne die Erbschaft passiert?«

»Sein Dolmetscherbüro wäre nicht zu sanieren gewesen. Zudem wollte die Innenbehörde ihm seine Zulassung entziehen. Außer Dolmetschen hatte er nichts gelernt. Er hätte mit einem Schuldenberg vor dem Nichts gestanden.«

»Vielen Dank für das Gespräch«, sagte Jan und stand auf.

Vielleicht hatte Krayenborg doch nicht so falschgelegen. Denn Finan Negash hatte ein Motiv gehabt, seine Frau umzubringen.

20

Nur ein kleines Schild an dem unscheinbaren Haus in St. Pauli wies auf die Nordic Group hin. Sie hatte ihre Büros im ersten Stock. Das Interieur war modern mit Holzboden und weißen Ziegelwänden ausgestattet.

Sasha zählte sechs Mitarbeiter in dem Büro, als sie zusammen mit Jan von einer Sekretärin nach hinten geführt wurden. Die Männer trugen alle hellblaue Hemden und saßen an schwarzen Tischen vor großen Monitoren. In der Ecke stand eine künstliche Zimmerpflanze. Während Jan vor ihr ging, bewunderte sie die V-Form seiner Schultern und Hüfte und seinen festen und knackigen Hintern, der in der engen Jeans gut zur Geltung kam. Aber mit einem Macho wie ihm könnte sie nie zusammen sein.

Das Chefbüro war ein durch Glasscheiben in Aluminiumrahmen abgetrennter Würfel. Magnus Ragnar stand auf, als sie eintraten. Sie schätzte ihn auf ein Meter neunzig. Er war hellhäutig und hatte lange blonde Haare. Mit blassblauen Augen in einem zu großen Gesicht musterte er Sasha und Jan. Er trug einen schwarzen Anzug mit weißem Hemd ohne Krawatte. Nach einer kurzen Begrüßung nahmen alle Platz.

Sein Schreibtisch war außer einem silberglänzenden Apple-Computer leer.

»Was kann ich für Sie tun?«, fragte der Fast-Albino.

»Wir ermitteln in dem Mord an der Anwältin von Allwörden. Sie waren einer ihrer Mandanten«, sagte Jan.

Sasha beobachtete Ragnar genau. Sein Gesicht zeigte keine Regung.

Er verschränkte seine Finger und sah zwischen Jan und Sasha hin und her.

»Ich meine, mich an eine Nachrichtenmeldung zu erinnern, nach der der Mörder gefasst und zu lebenslänglich verurteilt worden ist«, sagte Ragnar schließlich.

»Nur war er nicht der Mörder und wurde nachträglich freigesprochen.«

»Ich verstehe. Aber warum kommen Sie zu mir?«

»Reine Routine. Wir befragen alle, die mit der Anwältin beruflich oder privat zu tun hatten.«

Die Antwort schien Ragnar zu genügen.

»Womit genau beschäftigt sich die Nordic Group?«, fragte Jan.

Ragnar legte die Fingerspitzen unter dem Kinn aneinander und lehnte sich in seinem Chefsessel zurück. »Die Nordic Group ist auf zwei Geschäftsfeldern tätig. Wir realisieren Onlineshops und betreiben Onlinemarketing speziell für skandinavische Kunden.«

»Das ist noch ein wenig abstrakt. Haben Sie Beispiele?«

»Einer unserer Kunden ist ein Laden für norwegische Outdoorbekleidung«, begann Ragnar im sachlichen Tonfall. »Sie wollten die Kleidung über den Laden hinaus auch im Internet verkaufen. Wir haben ihnen den Onlineshop eingerichtet. Oder, ein Dekogeschäft verkauft Sachen im skandinavischen Design und möchte im Internet Werbung machen. Gibt man heute in Google *Skandi Design* und *Hamburg* ein, spuckt die Suchmaschine als einen der ersten Treffer den Namen unseres Kunden aus.«

Das erschien Sasha plausibel. Aber konnte Ragnar mit dieser Internetagentur Millionen verdienen? Sie hielt das für fraglich. Sasha hatte selbst Informatik studiert und wusste, dass Reichwerden im Internet nur ein Mythos war.

»Sie kannten Katharina von Allwörden?«, fragte Jan.

Ragnars linkes Augenlid zuckte einmal. »Ja, Sie hat uns gelegentlich beraten, Onlineshops rechtssicher zu gestalten und Abmahnungen zu vermeiden.«

Sasha überlegte, warum Ragnar damit zu einer Strafverteidigerin und nicht zu einer auf das Internetrecht spezialisierten Kanzlei gegangen war. Und ihr fiel auf, dass Lisa Wolf von häufigen Besuchen Ragnars gesprochen hatte, während er selbst behauptete, ihre Dienste nur gelegentlich in Anspruch genommen zu haben.

»Weiter nichts?«, fragte Sasha.

»Nein, sonst nichts«, antwortete Ragnar einsilbig und sah gelangweilt auf seine manikürten Fingernägel.

»Was haben Sie nach dem Tod von Allwördens gemacht?«

Die Miene von Ragnar blieb völlig emotionslos. »Mir einen neuen Anwalt gesucht.«

21

Finan Negash hatte schwarze Haare, dunkle Haut und ein gewinnendes Lächeln. Er empfing Thomforde und Krayenborg in seinem Dolmetscherbüro, das am Steindamm über einem Döner-Imbiss lag. Mit seiner Befragung begann die zweite Woche der Ermittlungen. Krayenborg fiel bei der Begrüßung der feine Körperbau von Negash auf. Er war nur etwa ein Meter siebzig groß und sehr schlank. Zusammen mit der glatten Gesichtshaut wirkte er fast wie ein Jugendlicher, obwohl er 32 Jahre alt war. Aber ein weißes Hemd und ein schwarzes Sakko verliehen ihm ein professionelles Aussehen. Sie nahmen rund um einen Besprechungstisch Platz.

»Erzählen Sie mal etwas von sich«, sagte Thomforde.

»Ich stamme aus Eritrea, habe dort das Abitur gemacht und Englisch studiert. Mit 25 Jahren bin ich vor dem Regime nach Deutschland geflüchtet. Hier habe ich eine Dolmetscherausbildung absolviert und mich anschließend selbständig gemacht. Jetzt habe ich ein Dolmetscherbüro mit acht festangestellten und zwanzig freien Mitarbeitern.« Finan Negash lächelte breit und zeigte dabei seine strahlend weißen Zähne.

»Warum wollten Sie Dolmetscher werden?«, fragte Krayenborg.

»Ich habe ein feines Gehör und liebe Sprachen. Musik liebe ich auch und spiele in einer Band. Doch davon kann man nicht leben.«

»Wie würden Sie Ihre damalige Ehe beschreiben?« Krayenborg rückte ihre schwarze Brille gerade und wartete gespannt auf die Antwort.

Finan Negash legte die Fingerspitzen aneinander. »Ich habe Katharina geliebt.« Seine braunen Augen sahen traurig aus.

Krayenborg wartete, doch es kam nichts weiter.

»Gab es öfter mal Streit?«, hakte Thomforde nach.

»Nein, wir haben uns gut verstanden.«

Krayenborg erkannte, dass der Befragte zunehmend verschlossen wurde und weiteres Nachbohren nichts bringen würde.

»Wir haben von Ihren finanziellen Problemen vor drei Jahren gehört. Mitarbeiter hatten überhöhte Rechnungen geschrieben und letztlich blieben Sie auf dem Schaden sitzen.«

»Ja, das war eine üble Situation«, sagte Negash und warf Krayenborg einen bekümmerten Blick aus seinen braunen Augen zu.

»Aus der Sie die Erbschaft gerettet hat.«

Ein nachdenklicher Ausdruck trat in Negashs Gesicht. »Ich hätte es auch ohne die Erbschaft geschafft.«

»Wie?«

»Ich hätte noch härter gearbeitet.«

Sie hatte ihn bei einer Lüge ertappt. Nach Aussage des Insolvenzverwalters wäre das Dolmetscherbüro ohne die Erbschaft nicht zu retten gewesen. Außerdem hatte der Entzug seiner Zulassung gedroht. Krayenborg sah ihren

Verdacht bestätigt. Finan Negash hatte ein Motiv gehabt, seine Frau umzubringen.

Krayenborg tauschte mit Thomforde einen wissenden Blick. Er sah es genauso.

»Herr Negash, wo waren Sie, als Ihre Frau umgebracht wurde?«

Es dauerte einen Augenblick, bis der Groschen fiel.

»Verdächtigen Sie etwa mich?« Negash knete nervös seine Hände.

»Der Alleinerbe mit Finanzproblemen ist grundsätzlich verdächtig«, sagte Thomforde.

»Ohne einen Anwalt sage ich nichts mehr.«

»Das ist Ihr gutes Recht.«

Krayenborg sah Negashs in Falten gelegter Stirn an, dass er nachdachte. Er fragte sich wahrscheinlich, ob ihn der Wunsch nach einem Anwalt nicht noch verdächtiger machen würde.

»Ich hätte Kathi niemals etwas angetan.« Negash klang mehr traurig als wütend.

»Dann können Sie uns doch sagen, wo Sie zur Tatzeit waren«, wiederholte Krayenborg ihre Frage.

«Ich habe an dem betreffenden Freitagabend mit meiner Band in Kampnagel geprobt. Sie können das gerne nachprüfen.«

»Das werden wir auch.«

22

Thomforde hatte sich auf die Lauer gelegt. Nach dem Kursplan des Fitnessstudios würde Till um 17 Uhr einen Body-Pump-Kurs geben. In der Einfahrt seines ehemaligen Hauses stand ein weinroter Porsche 924. Dieses Modell wurde schon ewig nicht mehr hergestellt, musste also über dreißig Jahre alt sein.

Schnee rieselte auf die Windschutzscheibe. Er musste ab und zu den Scheibenwischer betätigen, um das Haus sehen zu können. Im Auto wurde es langsam kalt, doch er wollte sich nicht durch einen laufenden Motor verraten. Er wäre stattdessen jetzt auch gerne wie Ohnsorg auf Bali, wo es mindestens dreißig Grad wärmer war. Sein letztes Foto zeigte ihn in T-Shirt und Shorts vor einem Tempel mit vielen Affen. Thomforde war aber nicht nur neidisch, sondern ärgerte sich auch über ihn, weil er ihm nicht geantwortet hatte.

Till verließ um 16.30 Uhr das Haus, stieg in seinen Hausfrauen-Porsche und fuhr los. Thomforde sah ihn im Rückspiegel an der nächsten Straßenecke abbiegen.

Thomforde stieg aus seinem Passat und ging zum Haus. Fünf Stufen waren es bis zur Haustür, er blieb auf der mittleren stehen und klingelte. Das Licht im Flur ging an.

Fraukes Gesichtsausdruck verfinsterte sich in dem Augenblick, als sie ihren Noch-Ehemann erkannte.

»Ich möchte Laura und Luca sehen.« Nach dem Zusammenstoß mit Fraukes neuem Freund hatte er jede Hoffnung auf eine Versöhnung mit ihr ad acta gelegt. Er wurde auch den Gedanken nicht los, dass Frauke mit ihrem Fitnesstrainer schon vor der Trennung etwas angefangen hatte. Aber wenigstens seine Kinder wollte er sehen.

Frauke nahm wieder ihre Abwehrhaltung, bestehend aus hochgerecktem Kinn und vor der Brust verschränkten Armen, ein. »Das fällt aus.«

So sehr er Frauke auch geliebt hatte, an den herrischen Klang ihrer Stimme hatte er sich nie gewöhnt. Sie hatte den metallischen Klang eines heruntersausenden Fallbeils.

»Als Vater habe ich ein Recht, meine Kinder zu sehen. Das kannst du mir nicht verweigern.«

Frauke warf ihm von oben einen überheblichen Blick zu.

»Da sei dir nicht so sicher. Das werden wir vor Gericht sehen.«

Er wollte eigentlich vermeiden, ihre Kinder in den sich anbahnenden Rosenkrieg vor Gericht hineinzuziehen. Und er wollte nicht Monate bis zu einer Gerichtsentscheidung warten.

»Laura und Luca, euer Vater ist hier«, rief Thomforde die Treppe hoch. Sie waren da. Er hatte Licht in ihren Zimmern gesehen.

»Sie werden nicht runterkommen.« Frauke klang triumphierend.

Thomforde fuhr sich mit den Fingern durchs Haar. »Warum nicht?«

»Weil sie dich nicht sehen wollen.«

»Das werden wir ja sehen.« Er marschierte los, doch Frauke schlug ihm die Tür vor der Nase zu.

Thomforde stand einen Augenblick konsterniert vor der

Tür. Durch die Milchglasscheiben sah er seine Ex-Frau weggehen. Dann machte sie das Licht aus.

Gleich nach seinem Auszug hatte sie die Schlösser ausgetauscht. Obwohl er jeden Monat weiter brav die Kreditrate bezahlte, kam er nicht mehr in sein eigenes Haus. Thomforde ging zurück zur Straße und sah zu den hell erleuchteten Kinderzimmern hoch. Ein Vorhang bewegte sich.

Was lief hier schief?

23

R*efugees Welcome* stand über dem Eingang des Kulturzentrums in Winterhude. Ursprünglich war Kampnagel eine Maschinenfabrik gewesen. Zuletzt waren hier Hafenkräne hergestellt worden. Die ehemaligen Werkshallen waren in sechs Theaterbühnen, ein Kino, ein Restaurant und zahlreiche Proberäume umfunktioniert worden.

»Eins noch, bevor wir reingehen.« Thomforde blieb stehen und wandte sich Jan Erikson zu. »Ihr Bericht über Magnus Ragnar und die Nordic Group war großer Mist. So richtig hingerotzt und dazu noch in schlechtem Deutsch.«

Erikson hob in einer entschuldigenden Geste beide Hände. »Sorry, ich war unter Zeitdruck.«

»Nein, waren Sie nicht. Ich habe mir auch Ihre vorherigen Berichte angeschaut. Die sind alle gleich schlampig.«

Berichte schreiben war nicht seine große Stärke, wusste Erikson. Schon seine Mutter hatte wegen seiner schlechten Aufsätze mit ihm geschimpft.

»Ich bin halt mehr ein Mann der Praxis und hasse Bürokratie.«

»Die besten Ermittlungen nützen nichts, wenn es darüber keine nachvollziehbaren Berichte gibt.«

Thomforde schüttelte den Kopf und stapfte durch den Schnee zum Eingang. Erikson folgte ihm. Sein Chef war auch nicht besser als seine Mutter. Anerkennung gaben beide nur bei großen Erfolgen.

Sie betraten das Foyer. Zu ihren Füßen lag nackter Beton und unter dem Wellblechdach hingen Lüftungsrohre. Sie gingen auf den Kassentresen zu. Dahinter stand eine Frau, Ende zwanzig, mit kurzem krausem Haar und dunkler Haut.

»Kripo«, sagte Erikson und zeigte seine Marke. Das Lächeln der Kassiererin erstarb. Wahrscheinlich hatte sie schlechte Erfahrungen mit der Polizei gemacht, dachte er. »Sagt Ihnen der Name Finan Negash etwas?«

Die Kassiererin war irritiert und brauchte einen Augenblick, bevor sie antwortete. »Finan hatte eine Band und hat hier früher regelmäßig geprobt.«

»Was für eine Band?« Erikson schätzte die Frau auf ein Meter achtzig. Ihre schokoladenbraune Haut kontrastierte mit ihrem weißen Pullover.

»Sie hieß *Refugees United* und war ein bunt zusammengewürfelter Haufen aller möglichen Nationen. Finan war Bandleader und spielte Schlagzeug.«

Erikson bemerkte, wie Thomforde die Plakate an der Wand ansah. Ihn schien die Befragung nur mäßig zu interessieren.

»Die Band existiert nicht mehr?« Erikson war bei Frauen nicht allzu wählerisch. Eine Afrikanerin war aber noch nicht unter seinen zahlreichen Eroberungen gewesen. Fand er sie attraktiv? Die aufgeworfenen Lippen waren ein Pluspunkt, aber ihre Nase war ihm zu breit.

»Nein, die Band hat sich inzwischen aufgelöst.«

Die Kassiererin musste Eriksons fragenden Blick bemerkt

haben, denn sie fügte hinzu: »Das ist völlig normal. Ständig werden Bands gegründet und lösen sich wieder auf.«

»Was heißt, die Band hat hier regelmäßig geprobt?«

Die Stirn der Frau kräuselte sich, als sie über eine Antwort nachdachte.

»Nach meiner Erinnerung zweimal in der Woche.«

»Wenn ich Ihnen einen bestimmten Tag nenne, könnten sie herausfinden, ob Herr Negash an diesem Tag hier geprobt hat?«

»Grundsätzlich schon, denn wir führen Belegungspläne. Die brauchen wir für die Abrechnung.«

»Dann schauen Sie bitte mal für den 31.08.2017 nach.«

»Das kann ich nicht. Die alten Jahrgänge werden in der Buchhaltung aufbewahrt.«

»Aha, wo finden wir die Buchhaltung?«

»Im Verwaltungsgebäude. Sie müssen zu Ralf Dankers gehen. Der ist diese Woche aber krankgeschrieben.«

THOMFORDE SCHLUG SEINEN MANTELKRAGEN HOCH, ALS SIE durch die rot eingefasste Glastür nach draußen traten.

»Dann bis morgen.«

Die beiden Männer trennten sich.

Thomforde stieg in den Passat. Er schnallte sich an und startete den Motor, der erstaunlicherweise schnell ansprang. Er stellte das Gebläse auf die höchste Stufe. Doch es würde eine Weile dauern, bis der Motor warm wurde.

Vom Kampnagelgelände fuhr er auf die Jarrestraße.

Er schaute auf den Tacho, 65 km/h. Vorsichtshalber schaute er im Rückspiegel, ob ihm nicht ein Streifenwagen folgte. Plötzlich sah er hinter sich im Licht der vorbeihuschenden Straßenlaternen etwas Silbernes aufblitzen. Der Kopf eines Mannes tauchte hinter ihm auf der Rückbank auf.

Das Silberne war ein langes Messer.

Der Mann mit brauner Haut hinter ihm kam ihm vage vertraut vor.

Das Messer kam seiner Kehle näher.

Und näher.

Seine Hände verkrampften sich um das Lenkrad und sein Herzschlag setzte aus.

Thomforde hielt den Atem an, als er den kühlen Stahl auf seiner Haut spürte.

24

Der Schiffsfriedhof lag abgelegen in Moorfleet.

Sasha parkte ihren Smart gleich hinter dem Einfahrtstor neben einem 7er BMW und stieg aus. Ein paar Schneeflocken fielen ihr ins Gesicht. Die Bürobaracke war dunkel. Um 20 Uhr arbeitete niemand mehr auf der Abwrackwerft. Ein einzelner über dem Einfahrtstor angebrachter Halogenstrahler beleuchtete einen Weg in Richtung Süderelbe. Von dort waberte Nebel über das Gelände, auf dem überall zerlegter Schrott lag und diverse offene Container herumstanden. Der Anrufer hatte gesagt, sie würden sich am Heck des Frachters treffen. Sasha wischte sich Schneeflocken aus den Augen und marschierte durch den Schneematsch darauf zu.

Der Frachter war an Land gezogen worden. Die Farbe des weiß-roten Rumpfs war verblasst, zerschrammt und verrostet. Der Schein des Halogenstrahlers reichte nicht bis hierher, deshalb beleuchtete Sasha den Weg mit ihrer Handytaschenlampe. Die Erde ging in Steine über und sie musste aufpassen, wohin sie trat. Endlich hatte Sasha das Ende des Schiffes erreicht. Unter dem schützenden Dach des Hecks wartete Polizeipräsident Hauke Beesten. Über ihnen hing die gewaltige Schiffsschraube, durch die Sasha sich wie eine Zwergin fühlte. Die Fackel der Ölraffinerie gegenüber spendete ein orangeflackendes Licht. Sie schüttelte den Schnee aus dem Kunstfellkragen ihrer Jacke.

»Guten Abend, Frau Petrowa, es freut mich, dass Sie kommen konnten.«

Beesten war ein großer Mann Anfang fünfzig mit unnatürlich schwarz gefärbtem, streng nach hinten frisiertem Haar und buschigen Augenbrauen. Er trug einen schwarzen Wintermantel und schwarze Lederhandschuhe.

»Ich habe einen Vorschlag zu unser beider Vorteil. Ich möchte diese Versagertruppe loswerden und Sie wollen bestimmt dauerhaft bei der Polizei bleiben.«

Sasha hatte nur eine auf zwei Jahre befristete Stelle. In sechs Monaten lief ihr Vertrag aus. Natürlich hoffte sie auf eine Festanstellung. Aber es war eine gängige Praxis, Quereinsteiger immer nur befristet einzustellen. Bestenfalls würde ihr Vertrag um ein weiteres Jahr verlängert werden.

»Wenn Sie mir helfen, diese Leute zu entlassen, würde ich Ihnen eine Festanstellung verschaffen.«

Sasha vergaß die nasse Kälte ihrer durchweichten Schuhe. Der Vorschlag von Beesten würde alle ihre beruflichen Sorgen mit einem Schlag beenden. Sie müsste nicht mehr fürchten, arbeitslos zu werden und vielleicht sogar wieder zurück nach Russland zu müssen.

»Ich würde dann auch die Löschung des Servers vergessen.«

Sasha war dieser Vorfall unbegreiflich. Sie war sich sicher, keinen Fehler gemacht zu haben. Aber die Daten waren weg und ihr Vorgesetzter hatte sie dafür verantwortlich gemacht. Die Folge war eine schlechte Beurteilung, welche sich negativ auf die Verlängerung des Vertrages auswirken würde.

»Was müsste ich dafür tun?«

Es waren Wellenschläge gegen das Ufer und ein entferntes Schiffshorn zu hören. Den Ort für dieses konspirative Treffen hatte Beesten gut gewählt, denn niemand würde sie hier beobachten.

»Sie sollen Belastungsmaterial sammeln.«

Im Klartext wollte Beesten, dass sie ihre Kollegen verriet. Sie dachte darüber nach. Am liebsten hätte sie an ihren Nägeln gekaut, traute sich das aber nicht. Ihre Entlassung verdient hatten alle drei. Und sie hatten auch kein sonderlich gutes Verhältnis zueinander.

»Ich soll ihre Fehler bei den Ermittlungen in Sachen von Allwörden auflisten?«

Beesten lachte und machte eine wegwerfende Handbewegung. »Nein, der Fall war von Anfang an ein totes Pferd.«

»Warum lassen Sie ihn uns dann bearbeiten?«

»Weil es gleichgültig ist, an welchem Fall Sie arbeiten. Die Cold-Case-Einheit ist eine Art Beschäftigungstherapie für unnütze Mitarbeiter. Niemand erwartet einen Ermittlungserfolg von Ihnen.«

Der Tankstellengeruch von der Raffinerie kribbelte Sasha in der Nase. Sie fragte sich, ob Beesten sie auch für eine unnütze Mitarbeiterin hielt oder ob er von Anfang an ihren Einsatz als Spitzel geplant hatte.

Der Polizeipräsident beugte sich vor und senkte seine Stimme, was Sasha in dieser gottverlassenen Gegend für überflüssig hielt. »Sie sollen mir Munition für die Entlassungsverfahren beschaffen. Wurde Thomforde von Ohnsorg bestochen? Hat Erikson rechtsradikale Dateien auf seinem Computer? Hat Krayenborg eine Stasi-Vergangenheit? Jeder hat Leichen im Keller. Finden Sie sie.«

Ihre Kollegen hatten alle Dreck am Stecken. Es dürfte nicht allzu schwierig sein, Belastungsmaterial zusammenzutragen.

»Haben wir einen Deal?« Beesten lächelte sie an und hielt ihr die Hand hin.

Sasha schlug ein.

25

»Aufwachen, Thomforde!«

Thomforde blinzelte und sah das Gesicht von Erikson links neben sich. Direkt vor ihm hing der Airbag schlaff aus dem Lenkrad. Er versuchte, seine Benommenheit abzuschütteln.

»Was ist passiert?«

Es waren sich nähernde Sirenen zu hören.

»Wie geht es Ihnen? Sind Sie verletzt?« Erikson legte seine Hand auf Thomfordes Schulter.

Kälte drang durch die fehlende Windschutzscheibe herein. Aus der Motorhaube war eine Straßenlaterne gewachsen. Dampf zischte aus dem Kühler.

Thomforde spürte keine Schmerzen.

»Ich glaube, ich bin okay.«

»Ich war direkt hinter Ihnen. Plötzlich kamen Sie nach rechts von der Fahrbahn ab und krachten in die Laterne.«

Thomforde erinnerte sich an die auf ihn zufliegende Laterne. Der Aufprall hatte ihn in den Sicherheitsgurt geworfen. Gleichzeitig war der Airbag in seinem Gesicht explodiert. Dann hatte er das Bewusstsein verloren.

Blaulicht zuckte in den Wagen. Sein Blick fiel auf das auf

vor dem Beifahrersitz auf dem Boden liegende Messer. Er fasste sich an die Kehle und besah seine Hand. Kein Blut.

»Er wollte mir die Kehle durchschneiden. Ich wusste mir nicht anders zu helfen, als die Laterne zu rammen.«

Erikson schaute zu einem Punkt vor dem Wagen. Thomforde konnte wegen des Dampfes aus dem Kühler nicht erkennen, was dort war.

Thomforde schnallte sich ab und bewegte testweise Hände und Füße.

»Helfen Sie mir raus.«

»Bleiben Sie sitzen, der Krankenwagen ist da.«

Die Sirene war jetzt ohrenbetäubend laut und das Blaulicht blendete ihn.

»Quatsch, mir fehlt nichts.«

Thomforde stieg mit Hilfe von Erikson aus. Er stützte sich auf die Tür und sah nach vorn.

Fünf Meter vor dem Auto lag ein Mann auf dem Fußweg. Um seinen Kopf breitete sich eine Blutlache aus. Zwei Sanitäter rannten zu ihm.

»Ist er tot?«

»Sieht so aus. Er wurde durch die Scheibe aus dem Auto geschleudert.«

»Das ist Carlos Gaviria, der Drogenkurier, der sechs Monate fälschlich in U-Haft saß.«

»Er wollte sich offenbar an Ihnen rächen.«

26

Thomforde betrat das Strafjustizgebäude mit gemischten Gefühlen. Vor seiner Suspendierung hatte er hier ein- bis zweimal in der Woche als Staatsanwalt die Anklage vertreten. Heute war er nur als Besucher hier. Erikson begleitete ihn. Sie hatten an diesem Vormittag eine Verabredung mit der Gerichtsreporterin Heike Behnken.

Thomforde und Erikson mussten nicht lange warten, bis sie aus dem Gerichtssaal kam. Heike Behnken war um die fünfzig, hatte lange, dunkelrot gefärbte Haare und trug ein schwarzes Leinenkleid. Die kleine, zierliche Frau war für ihre spitze Feder berüchtigt. Jeder Vorsitzende wurde vorsichtig, wenn sie im Saal saß. Die drei begrüßten sich.

»Wir rollen noch mal den Mord an der Anwältin Katharina von Allwörden auf. Sie müssen sie gut gekannt haben, denn Sie haben sie häufig in Ihren Reportagen erwähnt.«

Durch die offene Tür konnte Thomforde den Staatsanwalt am Fenster sitzen sehen. Er würde alles dafür tun, wieder zurück zur Staatsanwaltschaft zu kommen.

»Ich habe mich schon gefragt, was aus Ihnen nach diesem Fiasko geworden ist. Sie sind jetzt also bei der Kripo und ermitteln Altfälle? Dieser Abstieg ist vielleicht auch eine Geschichte wert.« Behnken kramte in ihrer Umhängetasche nach ihrem Schreibblock.

»Bitte nicht, Frau Behnken. Ich bin auch so schon gestraft genug.«

Erikson neben ihm grinste.

»Okay. Aber wenn Sie den Mord an der Anwältin aufgeklärt haben, rufen Sie mich bitte an.«

»Versprochen.«

Behnken legte ihre Umhängetasche auf der Fensterbank ab und lehnte sich gegen sie. »Ich kannte von Allwörden gut. Ich habe sie in den letzten zehn Jahren in den großen Verfahren begleitet.«

»Wie war sie so?«, fragte Erikson.

»Katharina von Allwörden war eine Diva. Sie trug schicke Pelzmäntel, teuren Schmuck und einen dunkelroten Aktenkoffer. Die Fotografen liebten sie, denn sie war stets aufwendig geschminkt, bei der Frisur saß jedes Haar und sie verstand es, sich in Pose zu werfen. Dieser triste Gerichtsflur war ihr Laufsteg.«

»Und als Verteidigerin?«

»Sie war eine engagierte und kämpferische Verteidigerin. Temperamentvoll und bissig im Umgang mit Richtern und Staatsanwälten. Aus ihren Schlagabtäuschen ergaben sich oft herrliche Zitate.«

«Wir sperren die Verbrecher ein, die Anwältin haut sie raus und das Einzige, was Sie interessiert, sind ein paar herrliche Zitate.« Erikson kam in Rage.

»Wenn Sie meine Reportagen gelesen hätten, wüssten Sie, dass ich nicht nur Schlagabtäusche gebracht habe.«

»Hatte von Allwörden auch negative Seiten?«, fragte Thomforde.

Behnken brauchte nicht lange zum Überlegen. «Sie war geschäftstüchtig. Vor Gericht fuhr sie stets im Porsche vor.

Wer sich ihr Honorar nicht leisten konnte, den verteidigte sie nicht. Dabei hätte manch armer Hund ihre Hilfe dringend gebraucht.«

Die Gebühren von Pflichtverteidigungen machen niemanden reich. Aus den Akten wusste Thomforde, dass von Allwörden auf großem Fuß gelebt hatte. Sie besaß eine Villa mit Elbblick und kaufte alle vier Jahre einen neuen Porsche, außerdem hatte sie Luxuskreuzfahrten geliebt. Das konnte sie sich mit normalen Mandanten nicht geleistet haben.

»Warum haben Sie sie als *Star-Anwältin* bezeichnet?«

»Das ist kurz und prägnant. *Renommierte Strafverteidigerin* klingt altbacken und ist unnötig lang. Und sie hat auch ein paar Prominente vertreten.«

»Was waren das für Prominente?«, wollte Erikson wissen.

»Zum Beispiel der Fernsehkoch, der seinen Geliebten zerstückelt und gegessen hat. Oder der Musikproduzent, der Millionen an der Steuer vorbei auf die Cayman Islands geschleust hat. Oder der Radrennprofi, bei dem systematisches Doping nachgewiesen wurde.«

Ein Prominenter steckte sicher nicht hinter dem Mord an der Anwältin, dachte Thomforde. Und drei Promi-Mandanten erklären auch nicht ihren Reichtum. »Was hatte sie sonst für Mandanten?«

»Früher hatte sie ihre Kanzlei in St. Pauli und deshalb überwiegend Mandanten aus dem Rotlichtmilieu. Einer ihrer Stammmandanten war der Bordellbetreiber Nicolas Reichardt.«

Behnken sprach leise und schnell. Thomforde musste sich konzentrieren, um ihr zu folgen. »Der ungekrönte König von St. Pauli. Wir haben ihm nie etwas nachweisen können.«

Eine Lautsprecherdurchsage schallte über den Gerichtsflur. Behnken wartete deshalb mit ihrer Antwort.

»Er hatte ja auch eine sehr gute Verteidigerin. Von Allwörden hat hauptsächlich Schwerkriminelle vertreten.

Mörder, Zuhälter, Drogenhändler, Bankräuber und Vergewaltiger.«

»Hatte sie Feinde?», fragte Erikson.

Behnken seufzte. »Unzählige, würde ich sagen. Das bringt der tägliche Kontakt mit Schwerverbrechern mit sich. Und sie hat ihre Mandanten ohne Rücksicht auf Verluste verteidigt.«

»Können Sie Beispiele nennen?«, hakte Thomforde nach.

»Wenn sie den Mittäter ans Messer lieferte, um den eigenen Mandanten zu retten, hatte der Mittäter in *Santa Fu* lange Zeit, Rachepläne zu schmieden. Wenn sie den Kopf eines Mörders aus der Schlinge gezogen hat, hassten sie die trauernden Angehörigen.«

»Sie hatte also ziemlich viele Feinde, richtig?« Thomforde versuchte, nicht resigniert zu klingen.

»Nicht nur das. Sie hatte Insiderkenntnisse von den Verbrechen auf St. Pauli. Sie kannte alle schweren Jungs persönlich. Sie wusste alles über ihre kriminellen Machenschaften. Vielleicht hatte jemand Angst, sie würde auspacken.«

»Danke für das Gespräch.« Es hatte sie nur überhaupt nicht weitergebracht. Katharina von Allwörden hatte viele Feinde und war unliebsame Mitwisserin zahlloser Verbrechen. Der Kreis der Verdächtigen war uferlos. Und hier an seine ehemalige Wirkungsstätte zurückkehren, hatte Thomfordes Stimmung auch nicht gehoben.

»Denken Sie dran, mich anzurufen, wenn Sie den Mörder haben. Ich will die Story exklusiv.« Behnken drehte sich um und verschwand wieder im Gerichtssaal.

27

Die Umzugskartons stapelten sich an der ganzen Wand längs hoch bis zur Decke. Darin waren die Akten der Kanzlei von Allwörden. Renate und Sasha hatten sie sich von der Kanzleiabwicklerin beschafft. Beide saßen sich an zwei Schreibtischen gegenüber, auf denen Dutzende beige Handakten lagen. Diese hatten sie aufgeschlagen vor sich liegen, um nach Verdächtigen zu suchen. Sie hatten damit morgens angefangen und wurden jetzt am Nachmittag langsam müde.

»Ich finde hier keine Hinweise für eine Rechtsberatung von Ragnar in Sachen E-Commerce«, sagte Sasha. Renate sah von ihrer Akte auf. »Von Allwörden hat für ihn vor allem Firmenneugründungen und Immobiliengeschäfte vorgenommen. Sie hat ihn unter anderem bei dem Erwerb der Eigentumswohnung für 1,2 Millionen Euro und dem Kauf einer Yacht für eine Viertelmillion Euro vertreten.«

»Ich glaube, ich habe den falschen Beruf, wenn man mit einer Internetagentur Millionär werden kann«, kommentierte Renate.

»Was bedeutet es, wenn jemand von einem toten Pferd spricht?«

»Eine uralte Indianerweisheit lautet: *Wenn Du entdeckst, dass du ein totes Pferd reitest, steig ab.*«

Einen Augenblick überlegte Sasha, zu fragen, wo in Deutschland amerikanische Ureinwohner lebten, ließ es dann aber.

»Ich glaube ehrlich gesagt nicht, dass Ragnar mit seiner Agentur Millionen macht.«

»Macht ihn das zum Mörder? Aus dem Tresor der Anwältin werden seine Millionen nicht stammen, denn so viel hatte sie auch nicht.«

»Mag sein. Sag mal, wie war eigentlich deine Kindheit in der Psychiatrie?« Sasha versuchte, die Frage beiläufig klingen zu lassen.

»Da mein Vater Klinikdirektor war, lebten wir in einer herrschaftlichen Villa abseits vom Hauptgebäude. Er hatte ein großes Schlüsselbund und dessen Klimpern kündigte abends immer sein Heimkommen an.« Renates Augen leuchteten auf.

»Wie lange hast du dort gelebt?«

»Ich habe dort meine Kindheit und Jugend verbracht. Für das Psychologiestudium bin ich fünf Jahre nach Leipzig gegangen. Danach bin ich in die Klinik zurückgekehrt, bis sie kurz nach der Wende geschlossen wurde.«

Sasha wusste, dass Renate 59 Jahre alt war. Dann war sie bei der Schließung 27 Jahre alt gewesen.

»Damals wurde noch mit Elektroschocks behandelt?«

Sasha kannte Elektroschocks nur aus Horrorfilmen. Mit ihnen wurde das Gehirn der auf eine Liege geschnallten Opfer gegrillt. Danach waren sie willenlose Zombies.

Renate zuckte mit einer Schulter. »Das Schocken war bei schweren Fällen eine gängige Behandlungsmethode und oft die letzte Option.«

»Hast du dabei mitgemacht?«

»Selbstverständlich nicht«, antwortete Renate entrüstet. »Warum interessiert du dich für dieses Thema?«

»Nichts, ich frag nur so.«

Renate zog ihre Brille ein Stück herunter und sah Sasha über deren Rand fragend an. Dann schob sie sie wieder den Nasenrücken hoch.

»Zurück zu unserem Fall. Ich habe hier einen anderen Verdächtigen gefunden.«

Sasha beugte sich vor und hörte aufmerksam zu.

»Hier ist ein Drohbrief von einem Stefan Bruhns. Er schreibt, er wolle von Allwörden umbringen.« Renate drehte die Akte um und schob sie über den Schreibtisch. »Von Allwörden hatte erfolgreich einen Kindermörder verteidigt. Der Vater war nach dessen Freispruch am Boden zerstört und hatte Rache angekündigt. Drei Tage später wurde von Allwörden ermordet.«

Sasha las den Brief. Er war mit Kuli auf liniertes Papier geschrieben. *Ich werde diesem Stück Scheiße eine Kugel in den Kopf jagen und Ihnen gleich mit.* Anschließend schob sie die Akte wieder zurück.

»Ich kann nicht verstehen, warum Anwälte Kindermörder verteidigen.« Renate schien aufrichtig bekümmert.

»In unserem Rechtsstaat hat auch ein Kindermörder Anspruch auf eine Verteidigung.«

»Aber wie muss das sein, zumindest aus Sicht der Opfer und der Öffentlichkeit, ein Helfershelfer des Bösen zu sein? Sein Gewissen und seine Moral an der Tür zum Gerichtssaal abzugeben?«

Sasha zuckte mit den Schultern. »Ich habe gehört, Anwälten geht es schlecht und sie können sich es nicht leisten, Mandanten abzuweisen, auch den widerwärtigsten Kindermörder nicht.«

»Dazu fällt mir das gehässige Wort Mietschnauze ein.« Renate griff zu Feuerzeug und Zigarettenschachtel. Ein mahnender Blick von Sasha stoppte sie. »Und was ist, wenn ein Anwalt mit irgendwelchen prozessualen Tricks den Freispruch eines Kindermörders erreicht und der sich kurz danach an dem nächsten Kind vergeht? Trägt er dann nicht eine Mitschuld an der zweiten Tat?«

»Mein Ding wäre Strafverteidigung auch nicht. Aber er wird sagen, die Verteidigung des Kindermörders war sein Job.«

»Okay, aber auch wenn von Allwörden Schuld auf sich geladen hat, müssen wir ihren Mörder finden.«

»Diesen Stefan Bruhns sollten wir genauer unter die Lupe nehmen.«

28

Thomforde sah sich sichernd um, als er mit Erikson aus dem Wagen auf dem Kampnagelgelände ausstieg. Das letzte Mal hatte sich hier ein Drogenkurier in seinem Wagen versteckt und versucht, ihm die Kehle durchzuschneiden.

Der neue Dienstwagen war ein betagter Passat, hellgrau, mit einem Heckschaden nach einem Auffahrunfall. Beesten schien über einen unerschöpflichen Fundus an Schrottautos zu verfügen.

Der Buchhalter Ralf Dankers war Mitte fünfzig, hatte grau-meliertes Haar und trug ein silbernes Kassengestell aus den 80er Jahren. Sein aufgedunsenes Gesicht mit Doppelkinn deutete auf erhebliches Übergewicht hin.

Thomforde erklärte ihr Anliegen.

Dankers stand mit der Eleganz eines Elefanten auf und ging zu dem Regal hinter seinem Schreibtisch. Er holte einen Stapel großer in schwarzes Leinen eingebundener Kalenderbücher hervor und kam zurück. Schwerfällig ließ er sich in seinen Sessel fallen, der knarrend protestierte. Er zog den Jahrgang 2017 aus dem Stapel und blätterte darin.

Erikson und Thomforde sahen aufmerksam zu.

»Hier habe ich den 31.08.2017. *Refugees United* war von 16 Uhr bis 19 Uhr in Probenraum drei. Negash hat selbst unterschrieben.» Dankers drehte den Kalender um und schob ihn über den Schreibtisch.

Erikson und Thomforde beugten ihre Köpfe über den Kalender und lasen den Eintrag.

»Damit hat Negash ein Alibi«, sagte Thomforde.

»Die Eule hat uns auf eine falsche Fährte gehetzt.« Erikson fotografierte den Eintrag mit seinem Smartphone.

»Vielen Dank. Das war's«, verabschiedete sich Thomforde.

»Das war wieder ein Schuss in den Ofen«, sagte Erikson draußen.

Thomforde hörte nicht zu, sondern umrundete den Passat und besah ihn sich genau.

Erikson blieb stehen. »Was machen Sie da?«

»Äußere Sichtprüfung.«

Thomforde kniete sich in den Schnee und sah unter das Auto.

»Wonach zum Teufel suchen Sie da?«

»Nach einer Bombe.«

Thomforde sah nach dem Aufschließen zuerst auf die Rückbank.

»Da hat sich niemand versteckt. Carlos Gaviria ist tot.« Erikson klang ungehalten.

»Wer weiß, wer mir sonst noch alles nach dem Leben trachtet.«

29

Jan Erikson riss die Walther P99 aus dem Schulterholster. Breitbeinig mit der Pistole in beiden Händen zielte er. Sein Zeigefinger krümmte sich um den Abzug. Der Schuss war ohrenbetäubend in dem Raum. Die Waffe zuckte in seinen Händen hoch. Erikson glich den Rückstoß aus und jagte noch zwei weitere Projektile ins Ziel. Drei leere Hülsen fielen auf den Betonboden. Der Geruch von Kordit hing in der Luft. Schließlich ließ Erikson die Pistole sinken und sah zur Zielscheibe. Alle drei Treffer lagen im Kopfbereich.

Die unterirdische Schießanlage der Polizei gehörte zu den modernsten Europas. In den neun mit Hightech ausgestatteten Räumen konnten Polizisten den Waffeneinsatz trainieren.

Erikson nahm den Ohrschützer ab und ging zu seinem Team an der Rückseite des Raumes. Im Hintergrund waren Schüsse aus den benachbarten Schießständen zu hören.

»Schießen kannst du ja«, sagte Michael Thomforde. Gestern Abend war das Team bei einem Griechen eingekehrt. Nach dem dritten Ouzo waren sie alle zum Du übergegangen.

»Es braucht nicht viel Grips, um ein Revolverheld zu sein«, lästerte Renate.

»Ich kann viel mehr als das.« Jan mochte es nicht, auf seine Kampf- und Schießkünste reduziert zu werden. Er war clever, hatte ein Abitur und einen Fachhochschulabschluss. Warum sahen alle immer nur einen Rambo in ihm?

»Wirklich? Warum hast du dann bei dem Einsatz einen Unbeteiligten angeschossen?«, fragte Renate.

Jan steckte seine Pistole zurück ins Schulterholster.

»Wir hatten einen Haftbefehl gegen eine Rotlichtgröße. Der Zuhälter hatte eine vierjährige Haftstrafe wegen Menschenhandel zur sexuellen Ausbeutung nicht angetreten. Wir hatten an seinem Pick-up einen GPS-Sender angebracht. Wir sind dem Signal gefolgt und haben den Wagen mit drei Zivilfahrzeugen von der Straße abgedrängt und eingekeilt. Dann hat der Fahrer nach etwas in der Ablage gegriffen. Da ich wusste, dass der Gesuchte illegale Schusswaffen besitzt, habe ich geschossen.«

»Und getroffen?«, wollte Michael wissen.

»Ein seitlicher Kopfschuss. Der Mann lag ein paar Tage im Koma, hat aber überlebt. Allerdings hat er sein rechtes Auge verloren.«

»Wieso war der Mann unbeteiligt?«, hakte Renate nach.

»Der Angeschossene war nicht der Gesuchte. Er war ein Bekannter und hatte sich lediglich dessen Pick-up ausgeliehen.«

»Du hast nicht erkannt, dass ihr den falschen Mann gestoppt hattet?«

»Er sah ihm ähnlich, es war nachts bei schlechter Beleuchtung und die Sache war in Sekunden vorüber.«

»Hast du wenigstens mit der Waffe in der Ablage richtig gelegen?«, fragte Thomforde.

»Nein, er hat nur nach seinem Handy gegriffen. Er hat uns nicht als Polizei erkannt, hielt es für einen Überfall und wollte die 110 wählen.«

Renate lachte trocken auf.

»Was für ein Fiasko.«

»Wie dem auch sei«, wechselte Michael das Thema. »Wir haben gerade diskutiert, ob Ragnar mit seiner Internetagentur wirklich Millionen verdienen kann.«

»Im Internet ist alles möglich. Aber ich glaube das eigentlich nicht.«

»Warum nicht?«

»Die ganze Nordic Group besteht aus einem Büro auf St. Pauli mit sieben Angestellten. Für meinen Geschmack ist die Firma zu klein, um Millionen zu scheffeln. Sein Vermögen könnte aus Straftaten stammen.«

»Das haben wir auch so gesehen. Ragnar bleibt auf der Liste unserer Verdächtigen.« Michael schaute nacheinander zu Jan, Renate und Sasha, die alle nickten.

»Noch verdächtiger erscheint mir Stefan Bruhns. In seinem Drohbrief schreibt er, er wolle von Allwörden umbringen«, sagte Renate.

»Dann sollten du und Sasha diesem Verdacht nachgehen.«

Renate und Sasha tauschten einen zustimmenden Blick aus.

»Das möchte lieber *ich* mit Sasha übernehmen.« Jan drängelte sich zwischen Sasha und Renate.

»Der Drohbrief war Renates Entdeckung. Es wäre ungerecht, sie bei der weiteren Ermittlung auszuschließen.«

Jan passte das nicht, denn lieber hätte er den Auftrag mit Sasha übernommen. Er suchte ihre Nähe. Aber das Cold-Case-Team ermittelte in ständig wechselnden Zweierteams. Immerhin der Bordellbesuch heute Abend mit Sasha blieb ihm noch.

»Dann haben wir jetzt alles besprochen?« Renate hatte Feuerzeug und Zigarettenschachtel schon in der Hand und den Ausgang im Blick.

»Ich will die an dem Fehlurteil beteiligten Richter befragen.« Michael schob mit dem Schuh ein paar Patronenhülsen zur Seite.

»Wozu sollte das gut sein?«, fragte Renate mit skeptischem Tonfall und sah Michael an.

»Vielleicht haben sie etwas bemerkt, was ich selbst übersehen habe.«

»Oh Mann, du brauchst wirklich eine Therapie.«

30

Der *Eros-Tempel* lag in einer Seitenstraße der Reeperbahn. Sasha sah zu dem dreistöckigen Haus mit der grellroten Leuchtreklame hoch. Wie ein Tempel sah es nicht aus, sondern wie ein umfunktioniertes Mehrfamilienhaus. Sie irritierte, dass man nicht hineinsehen konnte. In den Fenstern hingen dicke rote und beleuchtete Vorhänge. Eigentlich hätten beide um 20 Uhr schon lange Feierabend gehabt, aber das Bordell war tagsüber geschlossen.

Jan war ein paar Meter vor Sasha, machte die schwarze Tür auf, drehte sich zu ihr um und sagte: »Nun komm schon.« Sie verlangsamte ihre Schritte.

Er sah sie fragend an und hielt die Tür auf.

Sie blieb stehen.

Er schüttelte den Kopf und verschwand in der Tür.

Sacha rieb ihre klammen Hände und hörte das schabende Geräusch einer Schneeschaufel. Sie fragte sich, wie es in einem Bordell wohl aussehen würde. Würde man Leute beim Sex sehen? Würden die Freier sie anstarren oder versuchen anzufassen?

Jan war wie selbstverständlich hineingegangen. Offenbar

war er das Betreten so eines Etablissements gewohnt. Dienstlich oder privat? Sie steckte sich den rechten Daumen in den Mund und kaute an seinem Nagel. Es beruhigte sie ein wenig.

»Na, Süße«, sprach sie ein Mann mit einer Bierflasche in der Hand an. »So ganz allein hier?« Er schwankte ein wenig und hatte eine verwaschene Sprache.

Hier draußen in der Kälte Betrunkenen ausgesetzt zu sein, war nicht unbedingt viel besser. Sie gab sich einen Ruck und öffnete die Tür.

Hinter der Tür hing ein schwerer schwarzer Vorhang. Was sie wohl dahinter erwartete? Sie hörte Frauenstimmen. Die Tür fiel hinter ihr ins Schloss, und sie stand im Dunkeln. Sie schob den Vorhang beiseite und betrat das Bordell. Rechts an der Bar saßen drei Prostituierte in Reizwäsche und unterhielten sich. Hinter dem Tresen stand eine Bardame. Links waren verwaiste Sofas mit kleinen Tischen. Nachmittags war hier offensichtlich noch nichts los. Sasha sah Jan gerade noch hinten verschwinden und beeilte sich, ihm zu folgen. Sie strich sich verlegen durch ihr dunkelbraunes Haar, als sie den Tresen passierte.

»Na, verlaufen?«, fragte eine der Frauen.

Sasha schwieg, sah auf den Teppichboden und ging weiter.

Die Tür zum Hinterzimmer stand offen. Hinter dem Schreibtisch saß Nicolas Reichardt. Er sah aus, wie aus der Zeit gefallen. Das wilde Leben auf dem Kiez hatte tiefe Kerben in das Gesicht des über Sechzigjährigen geschlagen. Ein bleistiftdünner Schnurrbart und eine getönte Brille versuchten, davon abzulenken. Seine blondierten Haare standen ab wie nach einem Stromschlag. Wusste er, dass Rod Stewart gar nicht mehr in den Charts war? Er trug ein Leoparden-Jackett und am Hals schimmerten verblasste Tattoos. Sasha setzte sich auf einen Stuhl neben Jan.

»Sie waren Mandant der ermordeten Anwältin Katharina von Allwörden«, gab Jan das Stichwort.

»Katharina hat mir oft geholfen. Ihr Tod war ein schwerer Verlust für mich.«

Reichardt wirkte auf Sasha aufrichtig traurig.

»Was waren typische Probleme, bei denen sie Ihnen geholfen hat?«

»Prostitution ist inzwischen legal, aber trotzdem stehen Sie als Zuhälter ständig mit einem Bein im Gefängnis. Jeder will Ihnen was anhängen. Man hat mir schon alles Mögliche vorgeworfen.«

Reichardt nahm seine Brille ab und massierte sich mit der anderen Hand die Stirn. »Die Mädchen seien Zwangsprostituierte, die ich von Menschenhändlern gekauft hätte. Ich würde sie unter Drogen setzen, um sie gefügig zu machen. Auch hätte ich Freier betäubt und dann mit deren Kreditkarten große Mengen Bargeld abgehoben. Schließlich kommt alle paar Jahre die Steuerfahndung, weil sie glaubt, dass ich am Finanzamt vorbei hier eine Mörderkohle mache.«

»Das klingt nach einer Menge Arbeit für eine Anwältin.«

»Und Katharina hat mich eine Menge Geld gekostet. Aber es hat sich gelohnt, ich wurde nie für irgendetwas verurteilt.«

Sasha fiel auf, dass Reichardt nicht behauptete, unschuldig zu sein. Sie hatte in den Polizeidatenbanken nach Reichardt recherchiert und sich den Strafregisterauszug besorgt. Dutzende Ermittlungsverfahren und Anklagen hatten zu keiner einzigen Verurteilung geführt.

»Sie gehörten nie einer Gruppierung an?«, fragte Jan.

Sasha musterte ihn von der Seite. Im Profil sah er mit der geraden Nase und den hoch gegelten Haaren attraktiv aus. Sein Dreitagebart verlieh ihm etwas Verwegenes. Ob er schon mal als Gast in einem Bordell gewesen war? Nötig hätte er es sicher nicht.

»Nein, ich bin einer der letzten freien Bordellbetreiber.

Ein Dinosaurier sozusagen«, sagte Reichardt lachend. »Der Kiez wird heute von drei großen Gruppen beherrscht, nämlich den Hells Angels, den Araber-Clans und den Russen.«

»Siehste«, schien Jan ihr bei dem Stichwort ›Russen‹ mit vorwurfsvollem Blick bedeuten zu wollen. Sasha kannte das schon. Inzwischen war sie es leid, auf Vorurteile gegenüber Russen einzugehen. Dass Russen den ganzen Tag Wodka tränken, war noch das Harmloseste von ihnen.

»Hatte von Allwörden Feinde?«

»Als Kiezanwältin macht man sich nicht nur Freunde.« Reichardt hob vielsagend die Brauen.

»Kennen Sie jemand Spezielles?«

Sasha fand, Erikson machte die Befragung gut. Sie wartete mit dem Kugelschreiber in der Hand und dem Notizblock auf den Knien auf einen Namen.

»Nein, mir gegenüber hat Katharina nicht über ihre anderen Mandanten gesprochen.«

»Haben Sie irgendeine Idee, wer den Mord an ihr begangen haben könnte?«

»Lassen Sie mich mal überlegen«, sagte Reichardt und spielte mit seiner Brille. »Im Jahr vor ihrem Tod gab es einen heftigen Rockerkrieg zwischen den Hells Angels und den Mongols. Die haben sich mitten auf dem Kiez Schießereien geliefert und gegnerische Läden mit Handgranaten zerstört. Katharina hat in dem Streit vermittelt und es geschafft, beide Seiten zu versöhnen.«

»Warum sollte sie deshalb jemand umbringen?«, fragte Jan. Seine Verwunderung war ihm anzuhören.

Reichardt sah zwischen Sasha und Jan hin und her, beugte sich vor und senkte seine Stimme. »Weil sie zu viel wusste. Sie kannte die Bosse beider Gruppen, ihre Strukturen, ihre geheimen Unterschlupfe, ihre kriminellen Machenschaften, ihre Schwachpunkte, einfach alles. Sie hätte der Staatsanwaltschaft beide Rockerbanden auf dem Silbertablett servieren können. Ihr Wissen war für beide Gruppen gefährlich.«

»Okay, können Sie Ross und Reiter benennen?«

Sasha drückte die Spitze des Kugelschreibers auf das Papier.

»Nein, dass eine der beiden Gruppen Katharina loswerden wollte, ist nur eine Vermutung von mir.«

Sasha klappte den Notizblock zu und den Kugelschreiber ein. Die Befragung war für die Katz gewesen.

31

Michael Thomforde wartete um 13 Uhr gegenüber der Schule.

Das Gymnasium befand sich in einer Seitenstraße in Alsterdorf. Es bestand aus gelb verklinkerten Baufertigteilen. In den 60er Jahren waren in Hamburg viele öffentliche Bauten in diesem Stil errichtet worden. Eine Karawane von SUVs wartete mit Müttern am Steuer am Straßenrand. Wie aus kleinen Schornsteinen stieg von ihren Hecks Qualm in die kalte Winterluft auf.

Ein Gong ertönte und ein paar Minuten später kamen die ersten Schüler durch das schmiedeeiserne Tor. Sie stiegen in die SUVs ein, die dann zügig losfuhren. Endlich entdeckte er seine Zwillinge. Unter Lauras roter Mütze lugten ihre dunkelblonden Haare hervor. Luca war eine Handbreit größer und seine verwuschelten Haare waren einen Ton dunkler. Beide hatten ähnliche Gesichtszüge, wobei die von Luca etwas gröber waren. Er war der Ältere der beiden, wenn auch nur um zwei Minuten.

Michael beeilte sich, durch den Schneematsch auf die andere Seite zu kommen, ohne von einem dieser panzerähnlichen Fahrzeuge angefahren zu werden. Er und Frauke hatten nie wie diese ›Helikopter-Eltern‹ sein wollen, die ihre Kinder zur Schule chauffierten. Die Zwillinge hatten gesunde Beine und konnten den kurzen Schulweg problemlos zu Fuß oder mit dem Fahrrad bewältigen.

Die beiden trotteten mit ihren Ranzen auf dem Rücken in Richtung Zuhause.

»Hallo, Kinder«, begrüßte Michael sie freudestrahlend. Beide trugen dunkelblaue Winterjacken.

»Hallo, Papa«, sagte Laura. Luca nickte nur. Beide blieben stehen. Keine Umarmung, nicht mal ein Händeschütteln.

Michael konnte sich noch an Zeiten erinnern, da waren ihm seine Kinder juchzend in die Arme gelaufen. Heute hielt sich ihre Wiedersehensfreude in Grenzen.

»Ich war gerade in der Gegend und wollte euch zum Mittagessen einladen. Um die Ecke ins *Don Vincenco*. Pizza mögt ihr doch so gerne.«

Michael spürte ihr Zögern. Die Wahrheit kommt immer spontan, weil man darüber nicht nachdenken muss. Eine Ausrede dagegen muss erst ausgedacht werden.

»Geht nicht, Mama kocht für uns«, sagte Luca mit ernster Miene ohne eine Spur des Bedauerns. Laura schien sich nachhaltig für den Splitt zu interessieren, mit dem der Schnee zu ihren Füßen abgestreut worden war.

»Okay, dann können wir uns vielleicht später treffen. Wir könnten zur Schlittschuhbahn fahren.«

Die Eisbahn in *Planten un Blomen* war letzten Winter der Hit für Laura und Luca gewesen. Stundenlang hatten sie zu fetziger Musik dort ihre Runden gedreht.

»Wir müssen den ganzen Nachmittag Hausaufgaben machen.« Laura schüttelte den Kopf.

Michael hasste es, angelogen zu werden. Erst recht von der eigenen Tochter. Die Hausaufgaben dauerten selten länger als eine halbe Stunde.

»Wie sieht es am Wochenende aus?«

Langsam gingen Michael die Optionen aus.

»Da haben wir auch schon was vor«, sagte Laura mit zusammengekniffenem Mund.

Michael begriff, dass seine Kinder ihn nicht sehen wollten. Zwölfjährige haben keinen vollen Terminkalender, in denen für ihren Vater kein Platz mehr ist. Irgendwie mussten seine Kinder über Bord gegangen sein, ohne dass er es gemerkt hatte.

»Tschüss Papa, wir müssen los.« Luca packte seine Schwester an der Schulter und zog sie mit.

Michael wurde schwer um Herz, als seine Kinder weggingen, ohne sich noch mal umzudrehen. Er war bei der Geburt dabei gewesen, hatte sie gewickelt und ihre ersten Gehversuche beobachtet. Er hatte sie aufwachsen sehen und mit ihnen gespielt. Sie waren sein Fleisch und Blut. Und nun wollten sie nichts mehr mit ihm zu tun haben. Er spürte, wie sich seine Augen mit Tränen füllten. Er sah ihnen nach, bis sie um die Straßenecke verschwanden.

32

Sasha wartete, bis sie um 18 Uhr allein war. Als Letztes war Jan vor ein paar Minuten gegangen. Er wollte noch zum Training. Das Museum über ihr hatte schon vor einer Stunde geschlossen. Es war nur das Knacken der Heizungsrohre zu hören, ansonsten war es im Haus ruhig.

Der Schreibtisch von Renate gegenüber sah aus wie eine Müllkippe. Akten, Bücher und lose Blätter lagen wie von einem Tsunami hingespült darauf. Sasha ging zu Renates Stuhl. Die darüber gehängte Strickjacke stank nach Zigaretten. Auf dem Schreibtisch stand ein überquellender Aschenbecher. Die oberste Schublade ihres Schreibtisches stand offen. Würde eine ehemalige Stasi-Agentin so zum Schnüffeln in ihren Sachen einladen? Müsste ihre Schublade nicht verschlossen sein? Oder war es ein Ablenkungsmanöver von jemandem, der viel zu verbergen hatte? Wonach sollte sie eigentlich suchen? Sie würde hier kaum Hinweise auf Renates Stasi-Vergangenheit finden. Ihren ehemaligen Stasi-Ausweis würde sie nicht in ihrem Schreibtisch aufbewahren. Renate kam ihr manchmal ein bisschen schrullig vor. Vielleicht hatte sie selbst eine Macke und nahm Psychopharmaka. Diese Psychologen hatten doch alle einen Schuss weg. Sasha zog die Schublade ganz auf. In ihr lagen mehrere Zigarettenschachteln, Feuerzeuge und eine Packung Taschentücher. Eine Nikotinabhängigkeit war kein Entlassungsgrund. In der zweiten Schublade lag Schreibmaterial, die dritte war ohne Inhalt. Sasha drehte sich zu Renates Schrank hinter ihr um und öffnete ihn. Er war so gut wie leer. Drei blau-silberne Kaffeepackungen sprangen ihr ins Auge. Das war der Kaffee aus Magdeburg, von dem Michael behauptete, er würde aus verrotteten Särgen und Leichenteilen hergestellt. In einem anderen Fach lagen ein kleiner Spiegel, ein Tiegel Schminke und ein Lippenstift. Psychopharmaka fand sie keine.

Sasha horchte in den Flur. Es war weiterhin niemand zu hören. Sie betrat Michaels Büro und machte das Licht an. Es würde von außen durch das schmale Kellerfenster zu sehen sein. Sie ging aber davon aus, dass sich abends niemand auf dem Hof der Polizeikaserne aufhalten würde. Falls Michael sich von Ohnsorg hatte bestechen lassen, würde sie hier sicher keine Beweise dafür finden. Es würde auch sonst nirgends Quittungen dafür geben. Wonach sollte sie eigentlich suchen? Vielleicht hatte Michael ein Alkoholproblem. In Scheidung lebend und beruflich gescheitert hätte er allen Grund zum Trinken. Sasha schnüffelte, konnte aber nichts Alkoholisches riechen. Sie nahm sich vor, nach Alkohol sowie allgemein verdächtigen Hinweisen zu suchen.

Die Chaiselongue war der naheliegendste Ort fürs Trinken. Sasha zog sie ein Stück von der Wand weg und schaute dahinter. Fehlanzeige. Sie kniete sich hin und schaute darunter. Dort sammelte sich nur Staub , aber keine Flaschen. Schließlich tastete sie noch die Ritzen im Polster ab. Nicht einmal eine Miniflasche war dort versteckt.

Michaels Schreibtisch war akkurat aufgeräumt. Schreibtischauflage, Stifte und ein Lineal lagen in exakten Winkeln zueinander. Ein Foto in einem Bilderrahmen zeigte seine Zwillinge. Die Schubladen waren zu, aber nicht verschlossen.

Sie durchsuchte sie. In einer lag eine Schachtel mit teilweise verdrehten Büroklammern. Sie hatte ihn bei Besprechungen ein paar Mal beim Spielen mit Büroklammern gesehen. Flaschen fand sie keine.

Im Schrank hing sein Wintermantel. Sasha wühlte seine Taschen durch, konnte aber nicht einmal einen kleinen Flachmann finden. Eine Flasche Apfelsaft stach ihr ins Auge. Ein beliebter Trick war, Alkoholika in harmlose Flaschen umzufüllen. Sie öffnete die Flasche. Es roch nach Apfelsaft. Zur Sicherheit nahm sie einen Schluck. Es war tatsächlich Apfelsaft, kein Whiskey. Ihr Blick fiel auf das Regal. Sie nahm alle Bücher heraus. Hinter ihnen waren keine Flaschen versteckt. Dann studierte sie die Schilder auf den Aktenordnern. Keiner war mit *Labor*, *Sachverständige* oder *Ohnsorg* beschriftet. Michael wäre auch nicht so blöd, bei laufenden Verfahren gegen ihn, Belastungsmaterial hier aufzubewahren. Sie nahm wahllos ein paar Ordner heraus und blätterte sie durch. Sie waren mit langweiligen Anklagen, Urteilen und Aufsätzen gefüllt. Ein weiterer Ordner widmete sich dem Justizskandal. Er enthielt Thomfordes Anklagen, die freisprechenden Urteile sowie Presseberichte. Seinen zahllosen Randnotizen mit rotem Stift entnahm Sasha, dass er sich unschuldig fühlte.

Zurück auf dem Flur blieb Sasha stehen. Es war weiterhin niemand zu sehen und zu hören.

Als Letztes nahm sie sich das Büro von Jan vor. Sein privater Laptop stand auf seinem Schreibtisch. Sie hatte zufällig mal gesehen, wie er sein Passwort eingegeben hatte. Es lautete wenig originell *Wolf1985*. Beesten hatte gemeint, er könnte rechtsradikale Dateien gespeichert haben. So schätzte sie Jan eigentlich nicht ein. Sie durchsuchte seine Festplatte und konnte keine finden. Dafür war er auf zwei Datingseiten aktiv. Einen hohen Frauenverschleiß traute sie ihm durchaus zu. Sie rief den Suchverlauf seines Browsers auf. Er besuchte auch Pornoseiten. Das gab privat einen fetten Minuspunkt, aber kein Belastungsmaterial für Beesten.

Die Durchsuchung seines Schreibtisches verlief ergebnislos. Im Schrank lag unten seine Sporttasche. Brauchte er die fürs Training nicht? Sie nahm sie heraus, stellte sie auf den Schreibtisch und öffnete sie. Dem Geruch nach musste darin ein Dutzend Iltisse leben. In der Tasche befanden sich Sportkleidung, Turnschuhe, Handtuch und Getränkeflasche. In einer Seitentasche fand sie einen Klarsichtbeutel mit einem Dutzend Tablettenblistern und mehrere Ampullen Testosteron. Die roten Pillen waren Anabolika, die blauen Viagra. Half Jan bei seinen Muckis nach? Hatte er als Nebenwirkung Erektionsstörungen und brauchte Viagra? Das wäre privat ein No-Go. Die Einnahme verbotener Anabolika könnte darüber hinaus seine Entlassung rechtfertigen. Sasha machte mit ihrem Smartphone Fotos von den Tabletten und den Ampullen. Sie hätte gerne zwei Tabletten und eine Ampulle zu Beweiszwecken eingesteckt, aber die Tablettenblister und die Ampullenpackung waren vollzählig. Jan würde merken, wenn etwas fehlte. Sie machte die Tasche wieder zu und wollte sie zurück in den Schrank stellen.

Plötzlich flog die Tür auf und Jan kam herein.

»Was machst du in meinem Büro?«, fragte er verwundert.

»Ich habe das Protokoll der Befragung von Reichardt fertig und wollte es mit dir durchgehen.«

Jan sah auf seine Smartwatch. »Das muss bis morgen warten. Ich will zum Training und habe nur meine Sporttasche vergessen.«

»Ich wollte dir gerade mit ihr hinterherlaufen«, sagte Sasha geistesgegenwärtig.

Jan grinste und nahm die Tasche.

Wenigstens er hatte ein dreckiges kleines Geheimnis.

33

Jan Erikson trainierte mindestens dreimal in der Woche im Fitnessstudio. *Body Steel Center* hieß die Muckibude, die früher mal ein Autohaus gewesen war. Seinen athletischen Körper hatte er sich durch das regelmäßige Stemmen schwerer Gewichte hart erarbeitet. Die Trainingsfläche war gut besucht, stellte er beim Eintreten fest. Es roch nach muffigem Schweiß, aus den Boxen wummerte Techno. Er hatte neben Handtuch und Wasserflasche ein zerfleddertes Notizbuch dabei, in dem sich sein Trainingsplan befand und er sich seine Fortschritte aufschrieb. Auf seinem Plan stand zuerst Drücken mit der Langhantel auf der Bank. Doch sie war besetzt. Ein Hänfling lag dort im nagelneuen neonfarbenem Fitnessdress und versuchte, zwanzig Kilo nach oben zu drücken. Lächerlich! Solche hoffnungslosen Fälle nahmen ernsthaften Sportlern wie ihm den Platz weg. Jedes Jahr Anfang Januar wurde das Studio von einer Flutwelle von Sportversagern überschwemmt, die durch ihre Neujahrsvorsätze hierhertrieben wurden. Die meisten gaben nach spätestens sechs Wochen wieder auf. Fett in Muskeln zu verwandeln war dann doch anstrengender und langwieriger, als sie gedacht hatten. Ab Mitte Februar würde er wieder ungehindert trainieren können, die Idioten aber noch bis zum Jahresende ihre Beiträge zahlen müssen. Die beiden nächsten Stationen auf seinem Trainingsplan waren ebenfalls besetzt. Erikson spürte gerade Ärger in sich aufsteigen, da entdeckte er Björn Andresen. Er trainierte mit Kurzhanteln vor der Spiegelwand.

»Hallo, Björn«, begrüßte Jan ihn. Er hatte grün-blaue Augen, braune Haare und ein Tattoo am Oberarm.

Jan kannte Björn von dem gemeinsamen Bachelorstudium. Während Erikson danach zum SEK gegangen war, hatte Andresen den Sprung in die Mordkommission geschafft.

»Ich habe gehört, du bist jetzt im Cold-Case-Team?« Björn bewegte die Zehn-Kilo-Hanteln immer abwechselnd auf und ab, als wären es Federbälle.

»Ja, aber nur bis Gras über die Sache gewachsen ist. Schon bald werde ich wieder das SEK leiten.«

»Wenn du das sagst.«

Im Hintergrund waren schweres Atmen, Stöhnen und das Aufeinanderknallen von Metallplatten zu hören. Es roch nach Schweiß, Deodorant und neu geölten Maschinen.

»Mal was anderes. Ihr hattet doch diesen Kindesmord vor drei Jahren.«

Während Björn seine beiden Kurzhanteln zurück in den Ständer legte, fiel Jans Blick auf die Brustpressmaschine. Auf ihr war vor ein paar Wochen sein Sportfreund Robert gestorben. Herzinfarkt mit nur 42 Jahren.

Björn wandte sich wieder Jan zu. »Ein furchtbarer Fall. René Prokop hatte einen neunjährigen Millionärssohn entführt. Er wollte Lösegeld erpressen und wurde bei der Übergabe verhaftet. Das Kind war zu diesem Zeitpunkt schon tot, aber das wusste die Polizei nicht. Der Polizeipräsident ordnete an, durch die Androhung von Folter die aus seiner Sicht möglicherweise lebensrettende Aussage zum Aufenthaltsort des Jungen zu erpressen. Im Prozess hat sich der

Täter erfolgreich als Folteropfer verkauft und wurde freigesprochen.«

Jan erinnerte sich an den aufsehenerregenden Fall. »Warst du bei dem Freispruch dabei?«

»Ja, der Vater des Jungen ist durchgedreht und hat Prokop gedroht, ihn umzubringen.«

Die Vorstellung, das eigene Kind zu verlieren, und der Mörder kommt dann ungeschoren davon, fand Jan auch unerträglich.

»Was ist daraus geworden?«

»Stefan Bruhns, der Vater des Jungen, hat ihn tatsächlich erschossen.«

Als Polizist sollte man eigentlich gegen Selbstjustiz sein und an das System glauben. Doch Jan konnte Bruhns gut verstehen. Er selbst hätte dem Mörder wahrscheinlich noch im Gerichtssaal eine Kugel in den Kopf gejagt.

»Weißt du etwas darüber, ob er sich auch an der Anwältin rächen wollte?«

»Er war ziemlich wütend. Im Gerichtssaal hat er auch sie bedroht.«

»In den Kanzleiakten haben wir sogar einen Drohbrief gefunden.«

»Mich würde nicht wundern, wenn Bruhns auch die Anwältin umgebracht hat.«

34

Die Falle war gestellt.

Dem Mann war gestern der Verteilerkasten an einer Baustelle mit den vielen Kabeln aufgefallen. Eins endete nun in der Pfütze. Ein Zwischenhoch hatte Tauwetter gebracht.

Der Name des Opfers lautete Marcus Meier. Er war Richter am Landgericht. Der Mann hatte Meier ein paar Tage lang beobachtet. Er wohnte am St. Pauli Fischmarkt in einer Eigentumswohnung mit Elbblick. Der Richter fuhr morgens mit der U-Bahn zum Strafjustizgebäude und kehrte abends zurück. Seine Freizeit verbrachte er mit seiner Frau, seinem vierjährigen Sohn und seinem Hund. Nachdem der schwarz gekleidete Mann die Lebensgewohnheiten seiner Zielperson studiert hatte, war seine Wahl auf das abendliche Gassigehen gefallen. Meier ging nach den Tagesthemen die immer gleiche Runde, von seiner Wohnung zum Hafen und zurück. Dabei kam er auch durch *Bei den St. Pauli-Landungsbrücken*, eine abgelegene Seitenstraße. Tagsüber parkten hier Reisebusse und spuckten hunderte Touristen aus, die ab den Landungsbrücken eine Hafenrundfahrt machten oder die Museumsschiffe besichtigen wollten. Nachts dagegen war es hier menschenleer. Nur auf der anderen Elbseite war menschliche Aktivität erkennbar. Dort lag im Dock 17 der Werft Blohm und Voss die hellerleuchtete Queen Mary 2, an der auch nachts gearbeitet wurde. Es war das Kreischen einer sich in Stahl fressenden Flex zu hören.

Auf der einen Seite der Seitenstraße lag das seit Jahren geschlossene Sielmuseum, dessen rote Backsteinwände verwittert waren, auf der anderen Seite ein heruntergekommenes und verwaistes Parkdeck aus Waschbeton. In dieser schummrig-düsteren Seitenstraße hatte der Mann sich auf die Lauer gelegt. Er hatte sich unter der Auffahrtrampe zum Parkdeck versteckt. In der dunklen Nische halb kauernd war er unsichtbar.

Zuerst sah der Mann den Golden Retriever durch die dunkle Gasse kommen. Er schnüffelte am Boden und hob dann und wann sein Bein. Der Hund war das größte Problem, denn er würde verhindern, dass er unbemerkt nahe genug an sein Opfer herankam. Er könnte aber auch als Köder für die Falle dienen. Ein paar Meter hinter dem Hund ging Meier. Er hatte kurzes braunes Haar und ein glattes Jungengesicht. Trotz seines Mantels sah er jünger als seine 35 Jahre aus. Er war ein glänzender Jurist. Die große Karriere, die ihm vorausgesagt wurde, würde er jedoch nicht mehr erleben.

Der Golden Retriever hatte etwas Interessantes gewittert und schoss auf eine Wasserpfütze neben der Baustelle zu. Sein Schwanz wedelte wie eine Signalflagge. In ihr lag ein Mauerstein mit einem Steak darauf. Ohne Zögern sprang er darauf zu. Sobald der Hund die Vorderfüße in die Pfütze gesetzt hatte, jaulte er laut auf, krampfte und fiel hinein.

Meier rannte erschreckt zu der Pfütze.

Der Mann kroch aus seinem Versteck hervor.

Meier kniete sich hin, um seinem Hund zu helfen.

»Barney, was hast du?«

Der Golden Retriever zuckte.

Der Mann schlich sich an.

Meier verharrte kniend. Offenbar überlegte er, was er tun könnte.

In diesem Augenblick trat der Angreifer hinter ihn und versetzte ihm einen kräftigen Tritt in den Rücken. Meier fiel vornüber in die Pfütze und zuckte ein paar Mal. Mit dem Gesicht im Wasser blieb er reglos neben seinem Hund liegen.

Der Mann sah sich um. Weit und breit war niemand zu sehen. Es gab keine lästigen Zeugen. Den tödlichen Stromunfall würde man erst morgen früh entdecken, wenn wieder Leben in die Landungsbrücken einkehrte.

Zufrieden ging er weg.

35

Jan konnte nicht glauben, was er sah, und blieb einen Augenblick mit offenem Mund stehen.

Sasha trug eine blaue Perücke, ein knappes weiß-blaues Kleid, blaue Stiefel und weiße Handschuhe. Zwischen Oberschenkel und Knie blitzte viel Haut auf. Sie stand in der Ecke des Büros, direkt hinter der Tür hatte Renate ihre Staffelei platziert.

»Hallo, Sasha, ist es für Karneval nicht ein bisschen früh?« Mit der Eule im Raum konnte er Sasha kaum sagen, wie sexy er sie in dem Kostüm fand.

»Ich bin nicht Sasha, ich bin Sailor Mercury, das ist eine Figur aus der Sailor Moon Manga-Serie von Naoko Takeuchi.«

»Aha.«

»Du störst die Künstlerin bei der Arbeit. Und du lenkst das Modell ab«, beschwerte sich Renate. Sie hatte eine Airbrushpistole in der Hand.

Auf dem halb fertigen Bild waren Sashas Augen und Brüste größer, ihre Beine länger und die Farben knalliger als in Wirklichkeit.

»Sailor Mercury ist das *Gehirn*‹ der Gruppe, da sie hochintelligent ist und auch einen Supercomputer verwenden kann, um nützliche Informationen zu sammeln.« Sasha versuchte, ihre Pose zu halten.

Jan hielt von dem Manga-Zeug zwar nichts, konnte aber verstehen, warum sich Sasha diese Figur ausgesucht hatte.

»Ich habe von einem Kollegen Infos über den Kindermord bekommen.« Jan berichtete von dem Gespräch mit Björn Andresen.

»Das erinnert mich an Marianne Bachmeier«, sagte Renate. »Die hat den Mörder ihrer Tochter im Gerichtssaal erschossen. Er hatte ihre siebenjährige Tochter Anna erdrosselt und möglicherweise auch zuvor sexuell missbraucht. Achtmal feuerte Bachmeier auf den Mann. Sie ging damals als Rache-Mutter durch die Medien.«

»Von dem Fall habe ich noch nie gehört.«

»Ist lange her, Anfang der 80er Jahre.«

»Was ist aus ihr geworden?«

»Ein tragischer Fall. Sie wurde wegen Totschlags und unerlaubten Waffenbesitzes zu sechs Jahren Haft verurteilt, wurde aber nach drei Jahren vorzeitig aus dem Gefängnis entlassen. So richtig erholte sie sich nicht mehr von dem Schicksalsschlag und starb im Alter von 46 Jahren an Bauchspeicheldrüsenkrebs.«

»Ich verstehe.« Jan fiel wieder ein, weshalb er eigentlich zu Renate und Sasha ins Büro gekommen war. »Was habt ihr inzwischen über Stefan Bruhns herausgefunden?«

Ein Hauch von Rot huschte über Sashas Wangen.

Renate hob die Arme in einer schuldbewussten Geste. »Noch nichts.«

»Der Boss hatte doch gesagt, ihr sollt dem Verdacht gegen Bruhns nachgehen.«

»Der Fall ist drei Jahre alt. Da kann es auf ein paar Tage mehr oder weniger nicht ankommen.«

Jan versuchte, sich seine Enttäuschung nicht anmerken zu

lassen. Die beiden Frauen hatten seit Tagen nicht mehr an dem Fall gearbeitet. Auch ein sexy Manga-Bild würde nicht dabei helfen, wieder aus diesem Keller herauszukommen.

»Habt ihr wenigstens einen Plan?«

»Dann wollen wir einmal überlegen«, sagte Renate und runzelte die Stirn.

»Die Ermittlungen müssen bei Stefan Bruhns ansetzen.« Sasha rückte die hellblaue Schleife an ihrem Ausschnitt gerade.

»Genau, das wollte ich auch gerade sagen. Wir werden gleich morgen seinen aktuellen Aufenthaltsort ermitteln und ihn aufsuchen.«

»Das klingt nach einem guten Plan.«

Jan wollte eigentlich noch bleiben. Doch Sasha sagte: »Und jetzt raus hier. Dir läuft ja schon der Sabber aus dem Mund.«

36

Das Cold-Case-Team saß rund um den Tisch im Besprechungsraum.

»Es ist Zeit für eine erste Bestandsaufnahme.« Michael stand auf, ging zum Whiteboard und schrieb *Verdächtige* darauf.

Sasha klickte auf *Aufnahme beginnen*. Beesten hatte zwar gemeint, auf Fehler bei den Ermittlungen in Sachen von Allwörden würde es nicht ankommen. Trotzdem schnitt Sasha jede Besprechung auf ihrem Laptop mit. Vielleicht verriet einer ihrer Kollegen doch ein schmutziges Geheimnis.

»Für mich ist Magnus Ragnar der Hauptverdächtige. Er war Stammmandant unseres Opfers, obwohl sie nicht auf Internetrecht spezialisiert war, und er schwimmt unerklärlicher Weise in Geld«, sagte Jan.

»Welches Motiv soll Ragnar gehabt haben?« Krayenborg wedelte mit ihrer brennenden Zigarette in der Luft herum.

Sasha saß mit am Tisch und starrte auf den Bildschirm ihres Laptops. Sie würde nichts sagen und auch nichts gefragt werden. Sie würde einfach nur beobachten und mitschneiden.

»Angenommen, Ragnars Reichtum stammt aus Straftaten und seine Anwältin wusste davon. Dann war sie eine gefährliche Mitwisserin. Oder sie hat ihm dabei geholfen und ist sogar eine Mittäterin.«

Michael nickte Jan zu. Ihm gefiel offenbar, wie engagiert er sich beteiligte.

»Das ist die gleiche schwache Theorie wie bei den Kiezbossen. Wir müssten erst mal wissen, ob Ragnar überhaupt kriminelle Geschäfte betreibt«. Renate sprach mit der tiefen rauen Stimme einer Kettenraucherin.

»Vielleicht ist Ragnar auch ein Kiezboss und wir wissen nur nichts davon.«

»Genug der Spekulation.« Michael schrieb *1. Magnus Ragnar* auf das Whiteboard. »Wir sollten ihn uns näher ansehen.«

»Mit Finan Negash hat uns die Krähe auf eine falsche Fährte gelockt.« Jan ruckte mit seinem Kopf in Richtung Renate.

»Da freut sich Klein-Jan. Konnte ich ahnen, dass er ein Alibi hat?« Renate nahm einen tiefen Zug, warf den Kopf in den Nacken und blies den Rauch Richtung Decke.

Michael schrieb *2. Finan Negash (-)* auf das Whiteboard.

»Mit Vincent Harms habe ich selbst auf das falsche Pferd gesetzt.« Michael notierte den Namen als Nummer drei und setzte ebenfalls ein Minuszeichen dahinter.

Schlimmer. *Der ganze Fall war ein totes Pferd*, erinnerte sich Sasha an Beestens Worte.

»Du musst schon mit was Besserem kommen, um aus diesem Rattenloch wieder zurück zur Staatsanwaltschaft zu kommen», sagte Renate in bissigem Ton.

»Das muss ausgerechnet jemand sagen, dessen letzter Einsatz mit drei Toten geendet hat«, konterte Michael.

Renate wendete den Kopf ab und blies den Rauch zur Decke.

»Nicolas Reichardt können wir ebenfalls als Verdächtigen ausschließen. Er hatte kein Motiv, und für ihn war der Tod von Katharina von Allwörden ein echter Verlust.« Jan versuchte, Blickkontakt zu Sasha aufzunehmen, doch sie erwiderte seinen Blick nicht.

Michael schrieb den Namen als Nummer vier auf die Liste und setzte erneut ein Minus dahinter.

»Stefan Bruhns hat den Mörder seines Jungen erschossen und auch von Allwörden mit dem Tod gedroht. Er ist für mich dringend tatverdächtig.« Jan sagte das wie ein Schüler, der auf eine Eins für seinen Beitrag hofft.

Michael schrieb auch diesen Namen auf. »Wie laufen die Ermittlungen in diese Richtung?«

»Er sitzt wegen des Mordes an dem Vater in *Santa Fu* ein. Wir haben morgen einen Besuchstermin.« Renate nahm einen tiefen Zug und blies den Rauch durch die Nase aus.

Michael setzte ein Fragezeichen neben Stefan Bruhns.

»Dann ist Ragnar aktuell unser Hauptverdächtiger, was uns zu der Frage zurückbringt, welches Motiv er gehabt haben könnte.« Es gelang ihr nicht, aber Renate versuchte, mit dem Zigarettenrauch ein Fragezeichen ihn die Luft zu malen.

»Wir müssten eine Finanzermittlung durchführen«, schlug Sasha vor. Alle sahen sie überrascht an, wie immer, wenn sie unerwartet etwas sagte.

»Mach das«, sagte Michael und legte den Marker weg. »Ich will nachmittags mit dem Vorsitzenden Richter Rohwedder sprechen.«

»Du solltest besser mit einem Hirnklempner sprechen.« Renate drückte ihre Zigarette im Aschenbecher aus.

»Vielleicht hat Rohwedder ein Detail bemerkt, das wir alle übersehen haben.«

»Zeitverschwendung. Aber waren es nicht zwei Richter, mit denen du sprechen wolltest?«

»Ja, aber der Beisitzer Meier ist tödlich verunfallt.«

37

Manfred Rohwedder empfing Michael in seinem Einfamilienhaus in Ottensen. Die Möbel und Tapeten waren alt. Es sah so aus, als ob Rohwedder hier vor 25 Jahren eingezogen wäre und danach nie wieder etwas verändert hätte. Michael fielen rote Aktenstapel im Flur auf. Er hatte früher auch oft Akten mit nach Hause genommen und sich mit ihnen den Feierabend und das Wochenende ruiniert. Rohwedder hatte an diesem Freitagnachmittag nur den Schreibtisch im Gericht gegen den zu Hause getauscht. Sie setzten sich im Wintergarten an einen Tisch. Der Richter hatte vor fünf Jahren seine Frau an den Brustkrebs verloren. Das erklärte das Fehlen von Blumen und Dekoration im Wintergarten. Außer einem Tisch mit zwei Stühlen war er leer.

Rohwedder sah durch seine dunklen Augenringe, seine ungesund blasse Haut und die inselartigen Haarbüschel überarbeitet aus. Sein Vollbart war am Kinn ergraut. Bei den Strafkammern des Landgerichts war immer Land unter. Sie ertranken in Fällen. Rohwedder war der Vorsitzende der *Gnadenlos-Kammer*. Sie war bekannt für straffe Beweisaufnahmen und hohe Strafmaße. Deals mit milden Strafen machte sie nicht. Bei der Staatsanwaltschaft war Rohwedder überaus beliebt. Unter Angeklagten und ihren Verteidigern wurde er dagegen *Maximum-Manni* genannt.

»Ich weiß, Sie haben viel zu tun, und ich will Sie auch nicht lange aufhalten«, sagte Michael. Rohwedder hatte ihn nicht im Gericht treffen wollen und ihn deshalb zu sich nach Hause gebeten. Er hatte es nicht ausgesprochen, aber offenbar wollte er dort nicht mit einem in Ungnade gefallenen Staatsanwalt gesehen werden.

»Wir hatten gerade das illegale Autorennen mit tödlichem Ausgang auf dem Glockengießerwall verhandelt, als ausgerechnet mein Beisitzer Meier verstarb.«

»Ich habe von dem Stromunfall gehört.«

»Tragisch. Er hatte Frau und Kind. Und jetzt läuft mir die Haftfrist davon. Ich hoffe, ich bekomme schnell einen neuen Beisitzer. Die Pressereihen sind voll, denn die Anklage lautet auf Mord. Wenn ich diesen Ragnar aus der U-Haft entlassen muss, schreiben wieder alle was von einem Justizskandal.«

»Magnus Ragnar?«, fragte Michael erstaunt.

»Nein, Bjarne Ragnar.«

Dann war es nicht ihr derzeitiger Hauptverdächtiger. Ob Bjarne mit Magnus Ragnar verwandt war?

»Ich wollte mit Ihnen noch mal über den Fall Harms sprechen.«

Die Miene des Richters verfinsterte sich. »Ihr Spezi hat uns da in ein schönes Schlamassel hineingeritten. Wissen Sie, wie oft der Bundesgerichtshof meine Urteile aufgehoben hat?«

»Nein.« Die Urteile von Rohwedder waren immer gut begründet gewesen. Michael vermutete eine geringe Aufhebungsquote.

»Nur ein einziges Mal in zehn Jahren. Und jetzt zwei Fehlurteile hintereinander. Meine Versetzung zum Bundesgerichtshof stand kurz bevor und dann kam dieses Fiasko.«

Michael wollte gerade entgegnen, dass der Richter Gutachten kritisch würdigen und überprüfen müsse, doch Rohwedder brachte ihn mit einer energischen Handbewegung zum Schweigen.

»Dank Ihnen und Ihres speziellen Freundes werde ich jetzt nicht mehr Bundesrichter.« Sein Gesicht lief rot an.

»Nils Ohnsorg ist nicht mein Freund.« Michael war es leid, das immer wieder sagen zu müssen. Am Morgen hatte er seinen neuesten Post gesehen. Er schnorchelte im Great Barrier Reef vor der Nordostküste Australiens und hatte ihm kurz geantwortet, er habe sich auf Weltreise begeben, um alles zu vergessen, und wolle jetzt keinen Kontakt. Vielleicht würde er sich in ein paar Monaten melden, wenn er wieder zurück sei.

Auf Rohwedders Stirn wurde eine Ader sichtbar. Er stöhnte auf, verzerrte sein Gesicht und griff sich ans Herz.

»Alles in Ordnung mit Ihnen?« Michael beugte sich besorgt vor.

Sein Gegenüber atmete tief ein und wieder aus. »Es wird schon gehen.«

»Mit Verlaub, Herr Vorsitzender, ich habe nur die Anklage verfasst und Ohnsorg war und ist nicht mein Freund. Sie und niemand anderes haben das Fehlurteil gefällt.«

»Wie können Sie es wagen!« Rohwedder schoss aus seinem Stuhl hoch und zeigte mit dem Finger auf Michael.

Erneut verzerrten sich seine Gesichtszüge vor Schmerz, sodass er sich wieder an die Brust griff.

»Rufen Sie einen Arzt!«, brachte Rohwedder mühsam zwischen zusammengebissenen Zähnen hervor.

Michael zog sein Handy aus seiner Manteltasche. Während er die 112 eingab, sah er, wie der Richter schwankte und sich an der Stuhllehne festhielt.

Seine Beine knickten ein.

Michael sprang von seinem Stuhl hoch.

Doch bevor er Rohwedder erreichen konnte, fiel dieser und riss dabei den Tisch mit um. Dessen Glasplatte zersprang auf dem Boden.

Michael setzte den Notruf ab. Dann kniete er sich neben Rohwedder. Er lag auf dem Rücken. Seine leblosen Augen waren weit aufgerissen. Mit zwei Fingern berührte er seinen Hals. Kein Puls. Michael hatte für den Flugschein einen Erste-Hilfe-Kurs absolviert und wusste, was zu tun war. Er begann sofort mit einer Herzdruckmassage. Rohwedder zeigte weiterhin keine Lebenszeichen. Als er eine Sirene hörte, gab er auf.

Michael stand auf und legte eine Hand in den Nacken. Hatte er ihn durch das Gespräch über die Fehlurteile in den Tod getrieben?

Durch die großen Fenster des Wintergartens sah Michael den Rettungswagen vorfahren.

Sie kamen zu spät.

38

Das rote Backsteingebäude von *Santa Fu* wirkte mit den Wachttürmen und dem Stacheldraht einschüchternd. Ein Wärter führte Renate und Sasha zu einem Besucherraum. In dem zehn Quadratmeter kleinen kargen Raum mit weißen Wänden und grauem Linoleumboden stand ein Tisch mit drei Stühlen. Durch ein kleines vergittertes Fenster kam nur wenig Licht herein.

Stefan Bruhns wurde von einem Wärter hereingeführt. Er hatte dunkelblonde Haare, eine quadratische Stirn, helle, kaum sichtbare Augenbrauen und ein spitz zulaufendes Kinn mit Vollbart. Alle drei nahmen an dem Tisch Platz. Sasha klappte ihren Notizblock auf und zückte ihren Kugelschreiber.

»Herr Bruhns, wir kommen von der Kripo«, eröffnete Renate das Gespräch. »Was wollen Sie von mir? Ich habe schon genug abgefasst.« Bruhns Augen verengten sich feindselig.

»Sie wurden wegen Totschlags und unerlaubten Waffenbesitzes zu sieben Jahren Haft verurteilt.«

»Ich habe nur vollbracht, wobei die Justiz versagt hat.

René Prokop durfte für den Mord an meinem Jungen nicht ungeschoren davonkommen.«

Bruhns lehnte sich zurück, die Arme vor der Brust verschränkt, die Beine von sich gestreckt.

»Wir ermitteln wegen dem Mord an der Anwältin Katharina von Allwörden.«

»Ich kenne meine Rechte. Ich muss überhaupt nicht mit Ihnen reden.«

»Ich kann verstehen, wie Sie sich nach dem Freispruch gefühlt haben.«

»Diese Rechtsverdreherin war schuld an Prokops Freispruch. Nicht mein Junge, sondern Prokop sei das eigentliche Opfer, weil die Polizei ihm Folter angedroht hatte. Es war unerträglich, mir im Gericht ihre Lügen anhören zu müssen.«

Renate empfand den Hass von Bruhns als nachvollziehbar.

»Wollten Sie auch Frau von Allwörden umbringen?«

»Ja, sie hatte es verdient zu sterben,« sagte Stefan Bruhns, ohne zu zögern.

Renate sah zu Sasha, die die Aussage und damit das Mordmotiv protokollierte.

»Ich ahnte schon an den letzten Prozesstagen, dass das Gericht dieser schmierigen Anwältin auf den Leim gehen würde. Da habe ich mir auf dem Kiez einen großkalibrigen Revolver und eine Schachtel Patronen besorgt.«

Renate ließ Bruhns weitererzählen.

»Ich habe Prokop vor dem Untersuchungsgefängnis am Holstenglacis aufgelauert. Er wurde eine Stunde nach seinem Freispruch entlassen. Dieses Schwein grinste mich tatsächlich an, als er mich erkannte. Da habe ich sechsmal auf ihn geschossen.«

Der Inhaftierte lächelte versonnen.

»Später habe ich erfahren, dass schon die erste Kugel tödlich gewesen war, aber ich wollte sichergehen.«

Die angeforderten Akten hatte Renate noch nicht erhalten, aber die Schilderung klang für sie plausibel.

»Am liebsten hätte ich beide direkt im Gerichtssaal erschossen. Für jeden drei Kugeln.« Bruhns war etwas lauter geworden und hatte mit der flachen Hand dreimal auf die Tischplatte geschlagen.

Renate wollte gerade nachfragen, aber in diesem Augenblick ging die Tür auf.

»Gibt es hier Probleme?«, fragte ein Wärter.

»Nein, keine Probleme«, sagte Renate.

Der Wärter schloss die Tür wieder hinter sich.

»Aber wegen der strengen Einlasskontrollen hätte ich den Revolver nicht hineinbekommen«, fuhr Bruhns fort.

»Also noch mal: Sie wollten auch Frau von Allwörden erschießen?«

»Ja, nachdem Bruhns tot war, wollte ich in ihre Kanzlei gehen und die Sache zu Ende bringen.«

»Und? Haben Sie?« Wenn er es getan hatte, musste er seine Mordmethode geändert haben. Die Anwältin war nicht erschossen, sondern erwürgt worden.

»Leider nein.« Stefan Bruhns' Bedauern klang ehrlich.

»Warum konnten Sie sie nicht auch umbringen?«

»Die Schüsse auf Prokop fielen direkt vor dem Haupteingang des Gefängnisses. Es kamen natürlich gleich Wärter angerannt. Die Trommel meines Revolvers war leer, und ich habe mich widerstandslos festnehmen lassen.«

Renate würde das nächste Woche routinemäßig noch nachprüfen. Aber wenn Bruhns zur Zeit des Mordes an von Allwörden in U-Haft gesessen hatte, konnte er nicht der Täter sein. Ein besseres Alibi als einen Gefängnisaufenthalt konnte es kaum geben.

Der Verdacht gegen Bruhns hatte sie nur in eine weitere Sackgasse geführt.

39

Magnus Ragnar fühlte sich mitten unter zweitausend Zuschauern im Konzertsaal der Elbphilharmonie einsam. Er schaute auf den leeren Sitz neben sich. Als Sponsor bekam er regelmäßig zwei Freikarten zugeschickt. Doch es gab niemanden in seinem Leben, der ihn begleiten konnte. Das wurde ihm besonders an Samstagabenden wie diesem schmerzlich bewusst. Er hatte keine Partnerin, nicht einmal Freunde. Um sich herum sah er überwiegend Paare, die sich angeregt unterhielten. Manche hielten Händchen.

Der blaue Engel wurde als moderne Rockoper aufgeführt. Aus den Chansons der 1930er Jahre wurde moderner Bombast-Rock. Die Handlung begann klassisch mit Gymnasiallehrer Rath, der dem Club *Der blaue Engel* auf der Reeperbahn auf die Spur kam. Einer seiner Schüler war dort aufgrund einer Überdosis Drogen gestorben. Rath suchte den Club auf. Bis hierin fand Ragnar das Musical langweilig. Doch dann trat zum ersten Mal Jessica Sternberg als Lola auf. Sie hatte braune Haare, war sehr groß und trug ein rot glitzerndes enges Kleid. Auf Gazellenbeinen stolzierte sie gekonnt auf die Bühne. Mit rockigem Timbre sang sie »Ich bin von Kopf bis Fuß auf Liebe eingestellt«. Sie beugte sich zu dem sitzenden Lehrer herunter, dessen Blick sich an ihrem üppigen Dekolleté festsaugte und hauchte ihm »Ich kann halt lieben nur und sonst gar nichts« zu. Ragnar stellte sich einen Augenblick vor, er würde auf diesem Stuhl sitzen. Ragnar genoss das Musical immer dann, wenn Jessica Sternberg auftrat. Sie brachte den Lehrer erst um sein Geld und dann um seinen Verstand. Auch er wäre der Sängerin sofort verfallen. Aber anders als der Lehrer im Musical würde er nicht wahnsinnig werden und sterben. Dabei hatte er viel mehr als ein Lehrergehalt zu verlieren. Und niemand durfte hinter sein Geheimnis kommen.

Ragnar hatte vorher noch nie von Jessica Sternberg gehört. Einen Moment fragte er sich, ob sie gebunden war. Er sah aber auch, wie die Männer im Publikum mit den Blicken an ihr hingen. Wenn Sternberg »Männer umschwirr'n mich wie die Motten das Licht« sang, glaubte Ragnar ihr das sofort. Nach dem großen Schlussapplaus stürmten mehrere Männer zur Bühne und überreichten Sternberg Blumensträuße. An Verehrern mangelte es ihr sicher nicht. Ragnar verwarf den Gedanken an Jessica Sternberg.

40

Die Sonne ging langsam über der Elbe auf.

Daniel Peters brauchte frische Luft. Sein Junggesellenabschied hatte vor zwölf Stunden auf der Großen Freiheit begonnen. Mit seinen Kumpels hatte er die Nacht auf St. Pauli durchgefeiert. Morgen würde er in Stade heiraten. Seine Verlobte hieß Annika, war einundzwanzig Jahre alt und hatte ein wunderhübsches Gesicht. In der Fischauktionshalle wurde Livemusik gespielt und weiter getrunken. Als er die Halle verließ, schien ihm die Sonne an diesem kalten Morgen wärmend ins Gesicht.

Den Hamburger Fischmarkt gab es immer sonntags früh bereits seit 1703. Der mit Fangbooten angelandete Fisch sollte bereits morgens vor dem Kirchgang verkauft werden, um ihn frisch für das Mittagessen zubereiten zu können. Damals gab es noch keine Tiefkühlhäuser und Fisch verdarb recht schnell. Auch heute noch konnte man hier frischen Fisch kaufen. Allerdings hatte der Markt sich vom reinen Fischverkauf zur Touristenattraktion weiterentwickelt. Es gab Obst, Blumen, Textilien und jede Menge Souvenirs zu kaufen.

Links von Daniel warf der holländische *Blumenkönig*

gerade ein paar Blumentöpfe in die johlende Menge. So angelockt kauften sie ihm Pflanzen und Blumen kartonweise ab. Daniel ging nach rechts und kam an den Obsthändlern vorbei. »Komm her hier, ganzer Korb fünf Euro«, brüllte ein Marktschreier. Daniel hatte Hunger und kaufte sich ein Fischbrötchen. Das Gedränge in den engen Gassen zwischen den Ständen war groß. Zehntausende Besucher lockte es trotz der unchristlichen Uhrzeit und der Winterkälte hierher. Daniel schätzte ein, dass ein Viertel der Besucher Nachtschwärmer wie er waren, die Hälfte Touristen und ein Viertel Hamburger. »Aale, Aale, kauft Aale«, versuchte Aale-Dieter, die Besucher an seinen Stand zu locken. Er ging weiter in Richtung der nahen Elbe.

Daniel lehnte sich an eine Eisenleiter am Kai. Hier war es ruhiger. Nach der durchgemachten Nacht und der lauten Musik in der Fischauktionshalle brauchte er eine Verschnaufpause. Auf der anderen Elbseite war das Dock 11 von Blohm + Voss, ein Schwimmdock, zu sehen. Dahinter jede Menge Hafenkräne. Über Daniel tanzten dutzende Möwen durch den Wind, die es auf Abfälle vom Fischmarkt abgesehen hatten. Immer wenn ein Fischhändler eine Styroporkiste hinter seinen Wagen warf, stürzten mehrere Möwen gierig schreiend herunter und pickten die Fischreste heraus. Dann hoben sie wieder ab und kreisten suchend über dem Markt.

Daniel aß sein Fischbrötchen auf. Nach dem vielen Alkohol wieder Festes in den Magen zu bekommen, tat ihm gut. Gerade als er seinen Mund mit der Papierserviette abwischte, gingen zwei Möwen direkt vor ihm in den Sturzflug und verschwanden. Neugierig beugte sich Daniel vor und schaute den Kai herunter. Die Elbe lag drei Meter unter ihm. Was er dort sah, würde er sein ganzes Leben nicht mehr vergessen.

Eine Welle von Übelkeit stieg in ihm auf. Er geriet ins Taumeln und musste sich an der Leiter festhalten, um nicht in die Elbe zu stürzen. Dann flogen das Fischbrötchen und das letzte Bier im hohen Bogen auf das Wasser. Weiterhin von Krämpfen geschüttelt ging er in die Knie.

Die nackte Leiche eines Mannes hatte sich mit ihren Armen in der Leiter verfangen. Im Takt der Wellen bewegte sie sich auf und ab. Die beiden Möwen waren gerade dabei, dem Toten die Augäpfel auszuhacken.

41

»Ich habe das Vermögen von Magnus Ragnar ermittelt«, sagte Sasha. Sie saß bei Jan im Büro. Vor ihr stand ihr aufgeklappter Laptop. »Ich habe mit einer BaFin-Abfrage begonnen.«

Sie behielt für sich, dass sie außerdem die Finanzen von Michael durchleuchtet hatte. Die Kontobewegungen der letzten drei Jahre waren unauffällig. Michael hatte nur sein Gehalt überwiesen bekommen, es gab keine weiteren Geldeingänge. Sasha war aufgefallen, dass der Kauf der Cessna vor fünf Jahren nicht über das Konto gelaufen war. Vom Luftfahrt-Bundesamt in Braunschweig hatte sie den Namen des Voreigentümers erfahren. Michael hatte die 30.000 Euro bar bezahlt. Das war zu der Zeit gewesen, als Michael begonnen hatte, hauptsächlich Ohnsorg mit Gutachten zu beauftragen. Hatte Michael sich mit Bargeld schmieren lassen?

»Was bitte ist BaFin?«, fragte Jan. Er saß ihr gegenüber und wirkte verkatert. Er muss interessante Wochenenden haben, wenn er montagmorgens immer einen Hänger hat, dachte Sasha.

»Die Bundesanstalt für Finanzdienstleistungsaufsicht. Sie hat mir die Privat- und Firmenkonten von Ragnar mitgeteilt.

Von der Bank habe ich die aktuellen Kontoauszüge beschafft. Ragnar hat ein Guthaben von 40.000 Euro.«

Jan hörte zu, und seine sibirisch blauen Augen schauten direkt in ihre. Sasha wurde Jans langer Blick unangenehm und wandte ihren Kopf ab.

»Nach der Recherche beim Kraftfahrtbundesamt ist Ragnar Halter eines Sportwagens Audi R8 Coupe. Ich habe bei dem Händler angerufen. Ragnar hat die 144.000 Euro bar bezahlt.«

Sasha schätzte Jan eher als Rambo denn als großen Kriminalisten ein. Aber immerhin hörte er ihr aufmerksam zu.

»Im Internet-Grundbuch habe ich fünf Immobilien von Ragnar gefunden. Erstens seine Eigentumswohnung in den Marco-Polo-Towers. Die Zweizimmerwohnung hat 960.000 Euro gekostet.«

»Das muss einem der Elbblick einfach wert sein.«

Jan versuchte wohl, witzig zu sein. Sasha ging nicht darauf ein.

»Zweitens gehört das Gewerbeobjekt, in dem die Büros der Nordic Group sind, auch ihm. Wert 750.000 Euro. Beide Immobilien brauchte er nicht zu finanzieren, denn im Grundbuch sind keine Belastungen eingetragen. Daneben besitzt er noch ein Hotel und zwei Miethäuser.«

»Was für ein Hotel und was für Miethäuser?«

»Es sind ein Stundenhotel und zwei Miethäuser in der Schmuckstraße. Alle drei sind zusammen 1,5 Millionen wert.«

Sasha drehte den Laptop zu Jan um, damit er die Tabelle sehen konnte.

»Unterm Strich hat Ragnar ein Vermögen von 3,35 Millionen. Er sponsert die Elbphilharmonie mit jährlich 100.000 Euro. Bei der Schufa sind keine Schulden verzeichnet.«

»Wo hast du so gut rechnen gelernt?«

»Blöde Frage. In Russland lernt man das in der Schule.«

Jan grinste. »Du machst das ganz großartig.«

Sasha merkte, wie sich ihr Gesicht zu einem Lächeln verzog. Er lächelte zurück und stellte dabei diese absolut umwerfenden Grübchen zur Schau.

»Du bist unsere Beste.«

Sasha versuchte, es zu unterdrücken, doch sie spürte, wie ihr Gesicht heiß wurde. Schnell drehte sie den Laptop wieder um und versteckte den Kopf hinter dem Bildschirm, damit Jan ihr Erröten nicht bemerkte.

»In seiner letzten Einkommenssteuererklärung hat Ragnar einen Gewinn von 120.000 Euro angegeben. Nach Abzug der Steuern verblieben ihm 76.000 Euro vorletztes Jahr.«

Die Zahlen auf dem Bildschirm ließen Sasha wieder runterkommen. Die nüchterne Logik der Mathematik hatte schon immer beruhigend auf sie gewirkt.

»Hast du eigentlich einen Freund?«

»Njet.« Sasha bereute ihre spontane Antwort sofort. Das ging Muskel-Jan gar nichts an. »Ragnar kann sich sein Vermögen nicht mit dem Gewinn seiner Internetagentur erwirtschaftet haben. Es muss noch eine andere Geldquelle geben«, fasste Sasha das Ergebnis ihrer Finanzermittlung zusammen.

»Du siehst süß aus.«

Sasha fand sich selbst nicht besonders attraktiv. Sie war klein, hatte ein rundes Gericht und buschige Augenbrauen. *Zwerghamster* war ihr Spitzname in der Schule gewesen. Sie fragte sich, was Jan an ihr fand. Wahrscheinlich schmeichelte er ihr nur, um sie ins Bett zu bekommen. Doch sie wollte nicht nur eine weitere Kerbe in seinem Bettpfosten sein.

»Zurück zum Fall.« Sasha klang etwas schroffer, als sie es beabsichtigt hatte. »Die unbekannte Geldquelle stützt meine

These, dass von Allwörden sterben musste, weil sie von Ragnars kriminellen Aktivitäten wusste.«

Jan müsste sich eigentlich freuen, dass sich seine These als wahrscheinlich erwiesen hatte. Doch er wirkte ernst.

»Jetzt müssen wir nur noch herausfinden, welche Geldquelle das ist.«

Es steckte doch ein Kriminalist in Jan, wenn auch nur ein kleiner, dachte Sasha.

»Mit welchen Straftaten lassen sich Millionen verdienen?«, fragte Sasha.

»Am ehesten mit Drogen. Über den Hamburger Hafen wird regelmäßig tonnenweise Kokain geschmuggelt.«

»Du meinst, die Nordic Group ist nur eine Tarnfirma und Ragnar in Wirklichkeit ein Drogenhändler? Wie wollen wir das beweisen?«

»Das wird ohne Durchsuchung schwierig.«

42

Das Institut für Rechtsmedizin befand sich in einem zweistöckigen Flachbau auf dem Gelände des Universitätsklinikums Eppendorf.

Michael nahm die Treppe ins Untergeschoss, wo sich der Sektionssaal befand. Er zog sich einen grünen Kittel und Plastiküberzieher für die Schuhe an. Das kalte Ambiente aus weiß gekachelten Wänden, grau gefliestem Boden und viel Edelstahl war ihm von vielen früheren Besuchen bekannt. Nur an den Geruch würde er sich nie gewöhnen. Strenges Desinfektionsmittel versuchte vergeblich, den süßlichen Leichengeruch zu überdecken. Instinktiv hielt er sich die Hand vor Mund und Nase.

Michael blieb direkt hinter der Tür des Sektionssaales stehen. Sein Magen verkrampfte sich, und Übelkeit stieg in ihm auf. Manfred Rohwedder lag nackt und mit geöffnetem Brustkorb auf dem Obduktionstisch. Für Michael war es der erste Tote, den er persönlich gekannt hatte. Sie waren nicht befreundet gewesen, hatten sich aber als Kollegen geschätzt. Dutzende schwierige Verhandlungen hatten sie zusammen durchgestanden. Außerdem hatte er Rohwedder sterben sehen. Wahrscheinlich hatte er den Herzinfarkt durch seinen

Besuch ausgelöst. Michael unterdrückte den Impuls, sich umzudrehen und einfach zu gehen. Er wünschte, er könnte die Zeit zurückdrehen und hätte Rohwedder keine Fragen über die Fehlurteile gestellt.

»Lange nicht gesehen, Herr Thomforde«, begrüßte ihn die Rechtsmedizinerin Dr. Behrens lächelnd. Die Brünette trug eine Plastikschürze über ihrem grünen Kittel und weiße Latexhandschuhe. Sie hatte ein erstaunlich fröhliches Wesen, obwohl sie tagtäglich mit dutzenden Leichen zu tun hatte. Sie erklärte auch die grausamsten und blutigsten Details der Leichen mit dem aufgekratzten Ton einer Radiomoderatorin.

»Kommen Sie doch näher.« Dr. Behrens winkte ihn heran.

Zögernd trat Michael näher. Dr. Behrens hatte grüne Augen und einen sinnlichen Mund. *Such dir eine neue Frau,* hatte ihm Renate geraten. Attraktiv war die Rechtsmedizinerin, keine Frage. Und sie mochte ihn. Aber er spürte, dass in seinem Herzen kein Platz für eine neue Frau war. Er war noch nicht über Frauke hinweg.

»Ich bin gerade mit der Obduktion fertig geworden. Rohwedder ist an einem plötzlichen Herztod verstorben.«

Das war für Michael nicht neu. Er hatte gesehen, wie Rohwedder sich ans Herz gegriffen hatte und zusammengebrochen war.

»Wir haben bei der Obduktion im Brustbereich des Toten einen Herzschrittmacher gefunden.« Dr. Behrens zog einen Plastikbeutel aus der Kitteltasche und hielt ihn hoch.

Michael beugte sich vor. In dem Beutel befand sich ein circa fünf Zentimeter großes flaches und silbern glänzendes Gerät mit einem kurzen Kabel.

»Ein Herzschrittmacher soll den Patienten eigentlich vor einem plötzlichen Herztod schützen.«

»Es lag eine Fehlfunktion vor?«

»Das war auch unsere erste Vermutung. In ihm befindet

sich ein Speicher, eine Blackbox wie beim Flugzeug. Wir haben ihn ausgelesen.«

Dr. Behrens legte den Beutel mit dem Herzschrittmacher neben den Kopf des Toten auf den Edelstahltisch. Michael wäre es lieber gewesen, das Gespräch nicht unmittelbar neben der Leiche zu führen.

»Die Hardware war funktionstüchtig, der Akku war noch halbvoll und der Fehlerspeicher war leer.«

Michael war verwirrt. Warum hatte der Herzschrittmacher den Tod von Rohwedder nicht verhindert, wenn er voll funktionstüchtig war?

»Im Speicher wurde ein starker Stromstoß registriert, der unmittelbar zu dem plötzlichen Herztod geführt hat.«

»Ein Fehler der Software?« Michael starrte auf den Herzschrittmacher. Hersteller, Modell und Seriennummer waren eingraviert. Sonst war ihm nichts anzusehen.

»Haben Sie immer noch diesen beruflichen Ärger?«

Das wüsste Michael auch gerne. Dr. Schäfer hatte zwar seine Suspendierung aufgehoben, das Disziplinarverfahren müsste aber noch laufen. Er hatte bisher keine Mitteilung über dessen Abschluss erhalten. Wahrscheinlich warteten sie ab, bis Ohnsorg wieder auftauchte. Er war der Schlüssel zum Ganzen.

»Ich wurde zum Leiter des Cold-Case-Teams ernannt. Ich bin wieder im Spiel, auf Bewährung sozusagen.«

»Ich drücke Ihnen die Daumen, dass alles gut für Sie ausgeht. Sie sind ein guter Staatsanwalt.«

Michael tat es gut, das zu hören. Es gab nicht viele, die zu ihm hielten. Die meisten Kollegen hatten sich von ihm abgewandt.

»Hat also ein Fehler der Software den Stromstoß ausgelöst?«, fragte Michael, der immer noch den Herzschrittmacher in den Händen hielt.

»Nein, der Stromstoß wurde per Funk ausgelöst.« Dr.

Behrens zeichnete mit dem Zeigefinger eine imaginäre Antenne in die Luft, die man auch für ein Kreuz hätte halten können.

»Wie soll das denn bitte gehen?«

»Der Herzschrittmacher lässt sich per Funk steuern und warten. Das erspart dem Patienten häufige Eingriffe. Durch die Funkverbindung droht allerdings auch der Zugriff von Hackern.« Am Ende senkte Dr. Behrens ihre Stimme, als ob sie gerade ein großes Geheimnis verraten hätte.

»Das klingt für mich nach Science-Fiction.« Michael versuchte, nicht allzu ungläubig zu klingen. Vielleicht bekam man solche verrückten Ideen, wenn man täglich im Leichenkeller arbeitete.

»Trotzdem hat jemand per Funk dem Herzschrittmacher den Befehl gegeben, einen tödlichen Stromstoß auszulösen.«

Manfred Rohwedder war ermordet worden?

43

Sehr gut, Leander Clages saß allein an einem Fensterplatz. Michael pirschte sich mit seinem Tablett vorsichtig heran.

»Mahlzeit! Ist hier noch ein Platz frei?«, fragte er.

Staatsanwalt Clages sah von seinem Fischgericht hoch. Sein jugendlich glattes Gesicht passte nicht so recht zu seiner hohen Stirn und dem graumelierten Haar. Sein hellblaues Hemd signalisierte, dass er heute keine Sitzung hatte, sonst wäre es weiß gewesen. Die Kantine im sechsten Stock des Strafjustizgebäudes war gut gefüllt. Ringsum saßen Richter, Staatsanwälte und Verteidiger in kleinen Gruppen an den Resopaltischen und unterhielten sich angeregt. Von hier konnte man auf die Dächer des Untersuchungsgefängnisses sehen.

»Natürlich, Michael.«

Michael setzte sich hin. Die Kantine war ihm gut vertraut. Man ging nicht primär wegen des mittelprächtigen Essens hierher, sondern weil man hier unkompliziert mit Richtern und Verteidigern ins Gespräch kommen konnte. Hier wurden die Deals eingefädelt und damit mindestens ebenso viele Fälle entschieden wie in den Gerichtssälen darunter.

Michael hatte eine Frikadelle mit Kartoffelsalat. Die Frikadelle war so hart, dass er sich fragte, bei welchem steinewerfenden Demonstranten man sie konfisziert hatte. Die zerkochten Kartoffeln waren in Billig-Mayonnaise aus dem Eimer ertränkt worden.

»Wie läuft's bei dir?«, fragte Michael während des Essens.

»Ausgezeichnet. Ich habe Chancen, demnächst befördert zu werden.« Leander strahlte.

Auf die Stelle, die eigentlich meine gewesen wäre.

»Und bei dir?« Leander zerteilte das Fischfilet mit präzisen Schnitten.

Eine reine Höflichkeitsfrage, erkannte Michael. Der angehende Oberstaatsanwalt würde sich nicht wirklich für das Cold-Case-Team im Keller des Polizeimuseums interessieren.

»Ich kann mich nicht beklagen. Du hast doch diesen tödlichen Raserunfall.«

»Ja. Zwei junge Männer rasten mitten durch die City, ein Wettrennen, hoch motorisierter Mercedes gegen Audi S6. Mit bis 170 Stundenkilometern haben sie mehrere rote Ampeln überfahren. Auf einer Kreuzung in der Nähe des Hauptbahnhofs hat einer der Angeklagten mit circa 160 Stundenkilometern einen querenden VW Golf gerammt. Der 64 Jahre alte Fahrer des Golfs starb noch in seinem Auto. Beide Fahrer gehören zur Autoraserszene, und ich habe sie wegen Mordes angeklagt.»

Juristen liebten es, von ihren Fällen zu erzählen. Man brauchte nur ein Stichwort zu nennen, und es sprudelte aus ihnen heraus. Und jeder hielt seine Fälle für die interessantesten der Welt.

»Ich habe davon gehört. Bjarne Ragnar war einer der Fahrer?«

»Ja, er war erstaunlicherweise nur leicht verletzt und ist getürmt. Aber es war sein Audi, in dem er DNA-Spuren hinterlassen hat. Am Airbag waren noch Blutspuren von ihm.«

Michael schob mit der Gabel den Kartoffelsalat hin und her. Immer wenn er von DNA-Spuren hörte, wurde er nervös. »Von wem ist das Gutachten?«

»Von deinem speziellen Freund Ohnsorg.«

Michael legte das Besteck auf den Teller und schob ihn zur Seite. »Er ist nicht mein Freund!«

»Na komm, du bist mit DNA-Aufträgen immer nur zu ihm gegangen. Kanntest du überhaupt irgendeinen anderen Sachverständigen?«

»Trotzdem war er nicht mein Freund. Wenn ich meine Brötchen jeden Morgen bei immer demselben Bäcker kaufe, ist der auch nicht mein Freund.« Michael lehnte sich auf dem Stuhl zurück und verschränkte die Arme vor der Brust.

»Schade, sonst könntest du mir sagen, wo er jetzt ist. Wir brauchen ihn für den Prozess, können ihn aber nicht erreichen. Er scheint untergetaucht zu sein.«

Michael schaute sich um. Niemand in der Nähe schien ihnen zuzuhören.

»Ich habe mich auch schon nach ihm erkundigt. Angeblich ist er auf Weltreise.«

»Blöderweise ist jetzt auch noch der Prozess geplatzt. Sowohl Vorsitzender als auch Beisitzer sind unfallbedingt verstorben. Ragnar musste aus der U-Haft entlassen werden und ist ebenfalls untergetaucht.«

Leander hatte seine Mahlzeit beendet. Er wischte sich seinen Mund mit einer Serviette ab und schob den Teller zur Seite.

Michael beugte sich vor und sagte leise: »Und wenn es keine Unfälle waren?«

»Wie meinst du das?« Leander sah ihn fragend an.

»Wenn jemand Rohwedder, Meier und Ohnsorg beseitigt hat, um Ragnar vor dem Gefängnis zu bewahren?«

»Wer sollte dieser Jemand sein?« Leander legte die Stirn in Falten.

»Der Bruder, Magnus Ragnar. Wir ermitteln gerade wegen dem Mord an Katharina von Allwörden gegen ihn.«

»Die hat mit dem Raserfall aber nichts zu tun. Als der Unfall letzten Sommer passierte, war sie schon lange tot.« Leander schüttelte den Kopf und sah auf seine Armbanduhr.

»Weiß ich.«

»Außerdem könnte Magnus Ragnar seinen Bruder gar nicht dauerhaft vor dem Gefängnis bewahren, denn bald wird es einen neuen Prozess mit anderen Richtern und einem neuen Gutachter geben.« Leander hob einen Zeigefinger und erinnerte ihn an eine Lehrerin, die einem besonders begriffsstutzigen Schüler die Welt erklärte.

»Dafür müsst ihr Bjarne Ragnar erst mal finden.«

Ein Anflug von Verärgerung huschte über Leanders Gesicht. »Weißt du was, Michael? Ich glaube, diese Fehlurteile und die Suspendierung haben dir zugesetzt. Du siehst Zusammenhänge, wo keine sind. Ich muss jetzt los.«

Leander stand auf, nahm sein Tablett und ging.

44

Das Schach-Café befand sich in einem alten Bahnhof in Barmbek. Fahrkartenautomaten hatten ihn überflüssig werden lassen. Das zweistöckige Backsteingebäude war zu einem Café mit Biergarten umgebaut worden. Vom rundum verglasten Gastraum konnte man die S-Bahnen auf den Gleisen unten fahren sehen.

Sasha machte ihre Eröffnung. Schon als Kind hatte sie Schach geliebt. Das hatte ihr zu guten Mathenoten und später zum Abschluss in Informatik verholfen.

Jan schaute konzentriert auf das Spielbrett, als gälte es, eine tickende Atombombe zu entschärfen. Dabei hatte sie nur einen Bauern vorgerückt. Sasha wusste aus Gesprächen mit ihm, dass er sich für clever hielt. Sie hielt ihn eher für testosterongesteuert. Jan rückte ebenfalls einen Bauern vor.

Sasha rückte einen anderen Bauern vor. Jan starrte auf das Schachbrett und grübelte über seinen nächsten Zug. Nach ziemlich langer Bedenkzeit rückte er auch einen weiteren Bauern vor. Er witterte die Falle nicht.

Sasha zog ihre Königin raus. Sie stand jetzt diagonal zum König von Jan.

»Schachmatt.«

Jan brauchte einen Augenblick, um seine Niederlage zu verstehen. Dann schob er das Schachbrett genervt zur Seite. Der Herr wollte offenbar keine Revanche.

»Was hast du außer Schach noch für Hobbys?«, fragte Jan.

Sasha hatte schon geahnt, dass Jan auf ein Kennenlerngespräch und nicht auf Schachspielen aus war, als er das Kaffeetrinken nach dem Dienst vorgeschlagen hatte.

»C und C sage ich immer. Cosplay und Cupcakes backen.«

»Cosplayer sind diese Manga-Leute?«

»Ja, man schlüpft durch Verkleidung und Schminke in fremde Rollen.«

Nur beim Cosplay konnte sie aus sich herausgehen. Ansonsten war sie am liebsten allein zu Hause und aß Kekse im Dunkeln. Oder knabberte an ihren Fingernägeln, bis sie den süßen Saft ihres eigenen Blutes schmeckte.

»Was sind denn deine Hobbys?» fragte sie ihren Kollegen.

»Fitnessstudio und Fallschirmspringen.«

Jan trug einen schwarzen, enganliegenden Pullover, der seine breiten Schultern, Brustmuskeln und Bizepse gut zur Geltung brachte. Einen Augenblick stellte Sasha sich ihn mit freiem Oberkörper vor. Dann fielen ihr aber wieder die Anabolika in seiner Sporttasche ein.

»Ich bin noch nie Fallschirm gesprungen. Das muss total aufregend sein.«

»Das ist der Adrenalinkick schlechthin. Michael hat angeboten, mich in seiner Cessna mitzunehmen. Wenn du willst, können wir einen Tandemsprung machen. Du würdest an mich angegurtet werden und müsstest nichts machen.«

»Ich denke darüber nach. Worüber lachst du gerne?«

»Über dumme Verbrecher. Wenn zum Beispiel ein Einbrecher seinen Personalausweis am Tatort verliert. Oder wenn ein Drogenhändler bei der Polizei anzeigt, dass das ihm verkaufte Kokain von schlechter Qualität war. Oder die zwei Männer, die versucht haben, mit einem geklauten LKW und einem Seil den Geldautomaten aus einer Bank aus seiner Verankerung zu reißen. Der Coup ist geglückt, allerdings entkamen sie nur mit dem Kontoauszugsdrucker. Und selbst?« Jan sah sie fragend an.

»Russen lachen nicht.« Sasha guckte ernst.

»Das ist diese Dostojewski-Sache, Russen sind morbide und depressiv.«

»Alle Achtung, ich hätte nicht gedacht, dass du den Namen eines Schriftstellers kennst. Außerdem saufen Russen den ganzen Tag lang Wodka.«

Sasha sah seinem Gesicht an, dass er darüber nachdachte, ob sie das ernst meinte.

»Was ist deine größte Angst?« fragte sie ihn.

»Durch eine Verletzung nicht mehr kämpfen zu können.«

Sasha war über diese Antwort nicht überrascht. »Rambo auf Krücken käme nicht gut. Meine größte Angst ist die vor Spinnen. Mir bleibt jedes Mal das Herz stehen, wenn ich einer begegne. Ihr Kämpfer habt doch immer so einen Leitspruch. Welcher ist deiner?«

»Die Schafe tun so, als ob der Wolf nie kommt, der Schäferhund lebt für diesen Tag.«

»Wow, diesen Blödsinn hat sich Sylvester Stallone ausgedacht?« Ihr eigenes Lebensmotto lautete: Einsamkeit bedeutet Frieden.

»Keine Ahnung.«

»Hast du eigentlich eine Freundin?«

»Nichts Festes.«

Für ein kurzes Abenteuer wäre sie nicht zu haben, so viel stand schon mal fest.

45

Polizeipräsident Hauke Beesten musterte an diesem Dienstagmorgen mit aneinandergelegten Fingerspitzen das Cold-Case-Team vor seinem Schreibtisch.

»Ich habe Sie einbestellt, um Sie kennenzulernen.« Beestens Miene blieb ausdrucklos. Seine vollen schwarzen Haare waren streng nach hinten frisiert. Er trug einen schwarzen Anzug mit weißem Hemd. Er hatte sich als langjähriger Leiter der Davidwache den Ruf eines harten Hundes erarbeitet.

»Wie gefallen Ihnen Ihre neuen Büros?«

Michael listete gerade die Beschwerdepunkte in seinem Kopf auf, da kam ihm Renate zuvor.

»Wir sind noch dabei, uns einzuleben.«

Die ganze Wand hinter Beesten war mit einer Fototapete versehen. Sie zeigte eine Luftaufnahme von Hamburg, im Vordergrund der Michel, dahinter die Elbe und der Hafen. Sie stammte bestimmt noch vom Vorgänger. Für Beesten wirkte die bei strahlendem Sonnenschein gemachte Aufnahme viel zu fröhlich.

»Schön. Sie rollen den Fall Katharina von Allwörden wieder auf. Gibt es neue Verdächtige?«

»Magnus Ragnar«, sagte Jan. Er schilderte die bisherigen Ermittlungen gegen ihn.

»Wir kommen allerdings nicht weiter und wollen Durchsuchungsbeschlüsse für Wohnung und Firma beantragen.« Michael hoffte, er klang selbstbewusst und nicht bittend.

»Als ehemaliger Staatsanwalt müssten Sie die Voraussetzungen dafür eigentlich kennen«, sagte Beesten kühl.

Die Bezeichnung *ehemaliger* schmerzte.

»Was Sie haben, sind nur Vermutungen, kein Anfangsverdacht«, fuhr Beesten fort.

Natürlich waren Michael die rechtlichen Voraussetzungen bekannt. Aber die meisten Ermittlungsrichter sahen es nicht so eng und erließen Durchsuchungsbeschlüsse auch bei dünnem Verdacht.

»Einen Versuch ist es trotzdem wert. Schlimmstenfalls lehnt der Richter den Antrag ab.«

»Nein, das befürwortete ich nicht.« Der Blick von Beestens grauen Augen war kalt und so durchbohrend wie eine Laserpistole.

Er war kein Mann, mit dem man diskutieren konnte, deshalb unterließ es Michael. Die Durchsuchungsbeschlüsse gegen Ragnar waren gestorben.

»Ist das alles, was Sie haben?« Beesten zog die Augenbrauen missbilligend zusammen.

»Wir sind erst seit zwei Wochen an dem Fall dran«, protestierte Michael.

»Das ist mehr als genug Zeit für erste Ermittlungsergebnisse.«

»Zwei mit dem Allwörden-Mord befasste Richter sind bei fragwürdigen Unfällen ums Leben gekommen und der damalige Sachverständige ist verschwunden. Da könnte ein Zusammenhang bestehen.«

Beesten stand auf. Er wollte offenbar zum Ende des Gesprächs kommen. Er strich die rote Hamburg-Fahne in der Ecke glatt.

»Sie müssen sich Ihre Aufgabe bewusst machen«, sagte er langsam und in belehrendem Tonfall. Dann stützte er sich mit den Händen auf den Schreibtisch und sah nacheinander alle vier vor ihm Sitzenden an. »Ihre Aufgabe, die Sie sich selbst ausgesucht haben, ist, den Mord an dieser Anwältin von vor dreieinhalb Jahren aufzuklären. Darauf, und nur darauf sollten Sie sich konzentrieren.«

»Was ist mit den toten Richtern und dem verschwundenen Sachverständigen?«, wandte Michael ein.

»Das wären nicht Ihre Fälle. Falls es sich überhaupt um Verbrechen handelt, wäre die Mordkommission zuständig.«

Beesten zeigte mit einer sparsamen Geste zur Tür. »Sie dürfen jetzt gehen.«

Das Cold-Case-Team stand auf. Mit Jan voran verließ das Team das Büro.

»Dank dir hält uns der Polizeipräsident alle für Versager, die er so schnell wie möglich wieder loswerden will«, zischte Renate Michael zu.

46

Rund hundert erlesene Gäste hatten sich abends zum Sektempfang im Foyer der Elbphilharmonie eingefunden. Im weitläufigen Foyer mit Holzboden, raumhohen Fenstern und sandfarbenen Wänden waren weiße Stehtische aufgestellt. Die vielen kleinen Deckenlichter sahen aus wie ein Sternenhimmel. Kellner mit Champagnergläsern auf den Tabletts gingen von Tisch zu Tisch. Ein Pianist sorgte für die musikalische Unterhaltung.

Eingeladen war, wer im vergangenen Jahr mindestens fünfzigtausend Euro gespendet hatte. Unter den Gästen waren Reeder, Banker und Bauunternehmer. Ragnar war Platin-Spender, denn er hatte hunderttausend Euro gespendet. Daneben waren auch Prominente mit geringeren oder keinen Spenden geladen, um der Veranstaltung ein wenig Glanz zu verleihen. So entdeckte Ragnar den Bürgermeister, eine Tagesschausprecherin und eine bekannte Schauspielerin.

Ragnar sah Polizeipräsident Hauke Beesten mit seiner Frau an einem Stehtisch und ging zu ihnen. Eine solche Bekanntschaft war Gold wert, wenn man sich den Anstrich eines seriösen Geschäftsmanns geben wollte. Wer ein

Duzfreund des Polizeipräsidenten war, war über jeden Zweifel erhaben.

»Gnädige Frau. Hauke.« Ragnar schüttelte beiden die Hand.

»Das ist Magnus Ragnar, er verdient sein Geld im Internet«, erklärte Hauke Beesten seiner Frau Gesine.

Die unscheinbare Frau nickte Ragnar kurz zu. Er kannte das schon, das Thema Internet stieß bei Frauen selten auf ein gesteigertes Interesse. Zu technisch, zu unsexy. Schon sah die Frau sich auf der Suche nach interessanteren Gesprächspartnern um.

»Was macht die Verbrecherjagd?«, fragte Ragnar.

»Du weißt, das Verbrechen schläft nie. Auf St. Pauli tobt gerade ein Krieg zwischen zwei Banden. Drei Tote allein diese Woche.«

Ragnar hatte davon gehört. Ein Araber-Clan und die Hells Angels waren dabei, die Machtverhältnisse auf dem Kiez neu auszufechten. Bei einer Schießerei zwischen ihnen war auch ein unbeteiligter Tourist erschossen worden.

»Dann haben deine Jungs alle Hände voll zu tun.«

»Richtig. Und das Internet boomt immer noch?«

Eine überflüssige Frage fand Ragnar. Wenn seine Geschäfte nicht gut liefen, könnte er kaum Platin-Spender sein.

»Mein Business läuft gut.«

Nicht einmal der Polizeipräsident hinterfragte seine Geschäfte.

»Hauke, komm, da hinten ist der Bürgermeister.« Gesine zog ihren Mann weg. Er zuckte entschuldigend mit den Schultern und ging mit.

Die treibende Kraft hinter Hauke Beestens Karriere war seine kleine, zierliche Frau, wusste Ragnar. Während Hauke ein ruhiger, zufriedener Mann war, war Gesine vom Ehrgeiz zerfressen. Das hatte er ihm bei einem gemeinsamen Bier erzählt. Bald würde der Chefsessel des Innensenators frei. Ragnar konnte sich lebhaft vorstellen, welchen Vorschlag Gesine Beesten dem Bürgermeister machen würde.

Magnus Ragnar nahm sein Glas in die Hand und wollte gerade wieder auf Wanderschaft gehen, als er am Nebentisch Jessica Sternberg entdeckte. Sie trug ein *Kleines Schwarzes*, war allein und offensichtlich gelangweilt. Ragnars Mund wurde trocken und sein Herzschlag beschleunigte sich. Er konnte nicht anders, als sie anzustarren. Ihre Blicke kreuzten sich. Sie sah weg und dann wieder zu ihm.

Mit einem angedeuteten Nicken forderte sie ihn auf, zu ihr zu kommen. Ragnar war von ihrem Anblick paralysiert.

»Ich beiße nicht«, sagte sie.

Da war sich Ragnar nicht so sicher. Trotzdem gab er sich einen Ruck und ging mit seinem Champagnerglas zu ihr. Obwohl er ein Meter neunzig groß war, war sie nur eine Handbreit kleiner als er.

»Sie sind als Sponsor hier?«, fragte Sternberg.

»Ja.«

»Haben Sie das Musical *Der blaue Engel* gesehen?«

»Es war hinreißend, sagte Ragnar ohne weiteres Nachdenken. Eine ehrliche Einschätzung würde sie kaum hören wollen.

»Wie fanden Sie mich als Lola?« Sternberg fuhr mit dem Finger den Rand ihres Glases entlang. Sie hatte braune Augen, die im Licht des Deckenspots golden glitzerten, und sinnliche Lippen. Ihr kastanienbraunes Haar fiel ihr bis über die Schultern.

»Sie sind eine würdige Nachfolgerin von Marlene Dietrich. Einfach umwerfend.« Das Kompliment war etwas dick aufgetragen. Aber tatsächlich waren ihre Auftritte der einzige Lichtblick in diesem gruseligen Musical-Remake gewesen.

Die junge Frau lächelte ihn an.

»Es ist mir ein Vergnügen, Sie kennenzulernen«, sagte Ragnar und hob sein Glas.

Die Champagnergläser klirrten, als beide anstießen.

47

Die stillgelegte Psychiatrie lag auf einem Tafelberg südöstlich von Dresden. Die fünfstöckige Klinik thronte wie eine Festung hoch über dem Elbtal und war nur über eine schmale Straße erreichbar, die sich den Berg hochwand. Eine Schranke versperrte den Weg. Sie ließ sich aber problemlos nach oben schwenken.

Sasha hatte ihren freien Tag genutzt, um herzufahren. Sie stellte ihren Smart unter einem Baum gegenüber dem Haupttor ab und stieg aus. Das Tor war verrammelt. Sie sah zur Klinik hoch, die fünfzig Meter dahinter stand. Die Fassade war dunkel verwittert und wirkte bedrohlich. Es waren Stücke der Mauer herausgebrochen, die meisten Fensterscheiben waren eingeschlagen und das Dach teilweise eingestürzt. Ein Schwarm Krähen saß auf dem Dach und ließ seine heiseren Rufe ertönen. Überall wucherten Bäume. Es sah aus, als ob hier jahrelang niemand mehr gewesen wäre. Das einzig Neuere war ein gelbes Schild am Tor:

Betreten verboten.

Lebensgefahr!

Das Gelände war ummauert. Sasha ging links an der Mauer entlang. Es musste irgendwo einen Zugang geben, denn die Fensterscheiben hatte sicher nicht der Wind eingeschlagen. Nach einer Weile fand sie, wonach sie gesucht hatte. Jemand hatte ein Loch in die brüchige Mauer geschlagen. Es konnte noch nicht alt sein, denn die Bruchflächen sahen frisch aus. Sie duckte sich und kroch hindurch. Sie musste sich durch ein dorniges Gebüsch kämpfen, bis sie vor der Klinik stand. Am Boden lagen zerplatzte Dachziegel und verrottetes Holz. An den Fenstern hingen verrostete Eisengitter. Sie konnte hundert Meter hinter der Klinik auch die Villa sehen, von der Renate gesprochen hatte. Sie fand einen Seiteneingang der Klinik, dessen Tür einen Spalt offenstand. Dann war sie drinnen.

Sashas Herzschlag beschleunigte sich, als sie ein Spinnennetz links an der Decke entdeckte. Der Horror auf acht Beinen lauerte in solchen Netzen und sprang seine Opfer an. Mit dem Rücken an der rechten Wand passierte sie es mit dem größtmöglichen Abstand. Als sie es hinter sich gelassen hatte, fuhr sie sich hektisch durch ihre Haare und über die Schultern.

Auf dem Boden des langen Flurs lag der Schutt von dem abgefallenen Wandputz. In der Eingangshalle schien die Sonne durch das teilweise eingestürzte Dach.

Ein undefinierbares Geräusch ließ Sasha zusammenzucken. Wer oder was könnte das gewesen sein? War außer den Krähen noch jemand hier?

»Hallo?«

Sie horchte angestrengt.

»Ist da jemand?«

Ein heiserer Krähenruf war die einzige Antwort.

Sasha stieg die Treppe nach oben. Die Stufen knarzten unter ihr. Könnte diese Treppe einstürzen? Im ersten Stock sah sie sorgenvoll nach oben, wo sich Teile von der Decke gelöst hatten. Trugen die Decken noch?

Die schweren Eisentüren der Patientenzimmer, die in

Wirklichkeit Zellen waren, standen offen. Sie schaute in eins hinein. In dem Raum stand nur ein Metallbett, auf dessen Matratze braune Lederfesseln lagen. Efeu rankte außen am vergitterten Fenster. In einem Schwesternzimmer hing eine vergilbte Zwangsjacke an der Wand. Gruselig, aber irgendwie auch interessant. Es gab auch Cosplayer, die sich mit einer Zwangsjacke als Psychiatriepatienten verkleideten.

Im dritten Stock entdeckte sie eine abgelegene Kammer. Der fensterlose Raum war leer bis auf die Fixierliege und einen kleinen Tisch. Sasha stellte sich vor, von zwei breitschultrigen Pflegern nackt auf die Liege geschnallt zu werden. Aus den Ledermanschetten um Hände und Füße würde es kein Entkommen geben. Das Lochblech würde sich schmerzhaft in ihren Rücken und den Po drücken. Auf dem Tisch stand ein harmlos aussehendes weißes Gerät von der Größe eines Toasters. Die Bilder wurden vor ihren Augen erschreckend lebendig: *Ein Pfleger presst die Elektroden gegen ihre Schläfen. Dann wird ihr der Strom ins Gehirn gejagt. Sie muss würgen und spucken. Sie sieht, wie ihre Beine zucken und sie sich trotz der Fesseln aufbäumt. Ihr Körper windet sich in spastischen Krämpfen. Ihre Wirbelsäule droht zu brechen. Das Gehirn in ihrem Kopf beginnt zu kochen. Wenn es vorbei ist, wird sie ihren Namen nicht mehr wissen.*

Das Direktorenzimmer lag im vierten Stock direkt über dem Eingang. Es war etwa vierzig Quadratmeter groß, hatte einen Balkon und Stuck an der Decke. Ein Klinikleiter war offenbar selbst in der DDR noch jemand gewesen. Vor einer Bücherwand stand ein großer Eichenschreibtisch. Er sah aus, wie in Eile verlassen, denn auf ihm lagen unter einer Staubschicht noch Krankenakten. Sie schlug eine auf. Eine Frau war hier im Herbst 1989 behandelt worden. An einer Wand hingen gerahmte Urkunden und Fotos. Krayenborg senior war sogar Professor gewesen, entnahm sie seiner Habilitationsurkunde. Auf einem Foto war er zusammen mit seinen Ärzten vor der Klinik zu sehen. Junge Gesichter strahlten in weißen Kitteln um die Wette.

Ein Foto zog Sashas Blick magisch an. Sie wischte den Staub vom Glas, um es besser sehen zu können. Eine junge Frau stand lächelnd neben dem Elektroschockgerät und legte gerade die zwei Elektroden an die Schläfen eines Kindes. Dieses lächelte nicht, sondern biss mit angstgeweiteten Augen auf den Gummikeil zwischen seinen Zähnen.

Sasha nahm den Rahmen von der Wand und sah sich das mehr als dreißig Jahre alte Foto noch einmal genau an. Die Augen, die Nase und das kräftige Kinn waren identisch. Das Foto zeigte die junge Krayenborg.

Renate hatte gelogen.

48

»Wasserleichen sehen nie schön aus«, sagte Rechtsmedizinerin Dr. Behrens lächelnd. Auf dem Obduktionstisch lag eine nackte, aufgedunsene und übergewichtige Männerleiche. Auffallend war die starke Blässe.

»Ich hätte nicht gedacht, Sie so schnell wiederzusehen.« Dr. Behrens strahlte ihn an.

Michael trat zögernd näher. Das kalte Neonlicht von der Decke ließ die Leiche noch toter als tot aussehen.

»Ich hatte mir am Montag auch nicht vorgestellt, nur drei Tage später wiederzukommen.«

»Dabei geht die Leiche noch. Der Mann hat maximal eine Woche im Wasser gelegen, und es war kalt. Die Verwesung ist noch nicht weit fortgeschritten.« Dr. Behrens sagte das im Sing-Sang-Ton einer Radiomoderatorin.

Faulig stinken tat die Leiche trotzdem. Michael kniff sich die Nase zu und atmete flach durch den Mund. Er beugte sich über ihren Kopf. Rechtsanwalt Torsten Fahrenkrog hatte rotblonde Haare, Sommersprossen und einen Wochenbart. Seine Augen waren geschlossen. Er bearbeitete wohl kein Strafrecht, denn Michael war ihm nie begegnet. Er erkannte die Strangmarke am Hals. Der Mann hatte eine Y-Naht auf dem Oberkörper.

»Sie haben das Offensichtliche schon gesehen. Der Mann wurde erdrosselt.« Dr. Behrens deutete auf die rötliche Strangmarke. Michael bewunderte sie für ihre Energie und Lebensfreude. Er würde hier wahlweise in Depressionen oder im Alkoholismus, oder in beidem, versinken.

»Die Obduktion hat keine Ertrinkungsanzeichen ergeben. Die Leiche wurde postmortal ins Wasser verbracht.«

»Also ein Leichen-Dumping.« So nannte man es, wenn eine Person an einem Ort ermordet und dann an einem anderen Ort entsorgt wurde.

»Ja. Hier sind zwei parallele Einstiche, um die die Haut gerötet ist.« Dr. Behrens zeigte auf den Oberbauch. Sie waren auf der blassen Haut gut zu erkennen.

»Woher kommen die?« Michael sah Dr. Behrens an und fragte sich einmal mehr, warum eine junge attraktive Frau sich für einen so deprimierenden Beruf entschieden hatte.

»Vermutlich von einem Elektroschockgerät.«

Taser waren nicht nur bei der Polizei, sondern auch bei Verbrechern in Mode gekommen. Fünfzigtausend Volt machten auch den stärksten Mann in Sekunden kampf- und fluchtunfähig.

»Wann wurde er ermordet?«

»Das lässt sich nicht exakt bestimmen. Laut Vermisstenanzeige ist er vor zwei Wochen verschwunden. Die Liegezeit der Leiche im Wasser würde ich auf eine Woche einschätzen. Er muss kurz nach seinem Tod ins Wasser geworfen worden sein, sonst wäre die Verwesung weiter fortgeschritten. Also ist er vermutlich vor etwa einer Woche ermordet worden.«

»Können Sie etwas über die Zeit zwischen seinem Verschwinden und seiner Ermordung sagen?«

«Da kann ich nur Vermutungen anstellen. An seinen Händen hat er Fesselungsmarken, also wurde er wahrscheinlich irgendwo gefangen gehalten.« Dr. Behrens deutete auf ein Handgelenk der Leiche, dann auf sein Gesicht. »Er hat sich eine Woche lang nicht rasiert.«

»Fahrenkrog wurde mit einem Taser betäubt, entführt, eine Woche gefangen gehalten, erdrosselt und dann in der Elbe entsorgt«, fasste Michael zusammen.

»So könnte es gewesen sein.« Dr. Behrens breitete ein grünes Tuch über der Leiche aus.

Michael war erleichtert, die nackte Leiche nicht mehr sehen zu müssen. »Gibt es Parallelen zum Fall von Allwörden?«

Dr. Behrens nickte, wobei ihr Pferdeschwanz wippte. »Die Fesselung der Hände und die Erdrosselung, beides mit einem Seil. Das ist der gleiche Modus Operandi.«

Der wippende Pferdeschwanz erinnerte Michael an eine Joggerin aus der Schokoriegelwerbung. Ob sie unter dem grünen Kittel und der weißen Plastikschürze auch so schlank und sportlich war?

»Haben Sie noch irgendetwas, was uns weiterhelfen könnte?« Obwohl Michael den Leichenkeller hasste, freute er sich über jede Begegnung mit Dr. Behrens. Ihre Fröhlichkeit war ansteckend.

»Ein Detail ist mir aufgefallen«, sagte Dr. Behrens mit erhobenem Zeigefinger. »Unter seinen Fingernägeln waren Gesteinskrümel.»

»Könnte es Elbschlick gewesen sein? Wenn die Leiche auf den Grund gesunken ist und die Strömung sie über das Flussbett getrieben hat?«

»Das war auch mein erster Gedanke. Aber die Krümel sehen nicht so schmutzig-braun aus wie typischer Elbschlick. Der Anwalt ist nicht die erste Leiche, die aus der Elbe gefischt, auf meinem Tisch landet.«

Dr. Behrens ging zu einem Edelstahlschrank und holte einen transparenten Plastikbeutel heraus. Michael inspizierte ihn. »Stimmt, sie sind mehr gräulich mit rotbraunen Partikeln.«

»Sie sehen nach Beton aus. Vielleicht wurde Fahrenkrog irgendwo gefangen gehalten und wollte sich freikratzen. Ich werde die Probe im Labor untersuchen lassen.«

»Danke, Frau Dr. Behrens. Ich hoffe, die Krümel verraten uns, wo Fahrenkrog festgehalten und ermordet wurde.«

49

Michael hatte die Vorflugkontrolle seiner Cessna beendet. Sie stand auf dem Flugplatz Hartenholm, fünfzig Kilometer nördlich von Hamburg.

»Ihr könnt jetzt einsteigen.«

Jan hatte seinen Fallschirm schon angelegt, Sasha trug ein identisches Gurtzeug nur ohne Fallschirm.

»Wie alt ist das Flugzeug?« Sasha warf einen skeptischen Blick darauf.

»Betty ist vierzig Jahre alt, aber tipptopp gewartet.« Michael fuhr mit der Hand über die Motorhaube.

»Ist das auch sicher?«

»Bräuchtet ihr sonst einen Fallschirm?«

Sasha sah ihn einen Augenblick irritiert an. Nicht jeder verstand seinen Humor.

Alle drei stiegen ein. Für den Fallschirmsprung hatte Michael zuvor die rechte Seitentür und den Co-Pilotensitz ausgebaut. Er saß vorne links auf dem Pilotensitz, Jan und Sasha auf der Rückbank.

Michael drehte den Schlüssel. Der Anlasser röhrte, aber sie sprang nicht an. Er wartete einen Augenblick und versuchte es ein zweites Mal. Der Anlasser wurde langsamer. Die Batterie würde bald ihren Geist aufgeben.

»Sie springt nicht an?«, fragte Jan.

»Sie kommt aus dem sonnigen Wichita in Kansas und ist Minusgrade einfach nicht gewohnt.«

»Oder sie ist einfach zu alt.«

So wie er selbst, dachte Michael bitter.

Er spritzte mit dem Primer zusätzlich Benzin ein und versuchte es ein drittes Mal. Wieder rotierte der Anlasser. Als einzelne knallende Zündungen zu hören waren, pumpte er kräftig mit dem Gashebel.

Das Triebwerk erwachte lautstark zum Leben. Der Drehzahlmesser schnellte nach rechts. Michael nahm wieder etwas Gas heraus. Dann rollte er in Richtung Startbahn.

»Kann der Motor im Flug wieder ausgehen?« Sasha klang besorgt.

»Sei unbesorgt, ihr habt Fallschirme.«

Für Michael war Fallschirmspringen nichts. Er konnte nicht verstehen, warum jemand ohne Not aus einem Flugzeug sprang. Er würde das nur bei einem Absturz tun.

Nach dem Start ging er in einen Steigflug.

»Wir könnten Ragnars Wohnung und Firma durchsuchen.« Jan saß auf der Rückbank und beugte sich nach vorne. Er musste fast schreien, denn durch die fehlende Tür war es laut im Flugzeug.

»Du weißt, dass der Präsident dagegen ist und wir auch keinen Durchsuchungsbeschluss haben.« Michael hielt Geschwindigkeit und Steigrate im Blick.

»Kein Problem. Wir sagen einfach, es sei Gefahr im Verzug gewesen.«

»Auf gar keinen Fall. Dann haut uns das Gericht später den Fall um die Ohren.«

Kalte Luft drang ins Flugzeug und ließ sie spüren, dass

sie schon relativ hoch waren. Die Sonne schien hell und der blaue Himmel war wolkenlos.

»Aus welcher Höhe springen wir noch mal ab?« Sasha klang besorgt.

Michael drehte seinen Kopf nach hinten und grinste. »4.000 Meter. Aber die Höhe ist egal. Es sind immer nur die letzten Meter, die töten.«

Michael nahm Gas heraus, ging vom Steig- in den Horizontalflug über und drehte sich um. »Es ist gleich so weit.«

Jan forderte Sasha auf, sich mit dem Rücken zu ihm auf seinen Schoß zu setzen. Er hakte ihr Passagiergurtzeug an seinen Schultern und Hüften ein. Durch die Gurte und Haken wurden sie zu einem unzertrennlichen Paar.

»Jetzt bist du mir ausgeliefert«, scherzte Jan.

Sasha rüttelte testweise an dem Gurtzeug. Es hielt. Sie wirkte aufgeregt, aber auch ängstlich. Aber sie machte keinen Rückzieher. Mut hat die kleine Russin, dachte Michael.

»Wenn ich sterbe, möchte ich, dass aus meiner Asche ein Computerchip gemacht wird. Den soll der Chaos Computer Club bekommen.«

Und Humor hatte Sasha auch.

Dann sah Michael erst auf den Höhenmesser, dann aus dem Fenster. Sie waren direkt über dem Flugplatz in 4.000 Metern Höhe.

Michael sah nach hinten und reckte den rechten Daumen hoch.

Jan rutschte mit Sasha auf seinem Schoß in Richtung Tür.

Michael sah die weit aufgerissen Augen von Sasha, als sie in den Abgrund unter ihren Füßen starrte. Aber jetzt war es zu spät.

»Jan, verlier sie nicht!«

Einen Wimpernschlag später stürzten beide aus dem Flugzeug.

50

Sashas Fragen nach der Psychiatrie waren Renate suspekt vorgekommen. Sie hatte einen Verdacht und wollte dem nachgehen, während Michael, Jan und Sasha weg waren.

»Guten Tag, ich bin Polizeipsychologin Krayenborg.«

Den Leiter der IT-Abteilung hatte sich Renate als jungen Computerfreak vorgestellt, der in einer Art Enterprise-Brücke saß. Doch Hilmar Jörgensen war über sechzig und saß in einem ganz normalen Büro. Er bot ihr einen Platz vor seinem Schreibtisch an.

»Ich arbeite an einer Studie: *Die Kriminalprognose bei persönlichkeitsgestörten Straftätern.*«

Das faltige Gesicht von Jörgensen zeigte nur mäßiges Interesse. Er hatte eine Halbglatze mit einem inselartigen Haarbüschel auf der Stirn, tiefhängende Tränensäcke und trug ein dunkelgraues Sakko. Sein leichtes Doppelkinn und das sich unter der dunkelroten Krawatte spannende Hemd deuteten auf eine Vorliebe zum Essen hin.

»Sie wissen sicher, die Prävalenz von Persönlichkeitsstörungen ist bei Straftätern erhöht, und die Kriminalprognose von solchen Straftätern ist ungünstiger.« Diese Studie gab es schon und war nicht einmal von ihr, aber das würde Jörgensen nicht wissen. Er faltete die Hände auf dem Schreibtisch und rang sich ein Lächeln ab.

»Das klingt nach einer interessanten Studie. Wie kann ich Ihnen dabei helfen?«

»In der Studie stecken zwei Jahre Arbeit. Ich habe fünfhundert Strafgefangene interviewt. Und durch die Serverlöschung ist alles weg.«

Jörgensen verzog gequält das Gesicht.

»Ich hoffe, Sie haben die Daten wiederherstellen können. Sonst muss ich noch mal bei Null anfangen und zwei Jahre Arbeit waren für die Katz.«

Jörgensen lächelte milde. »Ja, das konnten wir. Alles was bisher auf Server drei war, finden Sie jetzt auf dem Server dreizehn.« Seinem gelangweilten Tonfall nach hatte er diese Auskunft schon hundertmal gegeben.

»Sie konnten die Daten retten?« Renate versuchte, ehrlich überrascht zu klingen.

»Es sind keine Daten verloren gegangen. Wir haben nur den Server umbenannt.«

»Das verstehe ich nicht.« Dies war einer der seltenen Momente, in denen Renate bereute, keine Ahnung von moderner Technik zu haben.

»Müssen Sie auch nicht. Alles, was Sie wissen müssen ist, dass Sie Ihre Studie jetzt auf Server dreizehn finden. Für Sie ändert sich nur das Verzeichnis, sonst nichts.«

Hatte Sasha bei der angeblichen Löschung des Servers gelogen oder war sie selbst belogen worden?

»Warum haben Sie den Server umbenannt?«

Das angedeutete Lächeln von Jörgensens erstarb und wich einer ausdruckslosen Miene, der Mund zu einem geraden Strich gezogen.

»Aus internen Gründen, die Sie nichts angehen.«

Er verschränkte die Arme vor der Brust und sah auf seine Armbanduhr.

Renate war klar, dass sie von ihm nicht mehr erfahren würde. Sie bedankte sich, verabschiedete sich und ging.

Wenn Sasha gar keinen Server gelöscht hatte, welchen anderen Grund könnte Beesten gehabt haben, Sasha in das Cold-Case-Team zu stecken?

51

Sasha spürte seinen warmen Atem in ihrem Nacken. Jan war ganz dicht hinter ihr. Sie war mit ihm aus der Cessna gesprungen. Es fühlte sich mehr wie ein Gleiten als wie ein Fallen an. Wie ein Adler schwebten sie dahin. Alles, was sie hörte, war der Wind. Sie streckte die Arme aus und dachte einen Augenblick, tatsächlich fliegen zu können. Ein atemberaubend schönes Gefühl. Nichts würde sie in diesem Moment trennen können. Beide waren eins. Hier gab es nur sie und ihn. Sie lehnte sich zurück, gegen seinen Oberkörper. Ihr Kopf schmiegte sich in seine Schulterbeuge. Scheinbar schwerelos drehten sie sich fest aneinandergeklammert um alle Achsen. Ihre Körper wurden durchgerüttelt. Ein Wahnsinnsgefühl durchströmte sie. Glückshormone pumpten mit Macht durch ihren Körper und ließen ihr Herz immer schneller schlagen.

Sasha kam der freie Fall wie eine Ewigkeit vor, doch tatsächlich dauerte es nur sechzig Sekunden, bis Jan ihn mit dem Ziehen der Reißleine beendete. Der Ruck war heftiger als erwartet. Er riss erst Jan nach oben, dann sie. Der Fallschirm hatte sich mit lautem Flattern geöffnet und die Fallgeschwindigkeit binnen Sekunden von zweihundert Stundenkilometern auf etwas über null abgebremst.

Jan steuerte den Flächenfallschirm mit den Leinen wie ein Flugzeug. Sasha genoss die Verschnaufpause des sanften Dahingleitens nach dem aufregenden freien Fall. Aus den Augenwinkeln sah sie die blau-weiße Cessna durchtauchen. Die Aussicht auf Wälder, Wiesen und Dörfer war atemberaubend. Die Autos auf den Straßen sahen aus wie kleine Spielzeugautos. In einiger Entfernung konnte sie die Cessna im Landeanflug sehen. Sie überflogen das gleiche Waldstück in Richtung des Flughafens. Als die Landebahn schon in Sicht war, vollführte Jan ein paar enge, schnelle spiralförmige Drehungen abwärts. Sie verloren rasch an Höhe. Inzwischen war schon der Zielkreis links neben der Landebahn zu sehen. Der Boden kam immer schneller näher. Sasha bekam Angst, sie würden gleich hart auf der Landebahn aufschlagen. Michael hatte gesagt, es wären immer die letzten Meter, die töteten. Doch Jan fing ab und der Schirm glitt flach nach unten. Fünf Meter über dem Boden zog sie ihre Beine an, wie es ihr Jan bei der Einweisung vor dem Sprung beigebracht hatte. Er setzte butterweich mitten im Zielkreis auf. Nach drei Schritten stand er sicher und auch sie konnte die Füße wieder auf den Boden aufsetzen. Mit schnellen Griffen hatte er ihre Gurte gelöst, seinen Fallschirm abgeworfen und ihre Helme abgenommen. Sie drehte sich um und stand dicht vor ihm. Sie war noch etwas unsicher auf den Beinen. Der freie Fall hatte ihren Gleichgewichtssinn tüchtig durcheinandergewirbelt. Sie geriet ins Taumeln, erst nach links und rechts, dann fiel sie nach vorne. Jans kräftige Arme fingen sie auf.

»Geil, das war wie Sex!«, sagte sie atemlos. Sie fühlte sich in Jans Armen geborgen. Sie hoffte, er würde sie nie wieder loslassen.

Seine blaue Augen sahen zu ihr runter. Sie musterte sein Gesicht. Seine blonden Haare waren vom Helm plattgedrückt.

Seine Nase war gerade und sein Mund etwas zu schmal. Seine Bartstoppeln glitzerten in der Wintersonne. Die kleine Narbe am Kinn war ihr vorher noch gar nicht aufgefallen. Sie machte ihn irgendwie verwegen. Vielleicht hatte er einen mit einem Messer bewaffneten Verbrecher überwältigt. Sein maskulines Aftershave stieg ihr in die Nase. Außer dem Rascheln des Fallschirms im Wind hörte sie nur das Pochen ihres eigenen Herzens. Sie hoffte, er würde es nicht auch hören.

Jan sah ihr auf den Mund und beugte sich runter.

Das war der perfekte Moment, um in Jans Armen schwach zu werden.

Sein Mund näherte sich ihrem.

Wie Jan wohl schmecken würde?

»Wage es nicht.« Sasha schob Jan mit der Hand auf seiner Brust weg.

52

»Ich habe den Laborbericht bekommen«, eröffnete Michael das Meeting im Besprechungsraum. Es war Donnerstagmorgen und die dritte Woche der Ermittlungen. Mit ihm am Tisch saßen Jan, Renate und Sasha. Der mehrseitige Bericht lag vor Michael auf dem Tisch. Er wartete einen Augenblick darauf, dass jemand fragte, was drin stand. Aber das tat niemand.

»Bei den Gesteinskrümeln handelt es sich um wasserfesten Beton aus der Zeit des Zweiten Weltkriegs. Die rotbraunen Partikel sind Rostelemente aus Armierungseisen von Bunkerbauten.«

Michael schaute in die Runde. Die Gesichter seines Teams spiegelten nur mäßiges Interesse wider.

»Fahrenkrog könnte durchaus in einem Bunker gefangen gehalten worden sein. Da seine Leiche in der Elbe gefunden wurde, ist er vermutlich am Hafen.«

Der Revolverheld schaute in die Luft, Psycho-Renate zündete sich eine Zigarette an und die Computermaus war mit ihrem Laptop beschäftigt.

»Das wird eine Suche nach der Nadel im Heuhaufen. Der

Hamburger Hafen ist einer der größten der Welt. Er hat eine Gesamtfläche von 7.200 Hektar. Vorschläge, wie wir die Bunkersuche angehen wollen?« Michael nahm die Büroklammer von dem Bericht und spielte damit.

»Wir überlassen sie der Mordkommission«, sagte Jan.

»Dem kann ich nur zustimmen.« Renate zog an ihrer Zigarette und blies den Rauch über den Tisch. »Der Präsident hat eindeutig gesagt, für aktuelle Verbrechen sind nicht wir zuständig, sondern die Mordkommission.«

Michael wedelte den Rauch weg. »Musst du hier unbedingt rauchen?«

»Willst du mir das verbieten?« Renate ließ ihr raues Raucherlachen erklingen.

Michael überlegte kurz. Ein Rauchverbot würde die Stimmung im Team nicht heben. Jan rauchte gelegentlich auch und Sasha schien alles gleichgültig zu sein.

»Ich habe vom Landesbetrieb Geoinformation und Vermessung eine Hafenkarte von 1944 bekommen.« Michael hielt die Karte hoch. »Darauf habe ich zwei U-Boot-Bunker gefunden.«

»Ich denke, wir alle haben schon genug dienstlichen Ärger.« Renate sah zu den anderen. Jan und sogar Sasha nickten ihr zustimmend zu. »Der Präsident hat uns angewiesen, den Mord an der Anwältin aufzuklären, und nichts anderes. Und von Allwörden wurde nicht in irgendeinem obskuren Bunker, sondern in ihrer Kanzlei ermordet.«

»Zwischen den beiden Morden könnte aber ein Zusammenhang bestehen. Beide Opfer sind Anwälte und auch die Mordmethode ist identisch.«

»Unwahrscheinlich. Es liegen drei Jahre dazwischen.« Renate drückte mit ihren nikotinverfärbten Fingern die Zigarette im Aschenbecher aus. »Schicken Sie den Laborbericht an die Mordkommission und die Sache ist für uns erledigt.«

»Wir sollen den Mord an von Allwörden aufklären und nicht den an Fahrenkrog», fügte Jan überflüssigerweise hinzu.

Sein Team meuterte. Früher stand darauf Kielholen. Wann war dieser schöne Brauch aus der Schifffahrt eigentlich aus der Mode gekommen?

Michael nahm sich vor, den Bunker allein zu suchen.

53

Tausende Lichter spiegelten sich auf dem Wasser. Das Lichtermeer des Hafens war unendlich.

Die weiß-rote Hafenfähre war zu einem Luxusschiff umgebaut worden. Man konnte sie für Hochzeitsfeiern, Tagungen und Minikreuzfahrten buchen. Auf dem dreißig Meter langen Schiff hatten achtzig Gäste Platz, heute waren nur zwei an Bord. In der Mitte des Salons war ein Tisch für ein Candle-Light-Dinner aufgestellt. Magnus Ragnar trug einen Smoking, Jessica Sternberg ein Cocktailkleid. Im Hintergrund spielte Geigenmusik. Ein diskreter Kellner servierte ein Vier-Gänge-Menü.

»Erzähl mir, wie du Sängerin geworden bist.« Magnus Ragnar nahm einen Schluck Wein.

»Die Musik lag mir im Blut. Schon als Schülerin habe ich Klavier- und Ballettunterricht genommen. Nach dem Abitur habe ich eine dreijährige Musical-Ausbildung gemacht.«

Draußen glitt die hell erleuchtete Elbphilharmonie vorbei. Auf einem historischen Kaispeicher thronend, erinnerte der Konzertbau an einen Eisberg.

»Danach hatte ich fortlaufend Engagements, oft in Hauptrollen.«

»Das ist bei dem Talent kein Wunder.«

»Ich bin froh, dass du nicht *bei dem Aussehen* gesagt hast. Oft sehen die Leute nur meine Schönheit.«

»Wunderschön bist du außerdem.«

»Ich will aber für meine Intelligenz, mein Talent und meine harte Arbeit respektiert werden.«

»Das tue ich«, sagte Ragnar und meinte das ernst. Er mochte die Gespräche mit ihr über Kunst und Kultur. Mit seinen Geschäftspartnern konnte er sich nur über Computer und Drogen unterhalten. Und sie war die beste Sängerin und Tänzerin, die er je gesehen hatte.

»Da wohne ich.« Er zeigte auf den Marco-Polo-Tower am Ufer. Der 55 Meter hohe Wohnturm hatte nach oben hin größer werdende und eigenwillig verdrehte Stockwerke. Die Zeitungen hatten ihn deshalb als *bewohnbare Skulptur* und der Hamburger Volksmund als *Dönerspieß* bezeichnet. »Von meinem Wohnzimmer habe ich einen spektakulären Ausblick über die Elbe.«

Jessica Sternberg schenkte ihm einen anerkennenden Blick. Auch sie würde wissen, dass man Millionär sein musste, um sich dort eine der begehrten Eigentumswohnungen leisten zu können.

Das Fehlen eines Eherings war ihm bereits in der Elbphilharmonie aufgefallen. »Hast du einen Freund?«

Jessica lächelte und deutete ein Kopfschütteln an.

»Warum ist eine Frau wie du Single?«

»Die Männer glauben, ich sei die männerverschlingende Lola. Aus der sicheren Distanz des Zuschauersaals beten sie mich an, aber kaum einer traut sich an mich heran. Sie haben Angst vor mir.«

»Ich habe keine Angst vor dir.«

»Du hast ja auch Wikingerblut in den Adern.«

Jessica Sternberg stieß mit ihm an.

54

Als sein Handy klingelte, schreckte Michael von der Couch hoch. Er war am frühen Abend mit einem Buch auf seinem Schoß eingenickt. Er hatte von Hawaii geträumt, auf das er vor seinen privaten und beruflichen Problemen geflüchtet war. Außerdem gab es dort sonnige dreißig Grad statt Graupelschauer. Dieser kalt-graue Winter hier mit kaum Sonne die letzten Wochen machte ihn lethargisch. Mit einer kühlen Flasche Bier hatte er unter einer Palme am Strand gelegen und hinaus aufs Meer geschaut. Aber warum hatte er ausgerechnet von Hawaii geträumt?

Das Handy klingelte weiter. Sein Sohn hatte ihm diesen absterbenden und nervtötenden Klingelton aus dem Film *Crank* installiert. Es war ihm bisher nicht gelungen, ihn mit einem melodiöseren zu ersetzen.

Michael sah sich verschlafen im Raum um. Schlafcouch, Kleiderschrank und Fernseher. Überstürzt hatte er nach der Trennung die überteuerte Einzimmerwohnung anmieten müssen. Obwohl er schon sechs Monate hier lebte, kam sie ihm immer noch fremd vor. War das wirklich sein Leben?

Das nervige Klingeln ging im Quietschen und Rumpeln der S-Bahn unter, die am Fenster auf einer Hochbahn vorbeizog. Es kam Michael vor, als ob ständig ein Zug vorbeifuhr, dabei war das nur alle fünf Minuten der Fall. Was die Passagiere wohl dachten, wenn sie ihn allein auf der Couch vor dem Fernseher liegen sahen. Empfanden sie Mitleid? Oder war ihr Leben genauso beschissen?

Endlich hörte das Klingeln auf. Michael stand auf und ging zu der kleinen Küche. Was er jetzt brauchte, war Alkohol. Im Kühlschrank lagen nur Margarine, Salami und ein Joghurt. War vielleicht besser so. Wenn er anfing, zu trinken, konnte er nicht aufhören. Er war gefährdet, das war ihm klar.

Jetzt fiel ihm wieder ein, warum er von Hawaii geträumt hatte. Ohnsorg hatte die Welt auf Facebook wissen lassen, dass er jetzt zum Surfen auf Maui sei. Michael konnte sich den kleinen und etwas untersetzten Ohnsorg nicht so recht auf einem Surfbrett vorstellen. Und er fragte sich auch, womit er seine ausgedehnte Weltreise finanzierte. Er war schließlich fristlos entlassen worden.

Auf dem Rückweg zur Couch nahm er das neben dem Fernseher liegende Handy mit. Er schaute auf das Display. Frauke hatte angerufen. Was sie wohl wollte? Seit seinem Auszug hatte sie nur noch über die Anwälte mit ihm kommuniziert. War etwas mit Laura und Luca passiert? Michael setzte sich auf die Couch und drückte mit zitterndem Finger die Rückruftaste.

»Gut, dass du zurückrufst«, sagte Frauke. »Die Kinder liegen mir in den Ohren, dich sehen zu wollen.«

Er war sprachlos.

»Du kannst sie nächsten Samstag gegen 13 Uhr abholen und mit ihnen etwas unternehmen.«

Damit hatte Michael nicht gerechnet.

55

Der Sternenhimmel sah gigantisch aus. Sterne, farbenprächtige Nebel, Planeten und Galaxien zogen in schneller Folge vorbei. Die Kuppel des Planetariums war riesengroß. Magnus Ragnar fühlte sich, als befände er sich selbst in den unendlichen Weiten des Weltraums. Neben ihm lag Jessica Sternberg im Liegesessel. Sie waren allein, denn Ragnar hatte das ganze Planetarium nur für sie beide gemietet. Untermalt wurde die Show mit den sphärischen Klängen von Jean-Michel Jarre.

»Erzähl mir deine Geschichte«, hauchte Jessica. Magnus spürte, dass sie ihn in der Dunkelheit ansah.

»Meine Eltern sind bei einem Autounfall ums Leben gekommen, als ich elf Jahre alt war. Ich bin dann bei meiner Großmutter aufgewachsen. Nach der Schule wurde ich Eishockeyprofi. Ich stand kurz davor, in die erste Liga aufzusteigen, da beendete ein Foul meine Karriere. Ein gegnerischer Spieler hat mich gerammt, ich flog aufs Eis und erlitt eine komplizierte Schulterverletzung.«

Sie griff nach seiner Hand und drückte sie. Für ihn war das eine eigenartig intime Situation. Er lag händchenhaltend neben einer absolut umwerfenden Frau, nur durch eine Stuhllehne getrennt.

»Danach habe ich Informatik studiert.«

Einen Augenblick lang sah er sie an. Eine Galaxie in der Kuppel ließ ihr Haar rötlich schimmern. Ihr Profil sah im schwachen Licht edel aus. Stirn, Nase und Mund waren wie von einem Bildhauer entworfen. Er spürte, wie er von Augenblick zu Augenblick stärker zu ihr hingezogen wurde.

»Warum bist du nach Hamburg gekommen?«

Im Ausschnitt ihres Kleides waren die Ansätze ihrer Brüste zu sehen, die sich beim Sprechen hoben und senkten. Ihr Anblick ließ sein Herz schneller schlagen.

»In Oslo regnet es das halbe Jahr, die andere Hälfte schneit es.«

Jessica Sternberg lachte.

»In Hamburg bin ich Internetunternehmer geworden.«

Diese Legende hatte Ragnar schon oft erzählt. Seine echte Biografie war weniger beeindruckend. Sein Vater war Alkoholiker gewesen und hatte ihn und seine Mutter regelmäßig verprügelt. Er war in die Fantasiewelten der Computerspiele geflüchtet. Das Handelsgymnasium hatte er ohne Abschluss verlassen. Eine Ausbildung hatte er nicht gemacht. Er hatte als schlecht bezahlter Schrauber in einer Computerwerkstatt gearbeitet. Als leidenschaftlicher Computerspieler hatte er bei mehreren Spielen die Nummer eins der Bestenlisten erreicht. Nur gab es dafür nichts. Dann hatte er eine Internetfirma gegründet, die mithilfe künstlicher Intelligenz Börsengewinne garantieren sollte. Er konnte sogar ein paar hundert Anleger überzeugen, ihm ihr Geld anzuvertrauen. Doch sein Programm erwirtschaftete statt der versprochenen sagenhaften Gewinne überwiegend Verluste. Die Anleger verklagten ihn und schon bald musste er Insolvenz anmelden. Er tauchte unter und flüchtete nach Hamburg.

Magnus sah Jessica lange in die Augen, und er wusste, was nun passieren würde. Sie beugte sich vor. Er tat es ihr gleich und drückte sanft seine Lippen auf ihren Mund. Der Kuss war elektrisierend.

56

»Sie sind Fälschungen«, sagte Sasha mit dem Laptop unter dem Arm und ließ sich auf den Stuhl vor Michaels Schreibtisch fallen.

Michael brauchte einen Augenblick, um zu verstehen, was Sasha meinte. Er hatte sie gebeten, sich Ohnsorgs Urlaubsfotos anzuschauen.

»Wirklich? Alle?«

»Ja, sie sind alle gefaked.« Sasha klappte den Laptop auf und drehte ihn ihm zu. Ohnsorg in Badehose auf den Malediven war zu sehen.

»Dein Freund muss mal Urlaub an der Ostsee gemacht haben. Er hat sein Badehosenfoto einfach in ein Bild der Malediven hineinkopiert und künstliche Sonnenbräune hinzugefügt.»

»Er ist nicht mein Freund.«

»Auf Facebook schon.«

Sasha vergrößerte das Foto extrem. Dann sah auch Michael die feine Linie zwischen Ohnsorg und dem Strand.

»Oder hier, das Tempelfoto hat er von Google.« Sasha zeigte ihm ein Foto von dem balinesischen Tempel mit vielen Affen, aber ohne Ohnsorg. Dann zeigte sie ihm das Facebook-Foto, das Ohnsorg vor demselben Tempel mit den gleichen Affen in identischen Posen zeigte.

Michael war sprachlos. Er hatte dutzende Urlaubsfotos gesehen, und sie hatten für ihn echt ausgesehen. Als er Sasha gebeten hatte, sie sich anzusehen, hatte er nur wissen wollen, ob die Zeitangaben stimmten. Vielleicht postete Ohnsorg Bilder früherer Reisen. Ihm wären niemals Fälschungen in den Sinn gekommen.

»Lustig fand ich das Schnorchel-Pic im Great Barrier Reef.«

Sasha machte das Bild auf. Ohnsorg schnorchelte inmitten vieler bunter Fische in einem Korallenriff.

»Wenn man das Bild vergrößert, ist in seiner Taucherbrille eine Spiegelung zu erkennen.«

Sie zoomte die Taucherbrille heran. Michael erkannte blaue Kacheln.

»Das Foto des schnorchelnden Ohnsorg wurde in einem Schwimmbad aufgenommen und in das Foto von dem Korallenriff hineinkopiert.«

»Tja, das Great Barrier Reef ist nicht gekachelt. Wie hat er das gemacht?«

»Ganz einfach: mit Photoshop.«

Michael wollte nicht wahrhaben, dass die ganze Weltreise nur ein Fake war. Erst fälschte Ohnsorg einen DNA-Test und jetzt soll er auch noch seine Urlaubsfotos gefälscht haben? Einen gestandenen Staatsanwalt wie ihm sollte man doch nicht so leicht und wiederholt täuschen können.

»Aber einmal hat er mir geantwortet.«

»Das kann er von überall auf der Welt gemacht haben. Vielleicht sitzt er nur drei Straßen von uns weg.«

Wenn Ohnsorg nicht auf Weltreise war, wo war er dann?

57

Die Elbe war kabbelig.

Das achtzehn Meter lange Hafenpolizeiboot schwankte hin und her, als die blonde Polizistin mit dem weißen Hemd und der Mütze es vom Pier aus in den Strom lenkte. Vereinzelt schwammen Eisschollen im Wasser. Michael hatte nicht mit einer jungen attraktiven Frau am Steuerrad gerechnet, als er die Wasserschutzpolizei um Amtshilfe gebeten hatte. Polizeiobermeisterin Norden hatte grüne Augen, war ein Meter achtzig groß und sehr schlank. Die anderen beiden Wasserschutzpolizisten waren etwa Mitte zwanzig, Norden mit Anfang dreißig die Älteste der drei. Das weißblaue Boot hatte keinen Namen, nur die Bezeichnung *W25* stand auf dem Rumpf. Norden steuerte auf die Flussmitte zu und hielt gebührenden Abstand von den großen Pötten.

Michael hielt die historische Hafenkarte in den Händen, auf der er zwei U-Boot-Bunker gelb markiert hatte. Hatte der Mörder Fahrenkrog in einer Bunkerruine gefangen gehalten? Er stellte sich vor, wie der Anwalt verzweifelt versucht hatte, sich einen Weg in die Freiheit zu kratzen. Dabei könnten die

Krümel von den Bunkerwänden unter seine Fingernägel gekommen sein.

Das Boot steuerte flussabwärts. Im damaligen Vulkanhafen hatte sich der U-Boot-Bunker Elbe II befunden. Der 120 Meter lange und 55 Meter breite Bunker hatte Platz für zwölf U-Boote geboten. Michael sah auf die Karte. Der Bunker hatte auf dem Werftgelände der Howaldtswerke gelegen. Nach Passieren der Werft Blohm + Voss dirigierte Michael Norden in das Hafenbecken links. Direkt rechts voraus musste sich der Karte nach der Bunker befinden. Jäh musste Norden stoppen. Denn das Hafenbecken war mit Sand aufgeschüttet worden. Auf ihm standen tausende Container. Langsam fuhr Norden die Uferlinie ab.

»Hier ist kein Bunker mehr.« Norden zeigte auf die aufgetürmten Container und die Kranbrücken.

Michael konnte auch keinen versteckten Bunkereingang entdecken. Der ältere Sachbearbeiter, von dem er die Hafenkarte bekommen hatte, hatte ihm noch erzählt, dass der Bunker am Kriegsende durch Bombentreffer zerstört worden war. Unter seinen Trümmern würden auch heute noch vier U-Boot-Wracks liegen. All das blieb unter dem neuen Containerterminal verborgen.

»Okay, jetzt fahren wir zu dieser Stelle.« Michael zeigte sie Norden auf der Karte.

Das Boot fuhr weiter flussabwärts. Die Airbus-Werke in Finkenwerder gegenüber Blankenese kamen in Sicht. Davor steuerte Norden nach links in den Rüschkanal.

Dort musste sich der Karte nach der U-Boot-Bunker Elbe III befinden. Mit einer Fläche von hundertfünfzig mal hundertfünfzig Metern hatte er Kapazität für fünfzehn U-Boote gehabt.

Michael spürte einen Stich der Enttäuschung, als der Bunker in Sicht kam. Von dem einst kolossalen Bauwerk waren nur Reste übrig. Aus dem Wasser ragten drei Meter hoch die Stümpfe der ehemaligen Seitenwände. Die nebeneinanderliegenden Boxen für die U-Boote waren gut erkennbar. Die Boxen waren mit Kies verfüllt worden.

Auf deren Oberseite wuchsen vereinzelt Büsche.

»Fahren Sie bitte ran», sagte Michael.

»Wirklich? Da ist nichts«, antwortete Norden.

»Machen Sie es trotzdem.«

Norden steuerte das Boot vorsichtig in eine Box, bis der Bug knirschend auf den Kies glitt.

Michael ging nach vorn und sprang an Land. Als er aufkam, durchschoss ein Schmerz seinen Rücken. Er wurde langsam unbeweglich und sollte Sport treiben. Der Beton der Seitenwände war grün und schwarz verfärbt. Die Natur eroberte sich den Platz zurück. Überall wuchsen Büsche und kleine Bäume. Er stapfte bis zur Spitze des Hügels. In Richtung Westen konnte Michael den Zaun der Airbus-Werke, Startbahn und Werkshallen erkennen. Ein Airbus hob gerade ab und Michael wünschte sich, am Steuerknüppel seiner Betty zu sitzen. Ansonsten war die Bunkerruine von Wasser umgeben. Das Airbus-Gelände war streng gesichert, sodass der einzige Zugang zur Halbinsel über das Wasser führte.

Er ging einmal im Kreis das Gelände ab. Er konnte nur erahnen, was mit dem Bunker passiert war. Bombenangriffe der Alliierten oder Sprengungen. Jedenfalls existierte von dem Bunker außer den Fragmenten der Seitenwände nichts mehr. Es gab auch keinen Geheimeingang zu was auch immer. Michael hatte auf Fußspuren, Müll und dergleichen geachtet, doch nichts entdecken können, was auf die kürzliche Anwesenheit von Menschen hindeutete. Das hier war einfach nur ein Haufen überwachsener Betontrümmer. Hier konnte der Mörder Fahrenkrog nicht gefangen gehalten haben.

Michael fing an zu frieren und kehrte zum Polizeiboot zurück. Ihm musste wohl der Frust ins Gesicht geschrieben gestanden haben, denn Norden sagte:

»Das war wohl wieder nichts.«

58

Nils Ohnsorg wohnte in einer ruhigen Seitenstraße in Wandsbek. Es war ein gelb verklinkertes Mehrfamilienhaus aus den 80er Jahren.

Michael war Freitagnachmittag nach Dienstschluss hierher gefahren. Er erkannte vor dem Haus den Peugeot von Ohnsorg. Das weiße Cabrio hatte er oft vor Hanse Forensik stehen sehen. Es steckte kniehoch im Schnee. Unter seinem Scheibenwischer klemmte ein Knöllchen wegen des abgelaufenen TÜVs.

Er ging auf die Briefkästen links neben dem Hauseingang zu. Schon von Weitem fiel ihm ein überquellender Briefkasten auf. Es war der von Ohnsorg. Michael ging zum Klingelbrett und drückte mehrfach kräftig auf die Klingel. Es tat sich nichts. Michael trat ein paar Schritte zurück. An diesem frühen Abend war Licht in vielen Fenstern zu sehen. Dem Klingelbrett nach musste Ohnsorg in der ersten Etage links wohnen. Seine Wohnung lag im Dunkeln.

Michael klingelte bei Kovač, dem Schild nach war er der Hausmeister.

Ein Mann Ende fünfzig mit grauen Haaren und getönter Haut öffnete ihm. Aus der Wohnung im Erdgeschoss strömte der Geruch scharf gewürzten Essens nach außen. Es war ein Fernseher zu hören. Kovač wischte sich einen Essensrest aus dem Mundwinkel und sah ihn fragend an.

»Guten Abend. Thomforde, Kripo. Ich will Sie nicht lange stören. Ich suche nach Nils Ohnsorg.«

»Der wohnt in der ersten Etage. Ich habe ihn aber ewig nicht mehr gesehen.«

»Wie lange in etwa nicht mehr?«

Kovač kratzte sich am Kinn. »Ich würde sagen seit letztem Sommer nicht mehr.«

Das würde sich mit dem Beginn der Weltreise decken, wenn es sie denn geben würde.

»Riecht es irgendwie komisch aus seiner Wohnung?«

»Nein, wieso?«

Also lag Ohnsorg wahrscheinlich nicht tot in seiner Wohnung. Der Verwesungsgeruch wäre aufgefallen.

»Was ist mit der Miete?«

»Die wird weiter per Dauerauftrag gezahlt.«

»Hat er Familie oder Freunde?«

»Jedenfalls niemanden, den ich hier gesehen habe.«

Eine Frauenstimme rief nach Kovač in einer fremden Sprache. Der drehte sich kurz nach hinten und antwortete. Michael ahnte, er musste zum Schluss kommen, weil das Essen kalt wurde.

»Holt er seine Post ab?«

»Nein, und das mit dem überquellenden Briefkasten geht so auch nicht weiter. Ich werde seine Post herausnehmen und seinen Briefkasten zukleben.«

»Danke, das war's auch schon. Einen schönen Abend noch.«

Michael verließ das Haus.

Wenn Ohnsorg im letzten halben Jahr weder in seiner Wohnung noch auf Weltreise gewesen war, wo war er dann?

59

Die wattigen Wolken unter ihm waren zum Greifen nah. Darüber hellblauer Himmel bis zum Horizont. Von oben wärmten die Strahlen der Sonne. An diesem Sonntagvormittag gab es perfektes Flugwetter. Hier oben am Steuer seiner Cessna fühlte Michael sich frei. Es gab keine Grenzen. Wenn er mit zweihundert Stundenkilometern über die Wolken segelte, war er glücklich. Er vergaß dann schnell, dass er in einem Stahlvogel saß und die Flügel nicht seine eigenen waren. Er kam sich vor wie eine ungebundene Seemöwe, die dem Paradies entgegenflog.

Dabei lief es zurzeit nicht schlecht für ihn. Er freute sich auf das Wiedersehen mit seinen Kindern übermorgen. Endlich hatte Frauke eingelenkt. Und langsam packte ihn der Fall von Allwörden. Mit dem U-Boot-Bunker gab es auch eine heiße Spur. Er würde diesen Fall lösen. Zum ersten Mal seit Langem war er wieder zuversichtlich.

Michael ging durch eine Wolkenlücke tiefer und flog die Elbe entlang in Richtung Osten. Links kam Hamburg in Sicht. Er genoss den atemberaubenden Blick auf die Stadt. Aus der Vogelperspektive sah alles so klein und schön aus. Neben der Freiheit war diese andere Perspektive das, was für ihn die

Faszination des Fliegens ausmachte. Von oben betrachtet sah das Leben wie eine Modelleisenbahn aus. Liebevoll gestaltet und kontrollierbar.

Rechts glitt der weitläufige Hafen vorbei. Michael wollte die Gelegenheit nutzen, um nach dem U-Boot-Bunker zu suchen. In Höhe der Elbphilharmonie drehte er nach rechts ab und flog Suchkreise. Zwischen Norder- und Süderelbe befand sich ein Labyrinth aus Kanälen und Hafenbecken. Der Hafen war über achthundert Jahre Stück für Stück gewachsen, weshalb auch aus der Luft kein System erkennbar war. Straßen und Gleise fraßen sich wie Herzkranzgefäße in den Hafen. Die Schiffe sahen aus wie Buddelschiffe, die Container wie Legosteine. Auf einem Pier standen tausende Spielzeugautos. Ein Güterzug von Märklin kroch gemächlich über die Elbbrücke. Die Hafenschuppen und Lagerhäuser auf den Kaianlagen wirkten wie Modellgebäude.

Michael fragte sich, wie er in dem Gewirr einen verborgenen Bunker finden sollte. Er musste am Wasser liegen. Er würde getarnt sein, damit nicht jeder alliierte Bomberpilot ihn sofort entdecken konnte. Michael nahm sich vor, die Wasserlinien abzusuchen und nach etwas Ausschau zu halten, was nicht dorthin passte. Er reduzierte das Gas und ging tiefer.

Nach einer halben Stunde des Kreisens ließ seine Konzentration nach. Die Hafenbecken, Schiffe und Kais wiederholten sich endlos. Er wollte schon aufgeben, als er etwas Ungewöhnliches entdeckte. In einem Hafenbecken war in einer Ecke ein kleines grün-graues Rechteck zu sehen. Eigentlich war es unauffällig, aber es sah aus, als ob es nicht dorthin gehörte. Michael reduzierte das Gas noch etwas und ging noch tiefer. Beim Überflug sah er eine längliche Betonkonstruktion im Wasser. Ihre Oberseite war schwarz und grün verfärbt. Alter Beton könnte auf einen Bunker hindeuten.

Er flog eine Umkehrkurve und niedrig von der Wasserseite auf die Konstruktion zu. Auf die Sicherheitsmindesthöhe pfiff er.

Ja! Michael reckte die Faust in die Luft. Er konnte das Einfahrtstor für die U-Boote deutlich erkennen. Er hatte den Bunker gefunden. Er war klein, mit nur zwei Boxen. Deshalb hätte er ihn fast übersehen.

Michael schaute auf den Höhenmesser. Er war nur noch hundertfünfzig Meter hoch und damit viel zu niedrig. Er schob den Gashebel bis zum Anschlag herein. Das Triebwerk erwachte röhrend zum Leben und die Nadel des Drehzahlmessers schoss nach rechts. Er zog am Steuerhorn und die Cessna begann zu steigen. Dreihundert Meter zeigte der Höhenmesser. Er wollte auf die Sicherheitsmindesthöhe von sechshundert Meter steigen. Mit etwa Glück hatte der Tower seinen Tiefflug nicht bemerkt.

Plötzlich aber erstarb der Motorenlärm. Es war nur noch der Fahrtwind zu hören. Michael blickte auf den Drehzahlmesser, der schlagartig auf Null fiel. Instinktiv senkte er die Nase, rüttelte am Gashebel und drehte den Anlasser. Das Triebwerk sprang nicht wieder an.

Ein Adrenalinstoß fuhr Michael durch den Körper. In dieser niedrigen Höhe blieben nur Sekunden bis zum Aufschlag.

Flammen züngelten unter der Motorverkleidung hervor. Der Rauch verschlechterte die Sicht.

Der Höhenmesser ratterte nach unten. Jetzt noch zweihundert Meter.

Michael sah sich hektisch nach einer Fläche für eine Notlandung um. Die Hafenbecken schieden schon mal aus. Denn bei einer Wasserlandung könnte das feststehende Fahrwerk der Cessna zu einem Überschlag führen. Er spürte sein Herz wild gegen den Brustkorb hämmern. Er machte eine Linkskurve zu einem größeren Kai.

Hundert Meter Höhe.

Vor ihm war eine gerade Straße. Das könnte gehen.

Er visierte sie an.

Der Fahrtmesser zeigte hundertdreißig Kilometer. Er fuhr die Landeklappen auf dreißig Grad aus.

Fünfzig Meter.

Keine Zeit für einen Notruf.

Plötzlich fuhr ein Sattelzug von rechts auf die Straße. Vierzig Tonnen Stahl blockierten seine Landebahn.

Links neben ihm war ein Güterbahnhof. Genaueres war wegen des Rauchs nicht auszumachen.

Michael schwenkte nach links.

Fünfundzwanzig Meter.

Er wollte zwischen zwei Gleisen aufsetzen.

Doch vor ihm erkannte er jetzt links einen Güterwagen.

Geschwindigkeit und Höhe nahmen rapide ab.

Michael zog am Steuerhorn und hoffte, es noch knapp über den Güterwaggon zu schaffen.

In zehn Meter Höhe ertönte die Absturzwarnung.

Die Strömung riss an den Tragflächen ab und die Maschine sackte durch. Der Güterwagen raste auf ihn zu.

Er konnte nicht mehr ausweichen.

Er war rotbraun mit hellgrauem Dach und weißer Beschriftung.

Michaels letzter Gedanke galt seinen Kindern. Er riss die Arme schützend vor das Gesicht.

Die Wucht des Aufpralls war verheerend.

60

Sasha fröstelte, als sie auf das Mausoleum mit der Kupferkuppel auf dem Friedhof Ohlsdorf zuging. Hinter ihr ragten kahle Bäume auf. Der bewölkte Himmel bestand aus einem undurchsichtigen hellen Grau. Grüne Büsche links und rechts standen im Kontrast zu dem Eingangsportal aus rotem Sandstein. Ihr waren an diesem frostigen Nachmittag kaum Menschen auf dem Friedhof begegnet. Allerdings konnte sie aufgrund des Schneetreibens nicht weit sehen. Sie blieb vor der Tür stehen. Ihre Verabredung war nirgends zu sehen. Während sie einen Fingernagel bearbeitete, schaute sie sich die Skulptur *Grausame Gräfin* an. Eine kräftige Frau schleifte zwei am Boden liegende Opfer an den Haaren hinter sich her.

»Guten Tag«, erklang eine Männerstimme. Sasha fuhr herum. Hauke Beesten hatte sich unbemerkt von hinten angeschlichen. Mit schwarzem Mantel und Hut sah er aus, wie ein ganz normaler Friedhofsbesucher.

»Hallo.« Mehr brachte Sasha nicht heraus. Sie mochte Beesten nicht, und ihr behagte die Situation nicht.

»Also, was haben Sie herausgefunden?«

Sasha sah sich um. Vor dem Mausoleum war eine schneebedeckte Wiese, dahinter Wald, Hecken und Gräber. In den zehn Minuten, in denen sie bisher hier gewesen war, hatte sie keine Menschenseele gesehen. Niemand würde ihr konspiratives Treffen beobachten.

»Thomforde hat seine Cessna bar bezahlt. Das war gerade zu der Zeit, als die enge Zusammenarbeit mit Ohnsorg begann.«

Beestens buschige Augenbrauen gingen nach oben. »Gibt es Beweise, dass das Bargeld von Ohnsorg stammt?«

»Nein, nur die zeitliche Übereinstimmung ist auffällig.« Der metallische Geruch des Schnees und der Duft von Nadelbäumen gefielen Sasha, denn sie erinnerten sie an ihre Heimat. Doch ihre Nasenspitze wurde langsam taub vor Kälte und sie wollte das Treffen schnell hinter sich bringen.

»Das reicht so noch nicht. Sie müssen versuchen, an das Bankkonto von Hanse Forensik und Ohnsorg heranzukommen. Sie müssen prüfen, ob sie damals Bargeld in gleicher Höhe abgehoben haben.«

»Das werde ich machen.« An die Konten heranzukommen, war kein Problem, tausende Ein- und Auszahlungen in einem größeren Zeitraum zu überprüfen, schon. Damit die anderen Teammitglieder nichts mitbekamen, konnte sie an solchen Sachen immer nur arbeiten, wenn sie allein war.

»Ahnt das Team etwas?«

»Nein, die glauben weiterhin, ich sei eine verschüchterte Computermaus.«

»Sehr gut.« Beesten grinste sie verschwörerisch an.

Sasha erschauderte, denn sie meinte eine Bewegung zwischen den Bäumen auf der anderen Seite der Wiese gesehen zu haben. Sie kniff die Augen zusammen und versuchte durch das Schneetreiben etwas zu erkennen. War dort jemand? Oder hatte sich nur ein Baum im Wind gewiegt? Oder war es ein Tier gewesen?

»Bei Erikson habe ich Anabolika gefunden.«

»Keine rechtsradikalen Dateien auf seinem Computer?«

»Nein.«

»Der Besitz von Anabolika ist zwar ein Dienstvergehen, allerdings kein schwerwiegendes. Das wird für eine Entlassung nicht ausreichen.«

Das hatte Sasha insgeheim gehofft. Sie wollte nicht, dass Jan rausflog.

»Krayenborg hat sich in der Klinik ihres Vaters an der Verabreichung von Elektroschocks beteiligt.«

»Das war vor der Wende und ist längst verjährt. Mehr haben Sie nicht?«, sagte Beesten und konnte nicht verbergen, wie ungehalten er war.

Sasha schüttelte den Kopf und sah auf ihre Fußspitzen im Schnee.

»Um stellvertretende Leiterin der IT-Abteilung zu werden, müssen Sie sich schon ein wenig mehr anstrengen.«

Sasha sah hoch zu Beesten, der einen Kopf größer als sie war. »Okay, ich werde mir Mühe geben.«

»Bringen Sie das Team zur Strecke.«

61

Renate würde Michael beweisen, dass er mit seinem Verdacht völlig falsch lag. Es gab keinen Zusammenhang zwischen den Morden an von Allwörden und Fahrenkrog.

Die Kanzlei Fahrenkrog residierte in einem Bürohaus am Sandtorkai. Die Aluminium-Glas-Fassade wirkte edel. Mit dem Blick auf den Traditionsschiffhafen und die Elbphilharmonie war es eine schicke Adresse für einen Anwalt. Renate hatte an diesem Montagmorgen hier einen Zwischenstopp auf dem Weg zum Polizeimuseum eingelegt.

Der Empfangstresen war anthrazit-grau, der Boden schwarzer Marmor mit weißer Maserung und die Wände waren mattweiß. Was hier fehlte, war ein Farbfleck, dachte Renate. Ein Ölgemälde von ihr würde diesen tristen Empfangsraum entscheidend verschönern. Vielleicht sollte sie sich mit ihren Gemälden auf die Ausstattung nüchterner Anwaltskanzleien spezialisieren. Geld schienen Anwälte zu haben.

Hinter dem Tresen saß eine ältere Dame, bestimmt über sechzig. Sie hatte weißblonde Haare und trug eine schwarze

Bluse. Sie schaute Renate über ihre Lesebrille hinweg argwöhnisch an.

»Krayenborg, Kripo Hamburg, ich habe ein paar Fragen wegen des Mordes an Herrn Fahrenkrog.«

»Möller«, sagte die Frau mit Tränen in den Augen. »Ich habe Ihren Kollegen doch schon alles gesagt.«

Renate freute es, das zu hören. Wenn die Mordkommission bereits an dem Fall dran war, war das ein weiteres Argument, Michael die Sache auszureden.

Frau Möller betupfte ihre Augenwinkel mit einem Stofftaschentuch.

»Ich weiß, wie schwer das für Sie sein muss. Ich werde es kurz machen.«

»Es ist nicht nur, dass ich Herrn Fahrenkrog sehr gemocht habe. Ich stehe jetzt vor dem Nichts. Der Abwickler wird die Kanzlei bald zumachen. Und dann? Mit 62 nimmt mich doch niemand mehr.«

»Sehen Sie nicht so schwarz. Der Abwickler findet bestimmt einen Anwalt, der die Kanzlei und damit auch Sie übernehmen will.« Renate glaubte selbst nicht daran, wollte aber etwas Zuversichtliches sagen.

Die Anwaltsgehilfin beruhigte sich und steckte das Taschentuch zurück in die Schublade.

»Hatte Herr Fahrenkrog Feinde? Gab es Drohungen?«, fragte Renate.

»Nein, dies ist eine Wirtschaftskanzlei. Herr Fahrenkrog hat Firmen beraten und war nur selten vor Gericht. Manchmal hat sich ein Mandant über eine aus seiner Sicht zu hohe Rechnung beschwert, mehr nicht.«

Renate hatte nur noch eine Frage und dann würde sie gehen. »Hatte Herr Fahrenkrog irgendwann mal etwas mit der Rechtsanwältin von Allwörden zu tun?« Die Antwort würde Nein lauten, denn das wäre bei über zehntausend Anwälten in Hamburg ein sehr großer Zufall.

»Ja, er hat einen ihrer früheren Mandanten übernommen. Er wechselte nach ihrem Tod zu unserer Kanzlei.«

Renate gab sich Mühe, ihre Überraschung zu verbergen. »Welchen?«

Das Telefon klingelte. Frau Möller hob die Hand und ging ran. Es war offenbar ein Mandant, der wissen wollte, wie es in seinem Fall weitergehen würde. Sie antwortete ihm, dass der Abwickler sich bei ihm melden würde. Nachdem sie eine Telefonnotiz geschrieben hatte, sah sie wieder zu Renate hoch.

»Magnus Ragnar.«

62

»Das ist meine Firma.« Magnus Ragnar stand mit Jessica Sternberg im Empfangsbereich. Sie sah sich aufmerksam in dem Büro um.

»Das ist Mandy.« Die Angesprochene hinter dem Tresen lächelte.

»Mein Büro ist da hinten.« Magnus ging voraus. Die Mitarbeiter sahen von ihren Monitoren hoch, als Jessica Sternberg an ihnen vorbeiging.

»Hier arbeite ich.« Magnus machte die Glastür zu seinem Büro auf.

Jessica musterte es mit einem anerkennenden Blick.

»Modern und schlicht. Gefällt mir. Wie viele Mitarbeiter hast du?«

»Sieben feste und eine Handvoll freie, die ich bei Bedarf einsetze.«

Er sah, wie sich ihre hübsche Stirn kräuselte. Wahrscheinlich überlegte sie gerade, wie sein offensichtlicher Reichtum mit dieser Firma zusammenpasste. Doch sie fragte nicht danach, und das war ein Pluspunkt. Wenn eine Frau sich zu intensiv für seine finanziellen Verhältnisse interessierte, war sie meist nur hinter seinem Geld her. Als Musicalstar verdiente Jessica nicht schlecht und hatte das nicht nötig.

»Chef, wir müssen über die Serverbestellung reden.« Ein Mitarbeiter mit kugelrundem Kopf, rötlichen Haaren und hellblauem Hemd drängte sich zwischen die beiden.

Die Internetagentur war nur eine Tarnfirma. Sie warf zwar Gewinn ab, aber das große Geld verdiente er mit etwas anderem. Davon durfte Jessica auf keinen Fall erfahren.

»Später, Oliver, ich zeige Jessica gerade meine Firma.« Ragnar lächelte Jessica an, die zurücklächelte.

»Dein Püppchen kann sich von Mandy einen Cappuccino geben lassen und warten.«

Das Lächeln in Jessicas Gesicht gefror.

Püppchen. Magnus spürte, wie sein Blutdruck stieg und sein Herz schneller schlug.

»Ab mit dir«, sagte Oliver Neubert lachend und klatschte ihr auf den Po.

»Was erlauben Sie sich?«, sagte Jessica entrüstet.

Magnus konnte sich nicht länger beherrschen. Er griff Neubert mit einer Hand am Hinterkopf und rammte ihm seine Stirn mit voller Wucht gegen die Nasenwurzel. Neubert brüllte vor Schmerz auf und taumelte ein paar Schritte rückwärts. Blut schoss aus seinen Nasenlöchern und spritzte auf sein Hemd.

»Du hast mir die Nase gebrochen.« Neubert betastete stöhnend den Schaden.

Die anderen Mitarbeiter reckten ihre Köpfe hoch.

«Schnauze oder ich breche dir was Wichtiges.«

Oliver Neubert lehnte sich an den Türrahmen an, holte ein Taschentuch aus seiner Hosentasche und drückte es unter seine Nase.

»Jetzt verpiss dich.« Magnus hob drohend seine Faust.

Sein Kollege schlich sich aus dem Büro.

Jessica schlug vor Entsetzen die Hand vor den Mund und sah ihm nach.

Magnus lächelte wieder und legte seinen Arm um ihre Schulter. »Du hast bestimmt Hunger. Lass uns was essen gehen.«

63

Den Tod hatte Michael sich immer als helles, weißes Licht vorgestellt. Er flog ihm durch einen Tunnel entgegen.

»Aufwachen!« Jemand rüttelte an seiner Schulter.

Michael öffnete seine Augen. Das helle, weiße Licht kam von einer Neonröhre an der Decke.

Der Kopf eines Mannes schob sich in sein Gesichtsfeld. Er hatte schwarze Haare, braune Augen und einen dunklen Teint.

Michael war verwirrt.

Ein Piepsen drang an seine Ohren. Es roch stechend nach Desinfektionsmittel.

Michael sah sich um. Der neben ihm stehende Mann mit indischen Zügen trug einen grünen OP-Kittel. Er selbst lag in einem Gitterbett. Dutzende Kabel führten von seinem Körper zu Geräten hinter ihm. Ein Schlauch führte von seinem Handgelenk zu einem Infusionsbeutel an einem Galgen.

»Sie sind im Krankenhaus«, sagte der Arzt.

Michael wollte antworten, doch sein Mund fühlte sich trocken an. Seine Lippen klebten aneinander. Er brauchte einen Augenblick, bis Lippen und Zunge sich wieder bewegten. »Oh Gott, was ist passiert?«

Das Letzte, an das sich Michael erinnern konnte, war die in der Sonne glitzernde Elbphilharmonie.

»Sie sind mit dem Flugzeug abgestürzt.« Der Arzt drückte behutsam seine Schulter.

»Das kann nicht sein, daran würde ich mich erinnern.«

Von der Elbphilharmonie war er in Richtung des Hafens abgedreht. Hatte er nicht den Bunker suchen wollen?

»Wissen Sie, welcher Tag heute ist?«

»Kommt darauf an, wie lange ich bewusstlos gewesen bin. Gestartet bin ich Sonntagmorgen.«

»Wir haben jetzt Montag, und es ist 10 Uhr.»

»Dann fehlen mir 24 Stunden.«

»Dabei sind Sie glimpflich davongekommen. Sie sind mit dem Kopf auf das Armaturenbrett aufgeschlagen, haben eine Kopfplatzwunde und eine Gehirnerschütterung davongetragen.«

Michael fuhr mit den Fingern zu seinem Kopf und spürte einen Verband um ihn herum.

»Wir haben die Kopfplatzwunde mit fünf Stichen genäht. Die Narbe auf der Stirn wird später kaum zu sehen sein.«

Der Arzt schlug die Bettdecke zurück. »Das hier ist das größere Problem.«

Michael sah an sich runter. Sein rechtes Bein war bandagiert. Aus dem Verband führte ein mit Blut gefüllter Schlauch heraus. Er endete in einem Plastikbeutel an der Seite des Bettes.

»Sie haben eine komplizierte Fraktur des Oberschenkels über dem Knie erlitten. Wir haben sie in einer Notoperation gerichtet. Wenn der Knochen wieder zusammengewachsen ist, kommen die Platten und Schrauben wieder raus.«

Michael versuchte, sein Bein umzulagern. Ein stechender Schmerz sandte Schockwellen durch seinen Körper.

Der Arzt deckte Michael wieder zu und lächelte. »Alles in allem haben Sie ein Riesenglück gehabt.«

So fühlte er sich beileibe nicht.

64

Für das komplette Cold-Case-Team wurde es in dem kleinen Patientenzimmer eng. Sie waren gleich nach dem Anruf aus dem Krankenhaus herbeigeeilt. Jan und Renate nahmen sich Stühle und setzten sich neben das Bett. Sasha lehnte sich mit dem Rücken gegen das Fensterbrett.

Michaels Erinnerung war zurückgekehrt. Er erzählte von dem Flug, dem Absturz und seinen Verletzungen.

»Wir sind alle sehr froh, dass du überlebt hast«, sagte Jan.

»Wie lange musst du hierbleiben?«, fragte Renate.

»Ein bis zwei Wochen. Nachher kommt die Physiotherapeutin, die mich wieder auf die Beine bringen soll.« Michael schaute auf sein bandagiertes Bein. Durch die Platten und Schrauben sollte es nach Aussage des Arztes sofort belastbar sein, es tat aber bei jeder Bewegung höllisch weh.

»Das wird schon.« Renate reckte den Daumen nach oben, Jan und Sasha nickten ihm zu. So einträchtig hatte Michael sein Team noch nie erlebt.

»Kurz vor dem Absturz habe ich tatsächlich den Bunker gefunden. Er liegt im Kap-Horn-Hafen. Er ist kleiner als erwartet und nur schwer zu entdecken.«

Sasha machte sich eine Notiz in ihren Block.

»Ich habe mit dem Ermittler von der Bundesstelle für Flugunfalluntersuchung gesprochen«, sagte Jan. »Der Schlauch zwischen Kraftstoffpumpe und Vergaser ist manipuliert worden und abgerissen. Dadurch kam es zur Unterbrechung der Kraftstoffzufuhr und einem Motorbrand.«

Michael brauchte ein paar Sekunden, um die Information zu verarbeiten. Er war bisher von einem Motorausfall ausgegangen, der bei älteren Flugzeugen durchaus vorkommen kann. Er spürte, wie ihm die Kehle eng wurde und sich sein Herzschlag beschleunigte.

»Dann war es also Sabotage«, sagte Michael mehr zu sich selbst. Die Vorstellung, irgendjemand hatte es auf sein Leben abgesehen, lähmte jeden anderen Gedanken.

»Es war ein Mordanschlag«, bekräftigte Jan.

»Es ist schon ein seltsamer Zufall, dass du ausgerechnet bei der Bunkersuche abgestürzt bist. Du warst mit dem Bunker doch auf der richtigen Spur.« Renates Lächeln wirkte entschuldigend.

Michael sah seine Mitarbeiter nacheinander an und spürte, sie waren auf seiner Seite. Er richtete sich in seinem Bett auf.

»Okay, ich möchte, dass Jan mich vertritt, solange ich hier liege.« Michael erwartete einen Streit hierüber mit Renate. Bestimmt hielt sie sich für die bessere Leiterin.

»Wir haben das im Team schon besprochen und sind zum selben Ergebnis gekommen«, sagte Renate stattdessen.

Michael nickte mit dem Kopf, als wäre er nicht überrascht.

»Dann raus mit euch zum U-Boot-Bunker.«

65

Das Cold-Case-Team observierte den U-Boot-Bunker von einem Hafenkran gegenüber aus. Er gehörte zu einer seit Jahren stillgelegten Werft. Die Kranführerkanzel des Stahlkolosses war erstaunlich geräumig. Ein Heizlüfter sorgte für Wärme. Aus der luftigen Höhe hatte das Team eine gute Sicht.

Der U-Boot-Bunker im kleinen Kap-Horn-Hafen war von zwei Seiten von Wasser umgeben. Er ragte nur wenig über das Straßenniveau in die Höhe. Größtenteils war er im Hafenbecken und unter Wasser verborgen. Die Verwitterung des Betons wirkte wie eine Tarnung. Sein Dach war von Moos bewachsen und mit Raureif überzogen.

»Was für eine gottverlassene Gegend«, sagte Jan und setzte sein Fernglas ab. Der Kap-Horn-Hafen lag am abgelegenen Rand des Hafens. Dahinter waren bis zum Horizont nur noch Äcker und Felder zu sehen. Sie beobachteten den Bunker seit drei Stunden. Weder dort noch in der näheren Umgebung tat sich irgendetwas.

»Vielleicht irrt sich Michael, und wir sind hier ganz falsch», wandte Renate ein.

Sasha saß in einer Ecke und spielte mit ihrem Smartphone.

»Nein, Michael ist auf der richtigen Spur. Schau dir mal die Ecke an.«

Renate besah sich das abgewetzte schwarze Fernglas, nachdem Jan es ihr gegeben hatte.

»Stammt das auch aus der Ausstellung?«

»Sie werden es nicht vermissen.« Jan grinste.

Renate nahm ihre große Brille ab, schaute durch das Fernglas und drehte an dem Rad für die Schärfe.

»Was soll da zu sehen sein?«

»An der Ecke ist der Beton abgebröckelt. Rostige Armierungseisen ragen heraus.«

»Ja, jetzt kann ich es erkennen.«

»Siehst du den rostbraun verfärbten Beton? Genau so sahen die Krümel aus, die unter den Fingernägeln von Fahrenkrog gefunden wurden.«

Renate gab das Fernglas Jan zurück und setzte ihre Brille wieder auf. »Damit kannst du Recht haben. Trotzdem tut sich hier nichts.«

»Es wird der richtige Bunker sein, denn er ist unversehrt. Dank seiner Tarnung, kleinen Größe und Randlage haben ihn die Bomberpiloten offenbar nicht gefunden.«

»Schön und gut. Aber wir hocken hier seit Stunden, und es passiert nichts. Wir ermitteln schon seit drei Wochen und tappen immer noch im Dunkeln. Nicht einmal rauchen darf ich hier.«

»Der U-Boot-Bunker wird den Durchbruch bringen. Wir müssen nur geduldig sein.«

»Ich will nicht geduldig sein, ich will eine rauchen.«

Jan nickte mit dem Kinn in Richtung Tür. Renate fingerte Zigarette samt Feuerzeug aus der Manteltasche und ging nach draußen.

»Dopen eigentlich viele Kraftsportler?«

Jan fuhr erschreckt herum. Er hatte Sasha nicht aufstehen und kommen hören.

»Manche tun es. Bei Wettkämpfen hat man ohne Doping keine Chance, weil alle anderen auch was nehmen. Ein leidiges Thema.«

»Wie stehst du dazu?« Sashas buschige Augenbrauen wanderten nach oben.

»Wenn man das Zeug nimmt, schrumpfen die Hoden auf Erbsengröße und man kriegt keinen mehr hoch. Für mich macht es keinen Sinn, die Ladys mit einem durch Doping aufgepumpten Superbody anzulocken und dann im Bett kläglich zu versagen.«

»Du hast persönliche Erfahrungen?«

»Nein, ich habe das Dreckszeug nie genommen.«

»Aber du kennst Sportler, die dopen?«

»Robert, ein Sportfreund von mir, ist daran verreckt. Herzinfarkt mit 42 Jahren auf der Brustpresse. Der Inhaber hat die Dopingsachen aus seinem Spind mir in die Hand gedrückt. Ich habe sie wochenlang mit mir rumgetragen.«

Draußen vor dem Fenster stand Renate auf dem Geländer und rauchte.

»Warum hast du sie nicht bei der Polizei abgegeben?«

»Weil das nur negative Folgen gehabt hätte. Roberts Witwe hätte Probleme mit der Auszahlung der Lebensversicherung bekommen und die Polizei hätte das Studio durchsucht. Wer weiß, was die in den Spinden der anderen noch gefunden hätten. Am Ende wäre vielleicht sogar das Studio geschlossen worden, und ich hätte dort nicht mehr trainieren können.«

»Was hast du mit den Dopingsachen gemacht?«

»Ich habe sie in einer Mülltonne an der Straße entsorgt.«

Die Tür ging auf und mit Renate kam ein Schwall kalter Luft herein. »Hier ist immer noch tote Hose.«

»Falsch, da kommt ein Transporter.« Jan zeigte mit dem Fernglas in der Hand in die Richtung.

Ein Sprinter fuhr vor dem Bunker vor. Er war mit *Nordic Group* beschriftet.

»Sieh an, er gehört unserem Freund Ragnar.«

Zwei Männer, die wie Security aussahen, stiegen aus, luden Kartons aus und verschwanden mit ihnen im Bunker.

»Das sieht mir nach Drogenhandel aus«, sagte Sasha, die nach vorne gekommen war.

»Damit könntest du richtig liegen. Über den Hamburger Hafen wird regelmäßig tonnenweise Kokain hereingeschmuggelt. Ein geheimer Bunker wäre ideal, um es zu strecken, zu portionieren und weiter zu verteilen.« Jan lächelte Sasha zu und gab ihr das Fernglas.

»Drogenhandel würde auch den auffälligen Reichtum von Ragnar erklären.« Sasha warf durch das Fernglas einen Blick auf den Bunker.

»Aber wie passt Fahrenkrog da rein? Warum soll er in dem Bunker gefangen gehalten und umgebracht worden sein?«, fragte Renate.

»Das müssen wir noch rausfinden. Am besten, indem wir den Bunker durchsuchen.« Jan packte das Fernglas und die Thermoskanne in seinen Rucksack.

»Nicht so stürmisch. Wir müssen erstmal Michael benachrichtigen und uns einen Durchsuchungsbefehl besorgen.« Renate baute sich vor Jan auf. Sasha stellte sich mit verschränkten Armen neben sie.

»Ich, und nicht Michael, leite jetzt das Cold-Case-Team. Außerdem droht die Gefahr der Beseitigung von Beweismitteln, wenn wir einen Gerichtsbeschluss abwarten.«

»Das ist doch Quatsch. Die Männer haben Kartons hinein- und nicht herausgetragen«, wandte Sasha ein.

»Die Drogen werden dort nur gestreckt und portioniert. In ein paar Stunden sind sie verkaufsfertig verpackt und werden wieder herausgebracht. Dann werden sie an hunderte Junkies vertickt. Die Chance, Ragnar mit einer frischen Drogenlieferung zu erwischen, müssen wir nutzen.«

»Und was ist, wenn wir keine Drogen finden? Dann droht uns das nächste Disziplinarverfahren.« Renates Augenbrauen wanderten nach oben bis an den Rand ihrer Brille.

»Das Risiko müssen wir eingehen«, sagte Jan mit einem Achselzucken.

»Das sehe ich nicht so.«

Jan sah Sasha fragend an.

»Ich finde auch, wir sollten uns mit Michael beratschlagen und einen Durchsuchungsbefehl beantragen.«

»Okay, ich brauche euch beide auch nicht.« Jan holte sein Handy aus der Jackentasche. »Ich gehe mit meiner alten Einheit da rein.«

66

Michael wurde von dem Klopfen an der Tür wach. Er war vor Langeweile eingenickt. In seinem Einzelzimmer hatte er keinen Gesprächspartner, das Fernsehprogramm war geisttötend und die Aussicht aus dem Fenster kannte er inzwischen zur Genüge. Die Schwestern kamen nur noch selten. So lag er den ganzen Tag da und sah seinem Knochen beim Zusammenwachsen zu. Gerade die Nachmittage zogen sich wie ein Mammutprozess quälend lang dahin.

»Herein.«

Die Tür wurde zaghaft aufgemacht und ein Kinderkopf erschien. Sein Sohn Luca. Dahinter reckte Laura ihren Kopf in die Höhe. Dann machten sie die Tür ganz auf und kamen herein.

»Hallo, Paps«, sagten beide im Chor. Sie waren auf den ersten Blick als Zwillinge zu erkennen. Beide hatten die gleichen Gesichtszüge und das gleiche braune Haar. Zudem trugen beide eine dunkelblaue Winterjacke, Laura mit einer dunkelroten Mütze, bei Luca ragte die dunkelrote Kapuze eines Hoodies heraus. Der einzige Unterschied zwischen beiden war, dass Luca einen Kopf größer als seine Schwester war. Beide waren seit dem letzten Sommer eine Handbreit nach oben geschossen.

Luca reichte ihm die Hand. Michael nahm sie, zog seinen Sohn an sich heran und klopfte ihm mit der freien Hand auf die Schulter. Nachdem sie sich gelöst hatten, fiel ihm Laura in die Arme. Er umarmte sie länger als für eine Begrüßung nötig.

Luca nahm sich einen Stuhl, Laura setzte sich auf die Bettkante.

Michael atmete tief ein und rang nach Fassung. Seine Gefühle drohten, ihn zu überwältigen.

Die Frage, warum sie sich von ihm abgewendet hatten, quälte ihn. War es aus eigenem Antrieb gewesen oder steckte Frauke dahinter? Aber das würden sie nicht heute besprechen. Er freute sich einfach wahnsinnig, seine Zwillinge wieder bei sich zu haben.

Nach einem halben Jahr Trennung hatten sie sich viel zu erzählen.

67

Auf den Lichtblitz folgte ein Knall. Rauch stieg aus dem zerstörten Schloss nach oben. Die schlachtschiffgraue Stahltür schwang einen Spalt auf.

Jan näherte sich mit sechs SEK-Beamten von der Seite. Die allzeit bereite Spezialeinheit hatte nur dreißig Minuten gebraucht, um nach Jans Anruf hier rauszukommen. Die Männer seiner ehemaligen Sondereinheit trugen Schutzhelme, olivgrüne Kampfanzüge und schusssichere Westen. Ihre Gesichter waren hinter Strumpfmasken verborgen. Sie waren mit Maschinenpistolen und Blendgranaten bewaffnet. Jan hatte auf eine Kampfmontur verzichtet und trug Lederjacke und Jeans.

Sein Puls beschleunigte sich, Adrenalin schoss ihm ins Blut, und seine Finger kribbelten. Nicht nur wegen der bevorstehenden Stürmung des Bunkers, sondern auch weil er seine alte Einheit wieder anführte. Mark, sein Nachfolger, hatte ihm die Führung überlassen.

Jan ging als Erster hinein. *Wir bauen Graue Wölfe – Ritter der Tiefe* stand in Frakturschrift auf dem verwitterten Beton. Sie stießen auf eine Schleuse, deren verrostete Stahltüren sich problemlos öffnen ließen. Die zweite führte auf einen Flur. Erikson lugte mit der Pistole im Anschlag nach links und rechts. Während der Bunker bisher unverändert nach Zweitem Weltkrieg ausgesehen hatte, begann hier eine neue Welt. Der frisch weiß gestrichene und mit blauem Linoleum ausgelegte Flur war leer. LED-Deckenleuchten verbreiteten ein kaltweißes Licht. Kameras konnte Jan keine entdecken. Aufgrund der Schleuse hatte drinnen offenbar niemand das Aufsprengen der Tür gehört, denn es war niemand zu sehen. Er horchte einen Augenblick. Außer einem elektrischen Summen konnte er nichts hören. Jan betrat den Flur und winkte seine Männer nach.

Leise schlichen sie nach rechts, in Richtung des Summens. *Serverraum* stand neben der Tür. Seine Männer postierten sich rechts und links der Tür, Jan öffnete sie. Drinnen standen dutzende schrankgroße schwarze Server. Kleine Lichter blinkten hektisch an ihnen. Sie schienen schwer zu arbeiten, die Frage war nur, woran? Der Raum war menschenleer. Drogen sah er auch keine.

Wieder im Flur schnüffelte Jan. Manche Drogen rochen so charakteristisch, dass man keinen Spürhund brauchte. Kokain roch wegen der bei der Herstellung verwendeten Lösungsmittel nach Kleber. Heroin wurde aus mit Essigsäure versetztem Opium hergestellt und roch nach Essig. Cannabis roch unverkennbar süßlich. Aber er roch nichts dergleichen, sondern nur den schwachen Zitronenduft des Bodenreinigers.

Als Jan mit seinen Männern weiterschlich, hörte er eine Toilettenspülung. Er hob die linke Hand und alle Polizisten froren in ihren Bewegungen ein. Sekunden später ging rechts eine Tür auf und ein Mann kam heraus. Er trug Jeans, T-Shirt und eine Pistole im Schulterhalfter.

Jan erstarrte und hielt den Atem an. Ein Schusswechsel im Flur würde sie vorzeitig verraten. Doch der Mann drehte sich nicht um und entfernte sich. Seine Sneakers machten schmatzende Geräusche auf dem PVC-Boden. Er verschwand fünf Meter weiter in einer Tür.

Vorsichtig folgten sie dem Mann. *Kommandoraum* stand neben der Tür. Jan und sein Team verständigten sich mit Handzeichen. Wieder postierten sich die SEK-Beamten rechts und links der Tür. Einer riss die Tür auf, worauf Jan mit gezogener Pistole hineinstürmte.

Jan sah den Mündungsblitz. Er nahm alles wie in Zeitlupe wahr. Schemenhaft sah er den Mann mit der Pistole. Rauch schoss aus der Mündung. Die Kugel flog schneller als der Schall und würde die paar Meter in Millisekunden zurückgelegt haben. Jans Blick ging zum Boden rechts von ihm. Seine Muskeln spannten sich für den Sprung zur Seite. Er riss die Arme nach oben. Sein Körper streckte sich. Gleich würden ihn seine Beine zur Seite katapultieren. Doch schon traf ihn ein Hammerschlag in die Brust. Als dieser ihm die Luft aus den Lungen presste, hörte er gleichzeitig den ohrenbetäubenden Schussknall. Der Einschlag riss ihn von den Füßen. Er flog durch den Türrahmen zurück auf den Flur. Mit dem Rücken knallte er auf den Boden. Dann wurde es schwarz um ihn.

68

Renate und Sasha warteten inzwischen vor dem Bunker. Renate rauchte und Sasha beobachtete nägelkauend die Stahltür. Durch die meterdicken Betonwände war nicht zu hören, was im Inneren vor sich ging.

»Ich habe dich durchschaut«, sagte Renate unvermittelt und trat ihre Zigarette im Schnee aus.

Sashas Augen verengten sich, als sie sich zu ihrer Kollegin umdrehte.

»Deine Fragen nach Vaters Psychiatrie haben mich stutzig gemacht.«

Sasha lächelte, aber es wirkte leicht gezwungen. »Das Thema hat mich halt interessiert.«

»Warum sollte sich eine junge Informatikerin für die Psychiatrie in der DDR interessieren?«

Sasha blieb stumm.

»Du hast gar keinen Server gelöscht, er wurde nur umbenannt.«

Sasha verschränkte ihre Arme vor der Brust und reckte ihr Kinn hoch. »Woher willst du das wissen?«

»Ich habe mit dem Leiter der IT-Abteilung gesprochen.«

»Dann hat mich Jörgensen hereingelegt. Mir hat er vorgeworfen, ich hätte den Server gelöscht und alle Daten seien weg.«

Renate sah einen Augenblick in den grauen Himmel. »Ich verstehe. Unter dem Druck hast du dich dann bereit erklärt, uns auszuspionieren.«

Sasha trat einen Schritt zurück und errötete. Sie wollte gerade etwas sagen, da stoppte Renate sie mit einer Handbewegung.

»Leugnen ist sinnlos. Ich habe dich observiert und dein Treffen mit Beesten auf dem Friedhof beobachtet.«

»Du hast mich beschattet?« Die Kollegin klang entrüstet.

»Spionage begegnet man am besten mit Gegenspionage.«

Sasha scharrte mit ihren Stiefeletten im verharschten Schnee.

»Wirst du es Michael und Jan sagen?«

»Darüber denke ich noch nach.«

69

Als Jan die Augen wieder aufmachte, sah er direkt vor sich das Gesicht von Mark. Er erkannte ihn trotz der Strumpfmaske an seinen hellblauen Augen.

»Alles in Ordnung?«, fragte Mark, der vor ihm kniete.

Jan saß auf dem Boden mit dem Rücken an der Wand. Er sah an sich herunter. Mark hatte seine Lederjacke aufgemacht. Darunter kam die Kevlarweste zum Vorschein.

»Die Kugel ist nicht durchgegangen.« Mark zeigte auf das plattgedrückte Projektil in der Weste.

Jan betastete seine Brust. Dort, wo die Kugel im Kevlar steckengeblieben war, spürte er einen dumpfen Schmerz.

»Komm hoch, Kumpel.« Mark stand auf und reichte ihm die Hand. Jan nahm sie und ließ sich hochziehen.

»Okay, zweiter Versuch, diesmal mit Licht und Musik.« Jan versuchte, seine leichte Benommenheit abzuschütteln.

Ein SEK-Beamter nahm eine Blendgranate, öffnete die Tür, zog den Abzug und warf sie hinein. Die Truppe nahm neben der Tür an die Wand gepresst Aufstellung an, wandte die Köpfe ab und hielt sich die Ohren zu. Ein gleißend heller

Lichtblitz zuckte aus dem Raum gefolgt von einem ohrenbetäubenden Krachen. Dann stürmte Jan als Erster hinein.

Ein Schuss verfehlte ihn nur um Haaresbreite. Er schlug über seinem Kopf in die Wand ein und ließ Betonsplitter auf ihn herabregnen.

Jan konnte den Schützen nicht entdecken und lief geduckt nach links hinter die Monitore. Zwei der Feinde lagen am Boden und wanden sich. Sie waren durch die Blendgranate taub und orientierungslos. Jan gab Mark und seinem Team ein Handzeichen, dass sie warten sollten. Von der Tür aus hatten sie keine gute Schussposition. Mit drei Fingern signalisierte Jan die Anzahl der Feinde.

Ein weiterer Schuss krachte. Einer der Flachbildschirme über ihm explodierte und sandte einen Hagel aus Glas- und Plastiksplittern auf ihn nieder.

Da sah er das Haar des Schützen, der sich hinter einem Stahlschrank versteckt hatte.

Als der Schütze für seinen nächsten Schuss hervortrat, feuerte Jan. Die Kugel zerfetzte dessen Schulter. Der Mann schrie vor Schmerz und Überraschung auf. Seine Pistole fiel ihm aus der Hand. Er griff sich mit der gesunden Hand an seine stark blutende Schulter und sank langsam am Stahlschrank herunter. Jan trat hinter den Monitoren hervor. Die drei Feinde lagen kampfunfähig am Boden.

Tscha-tschak, das unverkennbare Geräusch des Durchladens einer Schrotflinte ließ das Blut in Jans Adern gefrieren. Plötzlich tauchte hinter dem Stahlschrank ein weiterer Mann auf, der sein Gewehr mit abgesägtem Doppellauf direkt auf ihn richtete.

Wieder verlangsamte sich die Zeit. Jan sah die auf ihn gerichteten Mündungen des Doppellaufs. Er war außen schwarz und innen silbern. Der Mann hatte graue Augen in einem pockennarbigen Gesicht und fettige braune Haare. Er grinste hämisch und entblößte dabei gelbliche Zähne, als er den Abzug durchzog.

Es war zu spät, Deckung zu suchen. Der abgesägte Lauf vergrößerte die Streuwirkung. Hunderte Bleikugeln würden ihn und alles in seiner Umgebung zersieben. Der Mann konnte ihn nicht verfehlen. Seine Hand, in der er die Pistole hielt, zitterte. Er war paralysiert, unfähig, sie hochzureißen und zu schießen. Er starrte wie gelähmt auf die Mündung des Doppellaufs.

Ein dunkelgrüner Schatten flog von rechts heran. Mark rammte dem Mann den Kolben seiner Maschinenpistole in die Schläfe. Es knackte laut und sein Kopf ruckte zur Seite. Ein wummernder Schuss löste sich aus der Schrotflinte und riss ein großes Loch in die Deckenverkleidung. Staub rieselte herab.

Der Geruch von Kordit hing in der Luft. Rauschwaden vernebelten den Raum. Das SEK-Team legte den vier Männern Einwegfesseln an und sammelte ihre Waffen ein.

70

Das SEK-Team führte die festgenommenen Männer ab. Die beiden Verletzten wurden von Sanitätern auf Tragen abtransportiert. Gleichzeitig kamen Renate und Sasha in den Bunker.

»Ragnar ist nicht hier. Wir konnten aber sieben seiner Männer festnehmen.« Jan berichtete ihnen auf dem Flur kurz über den Zugriff und die Durchsuchung des Bunkers. Neben den vier Mitarbeitern im Kommandoraum hatten sie im Bunker drei weitere gefunden. »Wir haben auch keine Hinweise auf die Gefangenschaft und Ermordung von Fahrenkrog gefunden.«

»Ich habe mir gleich gedacht, dass du mit dem Bunker und Fahrenkrog danebenliegst«, sagte Renate schnippisch.

Jan ging nicht darauf ein. »Hier ist der Serverraum.« Er machte die Tür auf.

»Dir ist schon klar, dass du wegen der eigenmächtigen Stürmung des Bunkers Ärger bekommen wirst?«

»Das werden wir sehen.« Jan mochte sich jetzt keine Gedanken darüber machen.

Die beiden Frauen warfen einen Blick in den Serverraum. Jan sah das Funkeln in Sashas Augen.

»Das ist mehr Rechenpower, als die gesamte Hamburger Polizei hat.« Sasha klang bewundernd.

»Dann haben wir hier die Werkstatt.« Jan zeigte ihnen den nächsten Raum. Auf Tischen standen offene Computer, es lagen Platinen und Kabel herum. Hier standen auch die Kartons, deren Hereintragen sie beobachtet hatten.

»Keine Drogen, sondern Festplatten«, sagte Renate, nachdem sie in einen Karton geschaut hatte.

Sasha nahm einen Prozessor mit einem Kühler in die Hand und studierte die Computerteile auf dem Tisch.

»Weiter geht's, Mädels.« Jan führte sie zum Kommandoraum.

»Das sieht aus wie der Leitstand eines Kraftwerks«, wunderte sich Renate. Vier Schreibtische standen in einer U-Form. An der Stirnseite waren sechs Monitore montiert. Davor standen Chefsessel. »Was wir hier haben, ist so eine Art Cyberbunker. Die Frage ist nur, welchem Zweck er dient.«

»Chippi, wenn ich bitten dürfte.« Jan zeigte auf den Sessel vor der Monitorwand.

Sasha setzte sich. Er bewunderte, wie schnell ihre Finger über die Tastatur flogen. Bilder und Texte blitzten auf dem Monitor schneller auf, als Jan ihnen folgen konnte. Nach fünf Minuten war sie fertig und drehte sich um.

»Ragnar betreibt eine Serverfarm für den Darknet-Markt für Drogen.«

Jan und Renate sahen einander fragend an.

»Sasha, kannst du uns Computerlaien das erklären?«

»Ragnar handelt nicht selbst mit Drogen. Unter dem Namen eDrugs stellt er aber die Verkaufsplattform im Darknet dafür bereit. Die Kunden können darauf online Drogen bei Dritten bestellen, die ihnen dann per Post zugeschickt werden. Alles ist verschlüsselt, sodass weder Verkäufer noch Käufer feststellbar sind. Bezahlt wird mit

Bitcoins. Ragnar bekommt zehn Prozent Verkaufsprovision.«

Sasha öffnete die Bestellseite für Drogen. Neben Bildern der Drogen standen Beschreibung und Preis.

»Die haben alles. Amphetamin, Cannabis, Kokain und Heroin. In jeder gewünschten Menge«, sagte Jan verblüfft.

Sasha klickte durch das Menü, Jan und Renate sahen ihr über die Schulter.

Jan staunte über das Warenkorbsystem, die FAQ und das professionell gemachte Design. Außer das dort Drogen angeboten wurden, sah es aus wie ein x-beliebiger Online-Versandhandel.

»Die Kunden können den Drogenhändler ihres Vertrauens sogar bewerten.« Sasha zeigte auf die Fünfsterne eines Verkäufers. »Dieser hier wird für die besonders hohe Qualität und schnelle Lieferung gelobt.«

„Freitag bestellt, Montag war´s da. Mir fliegt gerade der Kopf weg von dem Pulver. So kauft man heute Drogen", las Renate eine Nutzerbewertung vor.

»Also so eine Art Amazon für Drogen.« Jan hatte von einem Kollegen des Rauschgiftdezernats schon gehört, dass der Drogenhandel zunehmend online abgewickelt wurde. Statt Treffen mit zwielichtigen Typen nachts um halb drei in einer düsteren Gasse am Hauptbahnhof genügte ein Mausklick und zwei Tage später lagen die Drogen im Briefkasten. Das war bequem und sicher.

»Das ist ein interessantes Geschäftskonzept. Ragnar verdient am Drogenhandel, ohne sich selbst die Finger schmutzig zu machen.« Renate sah auf einen Monitor, auf dem der virtuelle Warenkorb zu sehen war.

»Und jetzt wissen wir auch, womit er seine Millionen verdient«, sagte Sasha.

71

»Was zum Teufel haben Sie sich bei der Stürmung des Bunkers gedacht?«, fragte Polizeipräsident Hauke Beesten am nächsten Morgen mit funkelndem Blick. Er thronte hinter einem tadellos aufgeräumten Schreibtisch. Jan, Renate und Sasha saßen davor.

»Das war allein meine Idee, meine Kolleginnen haben nichts damit …«

Beesten schlug mit der Faust auf den Tisch und brachte damit Jan zum Schweigen.

»Die Cold-Case-Einheit war unzuständig. Ihre Aufgabe war, den Mord an Katharina von Allwörden aufzuklären, nicht den kriminellen Aktivitäten von Ragnar in diesem Bunker nachzugehen.« Beestens Halsschlagader pulsierte.

»Wir hatten Anlass zu der Annahme, Fahrenkrog sei in dem Bunker gefangen gehalten worden.« Jan versuchte, selbstbewusst zu klingen.

Die buschigen Augenbrauen von Beesten gingen in die Höhe. »Sie übersehen dabei, dass für die Aufklärung des Mordfalls Fahrenkrog nicht das Cold-Case-Team, sondern die Mordkommission zuständig ist.«

Beesten sah nacheinander Jan, Renate und Sasha eindringlich an.

»Ich will es Ihnen noch einmal ganz langsam erklären, damit Sie es auch verstehen.« Beesten verschränkte die Finger ineinander und sprach betont wie zu begriffsstutzigen Schülern. »Das Cold-Case-Team ist zuständig für unaufgeklärte Altfälle. Also Tötungsdelikte, bei denen die Ermittlungen längere Zeit ergebnislos verlaufen und die dann eingestellt worden sind. Solche Altfälle finden Sie im Archiv. Für aktuelle Fälle ist hingegen die Mordkommission zuständig.«

»Es gibt aber eine Verbindung zwischen Allwörden und Fahrenkrog, denn beide waren Anwälte von Ragnar.«

»Nach Ihrer Theorie bringt Ragnar regelmäßig seine Anwälte um, erst von Allwörden, dann Fahrenkrog. Warum sollte er das tun?«

»Das wissen wir noch nicht«, sagte Jan achselzuckend.

»Das sind doch Hirngespinste.« Beesten stand auf, wirbelte herum und legte die Hände auf die Rückenlehne seines Sessels. »Außerdem hatten Sie keinen Durchsuchungsbeschluss.«

So hatte Jan den Polizeipräsidenten noch nie erlebt. Er kannte ihn als ruhig und stets beherrscht.

»Es bestand Gefahr in Verzug.«

»Das ist Bullshit, und das wissen Sie auch. Ragnar und seine Männer wussten nicht, dass Sie dem Bunker auf die Spur gekommen waren. Es drohte kein Verlust von Beweismitteln. Sie hätten sich in aller Ruhe einen richterlichen Beschluss besorgen und wiederkommen können.«

Beesten setzte sich wieder hin, verschränkte die Finger ineinander und beugte sich vor. »Ist Ihnen eigentlich klar, welches Fiasko Sie angerichtet haben?«

Jan schwieg und wünschte sich, Michael wäre jetzt hier.

»Eine Durchsuchung ohne richterlichen Beschluss führt

zum Beweisverwertungsverbot. Alles, was Sie in diesem Bunker gefunden haben, kann nicht gegen Ragnar verwendet werden.«

»Er kommt davon?«, fragte Renate.

»Ja, wir können Ragnar wegen seiner Serverfarm für den Drogenhandel nicht belangen. Herzlichen Glückwunsch!«

Renate schüttelte den Kopf und sah Jan böse an.

»Diese Cold-Case-Einheit wurde nur gegründet, weil wir glaubten, Sie nicht entlassen zu können. Aber jetzt hätte ich nicht übel Lust, Sie drei«, Beesten zeigte nacheinander mit dem Finger auf alle, »und diesen nutzlosen Staatsanwalt sofort rauszuschmeißen.«

Die Drohung hing im Raum.

»Möchte jemand von Ihnen selbst seine Entlassung beantragen?«

Jan, Renate und Sasha erwiderten nichts.

»Das hatte ich mir schon gedacht. Aber ich werde diese Sache nicht vergessen.«

»Was machen wir jetzt?«, fragte Renate nach einer Schrecksekunde.

»Sie stellen alle Ermittlungen im Fall von Allwörden ein und schreiben einen Bericht über die bisherigen Ermittlungsergebnisse. Den Bericht will ich bis Ende der Woche auf meinem Schreibtisch sehen.«

Beesten sah wieder nacheinander Jan, Renate und Sasha an.

»Und dann?«, fragte Jan.

»Und dann suchen Sie sich einen anderen Fall. Irgendeinen unkomplizierten Altfall, bei dem nicht einmal Sie versagen können. Vielleicht einen unaufgeklärten Parkverstoß.«

72

Verdammt!

Michael lag im Krankenhausbett. Nach einer halben Stunde Gehübungen mit der Physiotherapeutin schmerzte sein Bein, sein Krankenhaushemd klebte an seinem schweißnassen Rücken, und er war frustriert. Eine Runde im Krankenhausflur kam ihm vor wie ein Marathon. Zweimal war er von einem Rollstuhlfahrer überholt worden. Die Physiotherapeutin hatte gemeint, dafür, dass der Unfall erst drei Tage her sei, ginge es ihm hervorragend.

Jan, Renate und Sasha saßen vor ihm. Sie starrten schweigend auf den grauen Linoleumboden. Jan hatte gerade von der Bergpredigt des Präsidenten wegen der Stürmung des Bunkers erzählt. Es war deprimierend. Und er trug selbst die Verantwortung dafür, denn er hatte Jan zum Leiter des Cold-Case-Teams gemacht. Er hätte sich denken können, dass Erikson bei der ersten Gelegenheit den Rambo rauskehren würde.

»Kommt Ragnar mit seinem Online-Drogenhandel wirklich ungeschoren davon?«, fragte Renate.

»Ich fürchte ja. Beesten hat mit dem Beweisverwertungsverbot recht.« Und ihre dienstliche Situation wurde durch die

Verletzung von Verfahrungsvorschriften auch nicht besser, dachte Michael.

»Da hast du uns ja in eine richtig schöne Scheiße reingeritten«, bemerkte Renate an Jan gewandt.

Dieser sagte nichts.

»Schuldzuweisungen nützen jetzt nichts«, beschwichtigte Michael.

»Kann deine Cessna repariert werden?«, fragte Sasha.

Die Frage nach *Betty* schickte sein Herz in den Sinkflug. Flüssiges Blei durchflutete seine Adern und drückte ihn in das Kissen.

»Nein, sie ist ein Totalschaden.«

Ein roter Schlüsselanhänger mit der Aufschrift *Remove before flight* war das Einzige, was ihm von seinem Flugzeug geblieben war.

»Kannst du dir nicht eine neue kaufen?«

Michael wünschte sich nichts sehnlicher als einen doppelten Whiskey. Missmutig sah er zu dem Becher Pfefferminztee auf seinem Nachtschrank.

»Neu kostet sie 180.000 Euro. Meine habe ich gebraucht für 30.000 Euro gekauft. Und auch die konnte ich mir nur leisten, weil ich von meiner Mutter eine Schachtel mit Bargeld geerbt hatte. Sie hatte Banken misstraut.«

Einen Augenblick fragte sich Michael, warum Sasha sich für die Cessna interessierte. Hatte sie bei dem Fallschirmsprung Blut geleckt?

»Den Fall von Allwörden legen wir jetzt wirklich zu den Akten und suchen uns einen neuen?« Renate rückte mit ihren nikotingelben Fingern ihre Brille zurecht.

»Wir sollten am Ball bleiben«, sagte Jan.

Sasha nickte.

Michael überlegte.

»Wir sollten jetzt nicht aufgeben«, sagte Michael schließlich. »Wir sind schon so weit gekommen und ein Ermittlungserfolg wäre für uns alle gut.«

»Allerdings riskieren wir unsere Jobs, wenn wir gegen die ausdrückliche Anweisung des Polizeipräsidenten weitermachen.« Renate nestelte nervös an ihrem Rock.

»Darauf kommt es jetzt auch nicht mehr an.« Jan tat diesen Einwand mit einer Handbewegung ab.

Michael richtete sich in seinem Bett auf. Ein Schmerz schoss durch sein Bein. Der Arzt hatte ihm Schmerzmittel angeboten, aber er wollte klar im Kopf bleiben.

»Ich werde ab sofort die Ermittlungen vom Krankenhaus aus leiten. Ich möchte über jeden Schritt informiert werden. Und niemand macht mehr etwas ohne mein Okay.«

Michael sah seine Mitarbeiter nacheinander an. Renate und Sasha nickten.

»Und was ist mit dir, Jan?«

»Du bist der Boss«, sagte Jan zähneknirschend.

»Sasha, du schreibst den Bericht für den Präsidenten. Renate, du denkst über neue Ermittlungsansätze nach.«

Sasha machte sich Notizen.

»Und jetzt macht euch an die Arbeit und lasst mich hier in Ruhe sterben.«

73

Renate stand am nächsten Tag vor einer großen Hamburgkarte im Besprechungsraum. Am Tisch saßen Jan und Sasha. Michael wurde die Präsentation mittels einer Webcam ins Krankenhaus übertragen.

Sasha wollte gerade die heimliche Aufnahme starten, da überlegte sie es sich anders. Es war der falsche Weg, für die eigene Karriere die Kollegen ans Messer zu liefern. Außerdem wuchsen Michael, Jan und Renate ihr langsam ans Herz.

»Beim geographischen Täterprofil handelt es sich um eine Ermittlungsmethode, bei der die Orte einer zusammenhängenden Reihe von Straftaten analysiert werden, um den wahrscheinlichsten Aufenthaltsort des Täters zu ermitteln. Nehmen wir einmal an, dass die Morde an den Anwälten und Richtern von demselben Täter begangen worden sind.«

Auf dem Laptop vor Sasha war Michaels nickender Kopf zu sehen. Auch sie fand das eine naheliegende Annahme.

Renate machte die Plastikdose mit roten Pinnwandnadeln auf.

»Von Allwörden war eine ehemalige Kiezanwältin.« Renate steckte eine Pinnnadel auf die Reeperbahn. »Ermordet wurde sie in ihrer Kanzlei am Baumwall.« Renate platzierte dort eine weitere Nadel.

»Richter Meier wurde an den Landungsbrücken ermordet.« Renate drückte dort eine Nadel ins Kork.

»Richter Rohwedder wurde in seinem Haus in Ottensen ermordet.« Renate beugte sich suchend zu der Karte, bis ihre Brille sie fast berührte. »St. Pauli, dann kommt links Altona und da ist Ottensen.« Die Nadel steckte sie knapp oberhalb der Elbe rein.

»Fahrenkrog hatte seine Kanzlei in der Hafencity und seine Leiche wurde in der Elbe gefunden.« Renate setzte dort Nadeln.

Sie trat einen Schritt zurück und schaute sich die sechs Nadeln auf der Karte an. Dann drehte sie sich zu Jan und Sasha um.

»In der Mitte der Tat- und Fundorte liegt St. Pauli.« Renate tippte mit ihrem Zeigefinger auf die Reeperbahn. »Wir sollten unseren Täter dort suchen.«

Renate sah Michael, Jan und Sasha an.

»Fragen, Bedenken oder Vorschläge?«

Es meldete sich niemand zu Wort. Es gab keine Kritik und keine Sticheleien, wunderte Sasha sich.

Das Team wuchs langsam zusammen.

74

Das beeindruckende Glas-Stahl-Gebäude von Cardiatronic stand in der City Nord. Das achtzehnstöckige Hochhaus erhob sich achtzig Meter in die Höhe. Seine Glasfassade war spiegelnd und zeigte dem Betrachter sich selbst, die Nachbarhäuser und den Himmel. Was im Inneren vorging, blieb dagegen verborgen.

Renate und Sasha wurden von Hagen Brinkmann um 15 Uhr empfangen und in ein Büro geführt. Es sah aus wie ein Arztzimmer im Krankenhaus. Brinkmann setzte sich hinter den Schreibtisch, Renate und Sasha auf die Stühle davor. Er war Mitte dreißig und trug einen dunkelgrauen Anzug mit weißem Hemd und hellblauer Krawatte.

Er holte einen Herzschrittmacher aus einer Schublade und gab ihn Renate.

»Das ist unser Bestseller *Second Life*. Wir verkaufen ihn 25.000-mal im Jahr.«

Renate wog das fünf Zentimeter große, flache und silberglänzende Gerät in der Hand. Genau dieses Modell war Rohwedder zum Verhängnis geworden. Würde sie in ein paar Jahren auch einen Herzschrittmacher brauchen? Wie fühlte sich so ein Gerät in der Brust an? Sie reichte ihn an Sasha weiter.

»Der Herzschrittmacher verfügt über einen Funksender?«, fragte Renate.

»Ja, er ermöglicht einen drahtlosen Datenaustausch. Der Arzt kann Informationen über den Zustand des Herzens und des Implantats auslesen und Einstellungen vornehmen.«

»Muss der Arzt dazu nahe an den Patienten heran?« Sasha gab Hagen Brinkmann den Herzschrittmacher zurück.

»Anfangs musste der Arzt dem Patienten die Antenne praktisch auf die Brust legen, doch seit Einführung des Home Monitoring muss er das nicht mehr.«

»Was bedeutet Home Monitoring?« Renate verstand nicht viel von moderner Medizintechnik. Sie erinnerte sich noch vage an das Elektroschockgerät ihres Vaters, dann war auch schon Schluss.

»Das Implantat sendet seine Informationen an ein Patientengerät, welches die Daten über Mobilfunk oder Internet an den Arzt weiterleitet. Der kann die Daten dann analysieren und gegebenenfalls aus der Ferne eine Neujustierung des Herzschrittmachers vornehmen«, sagte er mit geduldiger Stimme. Er erklärte die Funktionsweise offensichtlich nicht zum ersten Mal.

»Wäre es technisch möglich, den Herzschrittmacher per Funk zu manipulieren und ihm den Befehl zu geben, einen tödlichen Stromstoß auszulösen?« Renate beugte sich gespannt vor.

Das Lächeln wich aus Brinkmanns Gesicht. «Wollen Sie Cardiatronic vorwerfen, an einem Mord beteiligt zu sein?«

Renate hob die Hand, als sie Brinkmanns entrüsteten Blick wahrnahm. »Nein, unsere Ermittlungen richten sich nicht gegen Sie. Wir wollen nur überprüfen, ob unser Täter es so gemacht haben könnte.«

Hagen Brinkmann lehnte sich auf seinem Chefsessel

zurück und wandte den Blick ab. Renate hatte den Eindruck, dass er eine Abwägung vornahm.

»Ja, es wäre technisch möglich.«

Renate sah an ihm vorbei aus dem Fenster. Die Bäume des Stadtparks waren kahl und mit Raureif überzogen.

»Wusste Cardiatronic von dieser Möglichkeit?«

»Eine amerikanische Studie hatte auf diese Missbrauchsmöglichkeit hingewiesen. Aber uns schienen Hackerattacken gegen Herzschrittmacher abwegig. Wir haben schon Hundertausende verkauft, und es hat so einen Fall noch nie gegeben.«

»Irgendwann ist immer das erste Mal.« Trotzdem mochte Renate Hagen Brinkmann. Er schien ihr ein ehrlicher Mann zu sein. Er hätte eine Manipulationsmöglichkeit auch einfach abstreiten können.

»Was bräuchte ein Täter für eine solche Hackerattacke?«, fragte Sasha.

»Einen Laptop mit einer speziellen Software und ein Funkmodul zur Ansteuerung des Herzschrittmachers.«

»Was für ein Funkmodul ist das?«

Brinkmann griff in die Schublade neben sich, holte eins heraus und legte es vor Renate und Sasha auf den Tisch. Das Funkmodul war weiß, hatte die Größe und Form eines Smartphones und ein LCD-Display.

»Das ist unser Heartmessenger. Wir beziehen ihn von Home Secure, einem Hersteller von Smart Home. Sie wissen schon, damit kann man per Handy aus der Ferne die Jalousien, das Licht, die Heizung und so weiter steuern.«

Nein, das wusste Renate nicht. Sie steuerte in ihrer Wohnung immer noch alles ganz altmodisch per Hand.

»Die Funkmodule für Herzschrittmacher und Smart Home basieren auf der gleichen Technik«, ergänzte er.

Jetzt mussten sie nur herausfinden, wer Zugang zu so einem Funkmodul hatte.

75

Ein Schnarchen weckte Sasha.

Rasende Kopfschmerzen durchzuckten sie. Außerdem war ihr übel. Sie öffnete vorsichtig die Augen. Die Decke über ihr war raufaserweiß. Das war nicht ihre Wohnung, denn ihr Schlafzimmer war mintgrün. Sie spürte etwas Schweres auf ihrer Brust und sah nach unten. Jans rechter Arm lag auf ihr. Auf seinem Oberarm prangte ein Tattoo seiner SEK-Einheit.

Ein paar Sekunden war sie verwirrt. Wie war sie hierhergekommen? Was war passiert?

Am Abend zuvor war sie mit Jan zu einer Faschingsparty gegangen. Es war sogar ihr Vorschlag gewesen. Sie liebte Cosplay. Wenn sie durch die Verkleidung in eine andere Identität schlüpfte, konnte sie aus sich herausgehen. Sie hatte sich als die freche Harley Quinn verkleidet. Blonde Perücke, bonbonfarbene Jacke, T-Shirt, Hot Pants und schwarze Netzstrümpfe hatten sie selbstbewusst und aufgeschlossen werden lassen. Jan hatte sich wenig originell als Top-Gun-Pilot verkleidet. Doch auch eine verspiegelte Sonnenbrille und ein Fliegeroverall mit vielen Aufnähern ließen ihn nicht annähernd so verwegen aussehen wie Tom Cruise. Sie erinnerte sich noch an mehrere Wodka Lemon, die die restlichen Hemmungen weggespült hatten. Dann waren sie in Jans Bett gelandet. Der Sex war grandios gewesen. Durch sein hartes Training war er in Topform und hatte zwei Runden lang durchgehalten.

Der Alkohol hatte sich über Nacht in Stahlkugeln verwandelt, die in ihrem Schädel schmerzhaft hin und her schossen. Das Licht einer Straßenlaterne schimmerte durch die offenen Lamellen der Jalousie ins Zimmer. Jans Kopf lag auf dem Kissen neben ihr. Sie bewunderte seinen nackten durchtrainierten Körper. Er hatte definierte Muskeln und kein Gramm Fett. Damit könnte er Unterwäschemodel werden. Sein Gesicht war nicht unattraktiv, aber auch nichts Besonderes. Auf dem Nachtisch lag eine aufgerissene Kondomverpackung.

Bereute sie die Nacht? Ja und nein. Der Sex mit ihm war wirklich gut gewesen, sie hatte ihn genossen. Aber eine Beziehung mit Jan wollte sie auf gar keinen Fall. Außer seinem Körper und dem Sex zog sie nichts an diesem Mann an. Und das war zu wenig für eine Beziehung. Sie erinnerte sich noch an das angetrunkene Liebesgesäusel von Jan in der Nacht. Wenn er neben ihr aufwachte, würde er denken, sie wären jetzt ein Paar. Sie musste ganz dringend weg hier. In *Star Trek* konnte man sich einfach wegbeamen, im echten Leben war das komplizierter.

Behutsam schob sie Jans Arm weg von sich. Sein Schnarchen setzte kurz aus und sie befürchtete schon, er würde aufwachen. Doch dann drehte er sich auf den Bauch um und schnarchte wieder im gewohnten Rhythmus.

Als Sasha sich aufrichtete, knarzte das Bett, und sie wurde von einer neuen Welle pochender Kopfschmerzen und Übelkeit durchgeschüttelt. Das Zimmer hatte Seegang. Neben dem Bett sah sie ihre Sachen auf dem Boden liegen. Die Perücke würde sie nicht mehr brauchen und das Harley-

Quinn-Kostüm kam ihr auf einmal unreif vor. Fluchtmodus und Brechreiz kämpften miteinander. Sie schwang die Beine aus dem Bett, worauf das Bett erneut knarzte. Sie warf einen Seitenblick zu Jan. Was würde sie ihm sagen, wenn er jetzt aufwachte? In Zeitlupe stand sie auf und zog sich an. Ihr Blick fiel auf seinen nackten Hintern. Jan war durch das Rascheln nicht wach geworden und schlief weiter seinen Rausch aus.

Das wäre jetzt die perfekte Gelegenheit, die Wohnung nach versteckten Anabolika zu durchsuchen. Doch sie hatte Jan geglaubt, als er von dem Herzinfarkt seines Sportfreundes erzählt hatte. Und er hatte in dieser Nacht seinen Mann gestanden, was ebenfalls gegen regelmäßiges Doping sprach.

Von der Zimmertür aus sah sie ein letztes Mal zu Jan. Sich ohne Zettel davonzuschleichen war nicht schön, aber Jan war ein harter Kerl. Er würde es verkraften. Dann schlich sie sich aus der Wohnung.

Sasha war erleichtert, als sie die Wohnungstür hinter sich ins Schloss zog.

76

Die Fäden waren morgens gezogen worden. Es hatte etwas nachgeblutet. Michaels Bein sah jetzt nicht mehr wie ein Rollbraten aus. Auch sein Aktionsradius auf dem Krankenhausflur wurde am Tag fünf nach dem Absturz immer größer. Auf Krücken konnte er durchaus die Geschwindigkeit einer Riesenschildkröte erreichen. So sehr ihn seine gesundheitlichen Fortschritte freuten, so sehr bedauerte er den Totalverlust von Betty. Fünf Jahre himmelhochjauchzender Ritte über den Wolken hatte er mit ihr erlebt. Sie war inzwischen von einem Schrotthändler verwertet worden.

Das Schlimmste im Krankenhaus war die tödliche Langeweile. Im Fernsehen war die Doku *Die Geschichte des Töpferns* gelaufen. Auf einem anderen Kanal lief die 825. Folge von *Gewitter der Liebe*. Im Homeshopping-Kanal wurde ein Schäfchenprojektor angeboten, mit dem man auch schwerste Schlafstörungen behandeln konnte, indem man die an die Decke projizierten Schäfchen zählte. Sein Team hatte ihm den neuesten Grisham mitgebracht, doch er konnte sich nicht für die Geschichte des jungen Anwalts, der in eine Verschwörung geriet, erwärmen. Grisham schrieb seit dreißig Jahren im Grunde immer wieder den immer gleichen Roman.

Schließlich hatte Michael angefangen, die Haare auf seinem Handrücken zu zählen. Dabei hatte ihn die Krankenschwester mit dem Frühstück unterbrochen. Der Kaffee bestand aus lauwarmem Wasser mit braunem Farbzusatz. Es war ein Heißgetränk wie aus dem Tuschkasten eines Kindes. Das Käsebrötchen war aus Styropor geschnitzt und mit einem gelben Lappen belegt. Michael bekam langsam den Krankenhauskoller.

Das Verschwinden von Ohnsorg ging Michael nicht aus dem Kopf. Eigenartigerweise schien ihn keiner zu vermissen. Michael hatte bei der Polizei angerufen. Niemand hatte eine Vermisstenanzeige erstattet. Er schien auch keine Angehörigen zu haben. Ohnsorg hatte nie von seiner Familie erzählt, auf Facebook hatte er unter *Familie und Beziehungen* niemanden eingetragen und der Hausmeister hatte auch keine gesehen. Hatte Ohnsorg seine Freundschaft gesucht, weil er allein und einsam gewesen war?

Laut Facebook weilte Ohnsorg gerade an den Iguazú-Wasserfällen in Brasilien. Das Foto würde nur eine weitere Photoshop-Fälschung sein. Aber warum machte Ohnsorg sich die Mühe, eine Weltreise vorzutäuschen? Wo steckte er in Wirklichkeit?

Michael würde nach seiner Entlassung aus dem Krankenhaus weiter nach Ohnsorg suchen. Falls er nicht vorher an Langeweile oder der schlechten Verpflegung gestorben war.

77

Sasha verschmolz mit der Dunkelheit, denn in dieser Freitagnacht war sie Catwoman. Sie trug einen schwarzen Ganzkörperanzug, eine Augenmaske und lange Handschuhe. Auf der Stirn hatte sie eine kleine Lampe, auf dem Rücken einen Rucksack. Aus einem Gebüsch heraus beobachtete sie die Rückseite des Gebäudes. Im Licht des Vollmondes waren die Stahltür, mehrere zugenagelte Fenster und die mit Graffiti verschmierte Wand zu sehen. An der Ecke hingen Sirene und Leuchte einer Alarmanlage unter dem Flachdach. Sasha hoffte, sie war nicht mehr in Betrieb. Entfernt waren Nachtschwärmer zu hören. Der knackige Nachtfrost spielte ihr in die Hände, denn die meisten Leute blieben in ihren warmen Wohnungen. Sie sah zu dem Wohnhaus hinter sich. Die Fenster waren fast alle dunkel, in zweien flackerte bläuliches Licht. Die Bewohner schliefen oder schauten fern. Wie eine Katze schlich sie sich an die Rückseite des Gebäudes heran.

Sasha wollte einer vielversprechenden Spur allein nachgehen. Michael lag immer noch im Krankenhaus, Jan ging sie nach dem One-Night-Stand aus dem Weg und Renate hätte bei einem Einbruch nie mitgemacht. Wenn sie sie in dem

Catwoman-Kostüm sehen würde, würde sie sie wahrscheinlich in die nächste Psychiatrie einweisen.

Sasha fand es aufregend, als Polizistin eine Einbrecherin zu sein. Sie ging zu der Stahltür und inspizierte sie im Licht ihrer Stirnlampe. Sie war massiv und mit einem hochwertigen Schloss gesichert. Hier würde sie nicht hineinkommen.

Plötzlich raschelte es hinter ihr. Aus den Augenwinkeln bemerkte sie etwas sich Näherndes. Sasha wirbelte alarmiert herum, doch es war nur ein Marder. Geschwind kletterte er das Fallrohr hoch und verschwand polternd auf dem Dach.

Links fand sie ein zugenageltes Fenster. Eine einfache Spanplatte war auf den Fensterrahmen genagelt worden. Sie war alt und morsch. Sie nahm eine Brechstange aus ihrem Rucksack und setzte sie zwischen Spanplatte und Fensterrahmen an. Gleich würde sich zeigen, ob die Alarmanlage wirklich außer Betrieb war. Einen Moment hielt sie inne, sah sich um und lauschte, denn das Aufhebeln würde Krach machen. Es war niemand zu sehen oder zu hören. Dann hebelte sie die Spanplatte auf. Es klang, als würde man Knäckebrot zerbrechen, nur viel lauter. Sie musste viermal hebeln, dann konnte sie die Spanplatte abnehmen. Dahinter war ein einfaches Fenster, dessen Scheibe teilweise eingeschlagen war. Sasha sah zur Alarmanlage, die keinen Mucks von sich gab. Sie langte nach innen, entriegelte das Fenster und stieg ein.

Sasha stand in einer Küche. Es roch muffig und alles war von einer dicken Staubschicht bedeckt. Hier war schon ziemlich lange nicht gekocht worden. An der Wand hing der Kalender eines Herstellers von Alarmanlagen. Auf ihm war es Juli vor dreieinhalb Jahren, der Monat, in dem Katharina von Allwörden ermordet worden war.

Von der Küche ging es in den Flur. Vorne war der Geschäftsraum. Im Schein ihrer Stirnlampe waren ein Tresen, Verkaufsregale und Pappaufsteller zu sehen. Auch hier war alles von einer Staubschicht überzogen. Die Kasse stand offen, ihre Geldfächer waren leer. Die Türen von Glasvitrinen, in denen früher vermutlich Alarmanlagen ausgestellt worden waren, standen offen.

Den Bewegungsmelder an der Decke bemerkte sie nicht.

Sie ging den Flur nach hinten entlang und kam an einem Büro, einem Sozialraum und den Toiletten vorbei. Dann fand sie als letzten Raum die Werkstatt. Sie ging hinein und tastete nach dem Lichtschalter. Die Neonröhre an der Decke des fensterlosen Raumes erwachte zum Leben. Sie ging hinein und machte die Tür hinter sich zu. Sie wollte ihre Anwesenheit nicht durch einen verräterischen Lichtschein auf dem Flur verraten.

In der Werkstatt standen Regale mit kleinen Kartons und ein großer Arbeitstisch. Auf ihm lagen elektronische Bauteile, Werkzeug und ein Laptop. Es fehlte die Staubschicht, die ihr in Küche und Geschäftsraum aufgefallen war. Sie ging näher an ein Regal heran und las die Aufkleber. Es dauerte eine Weile, bis sie einen mit der Aufschrift *Funkmodul* gefunden hatte. Sie nahm ihn heraus und öffnete ihn. Der Sender in Handygröße sah genauso aus wie der für Herzschrittmacher. Der Tod von Rohwedder könnte tatsächlich ein Mord gewesen sein. Mit der richtigen Software konnte dieser unscheinbare Sender zur tödlichen Waffe werden. Auf dem Arbeitstisch fand sie ein aufgeschnittenes orangefarbenes Elektrokabel. Genauso eins war in der Pfütze gefunden worden, in der Richter Meier gestorben war. Daneben lag ein Cessna-Handbuch mit einem gelben Haftzettel beim Kraftstoffversorgungssystem. In dieser Werkstatt hatte der Täter seine Mordanschläge vorbereitet.

Aufgeregt zog Sasha ihr Handy aus der Tasche, machte Beweisfotos und wollte gerade Jan anrufen, da sprang eine kleine Tiefkühltruhe an der Wand brummend an. Bisher hatte sie ihr keine Beachtung geschenkt. Jetzt fragte sie sich, warum die Tiefkühltruhe in der Werkstatt und nicht in der Küche stand. Sie ging an sie heran und klappte den Deckel auf. Ein Toter starrte ihr ins Gesicht. Sasha hatte noch nie eine Leiche gesehen. Einen Augenblick war sie erschreckt und ekelte sich, doch dann gewann ein professionelles Interesse die Oberhand. Das Gesicht des Mannes war vereist. Aber sie erkannte ihn von den Fotos in Facebook, die Michael ihr gezeigt hatte, als Nils Ohnsorg wieder. Er war wie ein Kartoffelsack in die Kühltruhe gestopft worden. Seine Beine waren zusammengefaltet, die Arme vor dem Körper verschränkt und der Kopf nach hinten gestreckt, damit er hineinpasste. Der Deckel der Truhe hatte eine Kerbe in seine Stirn getrieben. In seinen kurzen roten Haaren glitzerten Eiskristalle. Seine hellblauen Augen standen offen und starrten sie an. Er trug T-Shirt und Shorts. Schließlich fiel Sasha das daumendicke Seil auf, das tief in seinen Hals einschnitt. Es sah genauso aus wie jenes, mit dem die Anwältin erdrosselt worden war.

Sasha rief Jan an. Es klingelte endlos. Um 2.30 Uhr schlief er wahrscheinlich tief und fest. Oder schlimmer noch, er war an diesem Samstagmorgen noch auf der Piste. Oder im Bett einer anderen Frau. Seine Mailbox ging ran.

Plötzlich meinte sie, ein Geräusch im Inneren des Gebäudes zu hören. Sie hob den Kopf und lauschte angestrengt. Es klang, als sei eine Tür geöffnet worden. War ihr Einbruch doch bemerkt worden? Ihr Herz begann zu rasen.

78

Magnus Ragnar hatte die Stürmung seines Cyberbunkers live auf dem Bildschirm verfolgt. Die Bilder der Überwachungskameras wurden ständig auf seinen Laptop gestreamt. Gottseidank hatte er sich zu diesem Zeitpunkt nicht im Bunker aufgehalten.

Wie war die Polizei dem Bunker nur auf die Spur gekommen? Am Hafenrand gelegen, größtenteils unterirdisch und gut getarnt schien er ihm vor Entdeckung sicher. Die Werften rundherum waren stillgelegt worden. In der Nachkriegszeit hatte es Planungen gegeben, ihn zu sprengen und abzutragen. Nachdem sich dies als zu kostenaufwendig erwies, hatte man den Bunker einfach sich selbst überlassen. Niemand war es aufgefallen, als er seine Serverfarm darin errichtete. Sie sei *bulletproof*, also supersicher, hatte er für sie im Darknet geworben. An ein Sondereinsatzkommando, das die Stahltür aufsprengt, hatte er dabei nicht gedacht.

eDrugs war ein Mega-Erfolg gewesen. Fünftausend auf der Plattform angemeldete Verkäufer hatten eine Million Kunden mit Drogen aller Art beliefert. Den gehandelten Mengen nach konnte Magnus von sich behaupten, der erfolgreichste Drogenhändler in Deutschland zu sein. Die zehn Prozent Verkaufsprovision hatten ihn zu einem reichen Mann gemacht. Und das, obwohl die Server viel Geld gekostet und viel Strom gefressen hatten. Dabei hatte er sich die Finger nie schmutzig gemacht. eDrugs vermittelte die Drogengeschäfte nur. Magnus fand es ein ziemlich cleveres Geschäftsmodell, mit Drogen Millionen zu verdienen, ohne dass sie durch seine Hände gingen. Wenn die Polizei ihn, sein Auto, seine Wohnung und seine Firma durchsuchen würden, würden sie nicht einmal einen Krümel Drogen finden.

Der Cyberbunker und eDrugs waren nach nur vier Jahren schon wieder Geschichte. *Dieser Server wurde beschlagnahmt durch das Landeskriminalamt Hamburg* bekamen alle zu lesen, die die Seite im Darknet aufsuchten. Der Verlust war zwar ärgerlich, aber verschmerzbar. Einen Großteil seines Geldes hatte er auf Geheimkonten auf den Cayman Islands versteckt. Er könnte einfach irgendwo auf der Welt eine neue Serverfarm errichten und eDrugs unter einem neuen Namen wieder starten.

Magnus überlegte sich eine Verteidigungsstrategie. Die Server gehörten ihm, offizieller Betreiber von eDrugs war aber eine Briefkastenfirma in Panama. Er könnte behaupten, er betreibe nur ein Rechenzentrum mit legalen Kunden, von einem Drogenhandel wisse er nichts. Er sei nur ein Vermieter von Servern, unter seinen Kunden sei auch die Firma aus Panama gewesen. Der Vermieter sei auch nicht verantwortlich, wenn ein Mieter in seiner Wohnung einen Drogenhandel aufziehe. Die Achillesferse dieser Strategie waren allerdings seine sieben festgenommenen Mitarbeiter. Wenn nur einer von ihnen sang, war er geliefert. Bei dem Vorwurf des Drogenhandels im großen Stil könnte der eine oder andere anfällig für einen Deal sein. Die Staatsanwaltschaft könnte ihnen eine milde Strafe versprechen, wenn sie seinen Kopf auf dem Silbertablett servieren würden.

Magnus hielt es für möglich, dass die Polizei bald auch seine Firma und seine Wohnung stürmen und ihn verhaften würde. Er musste dringend untertauchen.

79

Hektisch wählte sie Jans Nummer noch einmal.

Während es klingelte, hörte sie erneut ein Geräusch. Es klang wie Schritte auf dem Flur. Suchte jemand nach ihr? Das Blut hämmerte in ihren Adern und kalter Schweiß bildete sich auf ihrer Stirn. Aus der fensterlosen Werkstatt gab es kein Entkommen.

Wieder ging die Mailbox dran. Sasha tippte sofort auf die Wahlwiederholung. Sie sah sich in der Werkstatt nach etwas um, das sie als Waffe benutzen konnte, fand aber nichts. Am geeignetsten wäre die Brechstange in ihrem Rucksack.

»Hallo?«, meldete sich Jan endlich verschlafen.

»Jan, ich habe das Funkmodul zur Ansteuerung des Herzschrittmachers gefunden. Du kommst niemals drauf, wer unser Täter ist.«

Schlurfende Schritte näherten sich.

»Sasha, wo bist du?«

»Ich bin …«

Die Stahltür war grau und unten rostig. Langsam wurde die schwarze Türklinke heruntergedrückt, die dabei quietschte. Sasha starrte auf die sich in Zeitlupe senkende Klinke. Mit einem deutlichen Klacken zog sich die Falle aus der Türzarge heraus. Die Tür winselte, als sie in ihren Scharnieren nach innen aufgedrückt wurde.

Ein Mann erschien. Im Gegenlicht eines Halogenstrahlers im Flur war er nur als Silhouette zu erkennen. Er hatte eine Pistole in der Hand. Er hob sie und zielte. Sasha hielt unwillkürlich den Atem an, sie hatte das Gefühl, dass ihr Herzschlag aussetzte.

Es gab kein Entkommen.

Das Handy glitt ihr aus der Hand und fiel scheppernd auf den Boden.

Sasha starrte den Mann mit zitternden Nasenflügeln an, unfähig sich zu bewegen.

Dann zog er den Abzug durch.

Er traf sie im Bauch. Der Einschlag ließ sie drei Schritte rückwärts taumeln.

Ihre Beine knickten ein und der Betonfußboden kam auf sie zu.

80

Jan rief sofort zurück, doch Sashas Handy war tot.

Rasende Kopfschmerzen durchzuckten seinen Kopf. Er hatte den Abend in ein paar Clubs auf der Reeperbahn verbracht. Es waren durchaus ein paar Kandidatinnen für die Eroberung der Woche dabei gewesen. Doch insgeheim sehnte er sich nach Sasha. Was war schiefgelaufen, dass sie nachts aus seinen Armen geflohen war? Seit gestern war sie ihm aus dem Weg gegangen. Er hatte seinen Frust in Alkohol ertränkt.

Mit dem Handy in der Hand ging Jan in die Küche. Er warf sich zwei Aspirin ein und machte sich einen doppelten Espresso. Zwischendurch versuchte er mehrmals vergeblich, Sasha zu erreichen.

Sie wisse, wer der Täter ist, hatte sie gesagt. Seine Frage, wo sie sei, hatte sie nicht mehr beantwortet. Er hatte eine sich öffnende Tür gehört, dann wurde die Verbindung getrennt.

Jan fragte sich, welcher Spur Sasha nachgegangen war, die sie zum Täter geführt hatte. Befand sie sich in Gefahr? War sie in den Fängen des Mörders? Oder war das nur ein Cosplay-Rollenspiel?

Jan sah auf die Uhr seines Handys. Michael und Renate um 2.40 Uhr aus dem Bett zu klingeln ergab keinen Sinn.

In seinem Kopf kämpften Kopfschmerzen und aufkommende Panik miteinander. Jan schloss die Augen und atmete ein paar Mal kräftig ein und aus. Es war wichtig, einen kühlen Kopf zu bewahren.

Er würde eine Funkortung von Sashas Handy durchführen lassen. Dann würde er weitersehen.

81

Sasha machte die Augen auf. Die Neonröhre an der Decke blendete sie. Sie wandte den Blick ab. Einen Moment betrachtete sie die Risse im Betonfußboden, bis ihre Augen sich an das grelle Licht gewöhnt hatten. Sie schüttelte ihren Kopf, um ihre Benommenheit loszuwerden. Als sie sich umsah, erkannte sie den Raum wieder. Es war die Werkstatt, in der es muffig roch. Sie fröstelte so sehr, dass ihre Zähne aufeinanderschlugen. Ihre Schläfe schmerzte, und sie spürte Blut ihre Wange runterlaufen. Sie war mit dem Kopf auf dem Beton aufgeschlagen. Das war das Letzte, woran sie sich erinnern konnte, bevor sie ihr Bewusstsein verloren hatte. Sie wollte sich an ihre Schläfe fassen, da merkte sie, dass ihre Hände hinter ihrem Rücken gefesselt waren. Sie rüttelte und es schepperte. Das scharfkantige Metall der Handschellen schnitt schmerzhaft in ihre Gelenke ein. Sie saß auf einem Stuhl und sah zu ihren Beinen runter. Diese waren mit silbernem Panzertape an die Stuhlbeine gefesselt. Sie spürte ein Brennen im Bauch. Sie sah aufgerissenen Stoff. Dort hatten sie die Projektile der Elektroschockpistole getroffen.

Sasha bemerkte, wie sich ihre Atmung und ihr Herzschlag

beschleunigten. Sie fragte sich, wie lange sie bewusstlos gewesen und wie spät es jetzt war. Sie konnte es nicht einschätzen. Die Werkstatt war fensterlos, und es gab auch keine Wanduhr. Sie lauschte angestrengt, konnte aber nichts hören.

»Ist da irgendwer?«, rief Sasha. Sie erhielt keine Antwort und biss auf ihre zitternden Lippen.

Sie spürte ein Prickeln am Bein. Eine Spinne kroch ihr übers Knie. Ihr Herz raste und Schweiß brach ihr aus. Sie zerrte an den Handschellen und dem Panzertape, bäumte sich auf und warf sich von einer Seite auf die andere. Doch beides gab nicht nach. Das achtbeinige Tierchen wanderte ihren Oberschenkel hoch. Die Spinne war so groß wie eine Zwei-Euro-Münze und von einem pelzigen Braun. Würde das Ekeltier in ihre Nase kriechen, Eier unter ihre Haut legen oder ihre Giftzähne in sie rammen? Sasha wurde schwindelig. Nach Hilfe rufen würde nichts bringen, denn draußen würde sie niemand hören können. Ihr Handy lag zersplittert am Boden. Der Mann hatte es wohl zertreten. Die Spinne hatte den Rand ihrer Jacke erreicht. Gleich würde sie zu ihrem Gesicht hochklettern. Doch plötzlich blieb die Spinne stehen. Mit ihren acht Augen musterte sie ihre Umgebung. Dann änderte sie ihre Richtung zur Seite. Sie kletterte das Stuhlbein herunter, rannte über den Betonboden und verschwand unter dem Regal. Sasha merkte erst jetzt, dass sie die ganze Zeit den Atem angehalten hatte.

Resigniert saß sie auf dem Stuhl und starrte verzweifelt auf die massive Stahltür. Von dort würde keine Hilfe kommen. Sie hatte Jan nicht mehr sagen können, dass sie in der stillgelegten Alarmanlagenfirma war.

An dem salzigen Geschmack auf ihren Lippen merkte sie, dass sie weinte.

82

Das Krisentreffen fand am Samstag um 5 Uhr im Krankenhaus statt. Jan und Renate fanden sich am Bett von Michael ein.

»Wusste einer von euch von Sashas Suche nach dem Funkmodul?«, fragte Michael.

Jan und Renate schwiegen betreten.

»Wie ich diese Alleingänge hasse.«

»Michael, es gibt da etwas, was du nicht weißt«, begann Renate. »Sasha spioniert uns in Beestens Auftrag aus. Sie sollte Material für eine Entlassung sammeln.«

»Bitte was?« Michael schüttelte fassungslos den Kopf.

»Die Geschichte mit der Serverlöschung war nur vorgetäuscht.«

»Das kann doch wohl nicht wahr sein«, sagte Jan laut.

»Doch, es ist wahr. Ich habe das selbst in der IT-Abteilung recherchiert, und Sasha hat es mir gegenüber auch eingeräumt.«

»Jetzt wird mir auch klar, warum Sasha in das Cold-Case-Team gesteckt wurde. Seit wann weißt du das?«, fragte Michael. »Schon ein paar Tage. Ich wollte ihr Zeit geben, sich zu überlegen, ob das der richtige Weg ist. Offenbar glaubt sie jetzt, mit ihrem Alleingang etwas gutmachen zu müssen.«

»Ich habe eine Handyortung vornehmen lassen. Der letzte Standort von Sashas Handy war St. Pauli Nord.« Jan hielt den Ausdruck einer Karte in der Hand. »Ihr Handy ist seit dem Anruf bei mir tot.«

Hoffentlich ist nicht auch Sasha tot, dachte Michael.

»Geht es ein bisschen genauer?« Renate sah Jan finster an.

»Nein, mit der Ortung lässt sich die Position des Handys nur auf die Funkzelle eingrenzen. Und dann habe ich von den Kollegen der Davidwache noch das bekommen.« Jan hielt einen Fotoausdruck hoch.

»Sasha wollte zum Fasching? Als Catwoman?« Renate war sichtlich irritiert.

»Das Kostüm half ihr wahrscheinlich, sich etwas Illegales zu trauen«, erwiderte Jan.

»Nicht schon wieder eine illegale Durchsuchung. Wollt ihr, dass ich einen Herzinfarkt bekomme?« Michael nahm sich vor, noch heute mit dem Arzt über seine Entlassung zu sprechen. Er musste dringend wieder draußen das Kommando über sein Team übernehmen. Vom Krankenhaus aus funktionierte das nicht. »Wo wurde das Foto geschossen?«

»Es stammt von einer Überwachungskamera, Reeperbahn Ecke Talstraße. Wir wissen also, dass Sasha nachts auf der Suche nach dem Funkmodul in St. Pauli Nord unterwegs war.«

Michael lagerte sein Bein in eine weniger schmerzhafte Position um und lehnte sich zurück. »Dort gab es zwischen 1890 und 1944 das Chinesenviertel. Chinesische Geschäftsleute hatten ein geheimes Unterweltlabyrinth gebaut, um Schmuggel und Opiumhandel zu betreiben.«

»Was sollen Chinesen mit unserem Fall zu tun haben?« Renate schaute ihn ungläubig an.

»Nichts, es geht mir nur um das Labyrinth.«

»Chef, deine Geschichtskenntnisse in allen Ehren, aber worin soll der Zusammenhang mit dem Verschwinden von Sasha bestehen?« Jan hatte dunkle Augenringe. Ihnen allen fehlte der Schlaf.

»Unser Hauptverdächtiger ist Magnus Ragnar. Seine Firma und seine weiteren Immobilien befinden sich genau über dem unterirdischen Labyrinth. Ich vermute, die Häuser von Ragnar sind durch Geheimgänge miteinander verbunden. Und Sasha wird irgendwo dort gefangen gehalten.«

»Das klingt plausibel«, stimmte Renate zu.

»Die Nordic Group könnte die Zentrale von Ragnars kriminellen Aktivitäten sein.«

»Genau, Jan. Besorg dir einen Durchsuchungsbeschluss.«

Jan und Renate standen auf.

»Ihr müsst Sasha finden«, sagte Michael. »Sonst bringt er sie um.«

83

»Ich darf nichts sagen.«

Vincent Harms stand vor Sasha und sah sie an wie ein Lehrer, der enttäuscht über die falsche Antwort seiner Schülerin war.

Sashas Blick folgte Harms, als er zur Werkbank ging. Auf ihr lag eine schwarze Elektroschockpistole mit gelben Streifen. Sie konnte sowohl Projektile verschießen als auch mit zwei Elektroden direkt am Körper eingesetzt werden. Harms nahm den Taser und drückte auf den Auslöser. Ein bläulicher Blitzbogen flammte knisternd auf.

Harms kam zurück. »Jetzt werde ich dich zum Reden bringen.«

»Wichser!« Sasha spuckte ihm ins Gesicht.

Harms lächelte, obwohl ihre Spucke von seinem Kinn tropfte.

Dann rammte er ihr den Taser in die Seite und drückte ab. Als dieser funkensprühend und laut knatternd seine Kraft entlud, schrie Sasha auf. Ihr Körper zuckte krampfartig, und der Geruch versengten Fleisches lag in der Luft. Ihr Puls raste und ihre Atmung rasselte.

Harms wartete eine Minute ab, bis sich Sasha etwas von dem Elektroschock erholt hatte.

»Also noch mal, wen verdächtigt das Cold-Case-Team?« Harms hielt den Taser drohend in der Luft. Er drückte auf den Schalter und zwischen den beiden Stiften an der Vorderkante des Gehäuses sprang ein Blitz hin und her.

»Bitte nicht …«, flehte Sacha. Verzweifelt zerrte sie an den Handschellen hinter ihrem Rücken. Sie gaben nicht nach, sondern schnitten sich nur tiefer in ihre Handgelenke.

Harms drückte ihr den Taser wieder in die Seite. Der nächste Stromschlag ließ ihren Körper konvulsivisch zucken. Höllische Schmerzen schossen durch sie hindurch. Sie hatte das Gefühl, mitsamt des Stuhls abzuheben. In ihrer Kehle sammelte sich ein Schrei, doch sie brachte nur noch ein leises Gurgeln hervor.

Als die Stromstöße endlich aufhörten, fühlte sie sich benommen und gelähmt.

»Wen verdächtigt das Cold-Case-Team?« Harms fragte mit ruhiger und leiser Stimme.

Sasha war kurz davor, ohnmächtig zu werden, und hing auf dem Stuhl. Ohne die Fesseln wäre sie heruntergerutscht. Sie brauchte ein paar Sekunden, um wieder zur Besinnung zu kommen.

»Wen verdächtigt das Cold-Case-Team?«, fragte Harms wieder mit seiner Flüsterstimme. Sasha musste sich konzentrieren, um ihn zu verstehen.

Der Arm mit dem Elektroschocker senkte sich wieder unerbittlich. Sie spürte, wie sich die beiden Stifte in ihre Hüfte bohrten.

»Magnus Ragnar.«

»Dann ist mein Plan aufgegangen. Verdächtigt das Team auch mich?«

Sasha hob den Kopf und sah zu Harms hoch.

»Nein.«

»Weiß jemand, dass du hier bist?«

Sasha wusste, warum Harms das fragte. Sie sagte nichts.

»Ich kann mir die Antwort auch denken. Morgens um 2.30 Uhr im Catwoman-Kostüm sagt alles.«

Harms würde sie nicht lebend gehen lassen.

84

Drei silber-blaue Streifenwagen kamen um 7 Uhr mit Blaulicht und Sirenen die Simon-von-Utrecht-Straße entlang gerast und bogen nach links in die Talstraße ab. Die Reifen quietschten, als sie vor dem Geschäftshaus anhielten. Dahinter kam ein Passat, aus dem Jan und Renate ausstiegen.

Jan ging mit dem Durchsuchungsbeschluss als Erster in das Haus der Nordic Group. Das Gebäude war mit dem Dutzend Polizisten schnell durchsucht. Sasha war nicht hier. Magnus Ragnar auch nicht.

Jan und Renate durchsuchten das Büro von Magnus Ragnar.

»Schau mal, was ich gefunden habe«, sagte Renate und hielt Jan ein Blatt Papier hin. Es war mit *Fehlbeträge vA* überschrieben. Fett rot unterstrichen war die Gesamtsumme von 240.000 Euro.

»Ich nehme an, von Allwörden hat Geldwäsche für Ragnar betrieben und dabei Geld unterschlagen.« Jan legte das Beweismittel in eine Klarsichthülle.

Jan und Renate setzten die Durchsuchung im Keller fort.

Dort fanden sie den aus der Kanzlei von Allwörden geraubten Computer und die Unterlagen.

»Magnus Ragnar hat den Mord begangen, weil sie ihm Geld unterschlagen hat.« Jan fand seine Schlussfolgerung ziemlich brillant, doch Renate lächelte ihn nur müde an.

»Mein junger Sherlock Holmes, unsere Aufgabe lautet, Sasha zu finden.«

Jan und Renate suchten den Keller gründlich ab. Es gab keine Geheimgänge zu einem unterirdischen Labyrinth.

Draußen vor der Tür sahen Jan und Renate den abfahrenden Streifenwagen nach.

»Michael hat mit seinem chinesischen Unterweltlabyrinth komplett danebengelegen«, sagte Jan.

Renate zündete sich eine Zigarette an. »Harms ist für einen Mord, den nicht er, sondern Ragnar begangen hat, ins Gefängnis gegangen.«

»Endlich können wir den Mord an von Allwörden aufklären. Die Durchsuchung war doch nicht ganz umsonst gewesen.«

»Harms hat durch das Fehlurteil seine gesamte Existenz verloren, die er sich als Ex-Knacki mühsam aufgebaut hat.«

»Er wird deshalb stinksauer gewesen sein.«

Renate zog an ihrer Zigarette und blies den Rauch in die kalte Winterluft aus.

»Daraus könnte sich sein Mordmotiv, nämlich Rache an allen dafür Verantwortlichen, ableiten lassen.«

Jan zündete sich ebenfalls eine Zigarette an und nahm einen tiefen Zug.

»Das würde erklären, warum Ohnsorg verschwand, Richter Meier und Rohwedder umgebracht wurden und das Flugzeug von Michael sabotiert wurde. Alle vier waren an der Verurteilung von Harms beteiligt.«

Renate zeigte mit der Zigarette zwischen den Fingern die Schmuckstraße runter. »Dort ist Harms stillgelegte Firma.«

»Wie kommst du jetzt auf seine Firma?« Jan sah sie fragend an.

»Wir wissen, Sasha war nachts in dieser Gegend unterwegs, vermutlich um ein Gebäude illegal zu durchsuchen. Was, wenn sie schon einen Verdacht gegen Harms hatte? Möglicherweise glaubte sie, in Harms Firma ein Funkmodul für Herzschrittmacher zu finden.« Renate trat ihre Zigarette aus.

»So könnte es gewesen sein.« Jan schnippte seine Zigarette in den Schnee.

»Dann finden wir Sasha dort.«

»Falls sie noch lebt.«

85

Oh Gott, er hat ein Messer.

Sashas Augen weiteten sich, als Harms mit dem Messer in der Hand auf sie zukam. Es war ein olivgrünes Kampfmesser mit robuster und an der Oberseite gezackter Klinge. Er näherte sich ihrer Brust.

Doch dann bückte er sich und schnitt das Panzertape um ihre Füße durch.

»Ich habe das Baustellenkabel, das Funkmodul und das Cessna-Handbuch gesehen«, sagte Sasha zu dem vor ihr knienden Harms.

Er stand wieder auf und spielte mit dem Messer in seiner Hand. »Ich bin auf St. Pauli aufgewachsen. Mein Vater war Zuhälter und hat sich nie um mich gekümmert. Meine Mutter war blutjung und Kellnerin in einer Bar.«

Sasha sah ihn mit gespieltem Interesse an. Solange er von sich erzählte, würde er sie nicht umbringen.

»Den Jugendrichter habe ich öfter gesehen als meinen Klassenlehrer. Für eine Einbruchsserie wurde ich zu vier Jahren verknackt. Als ich wieder rauskam, habe ich mir geschworen, nie wieder im Knast zu landen.«

Sasha ahnte sein Motiv bereits.

»Jetzt steig auf den Stuhl.« Harms fuchtelte mit dem Messer in ihre Richtung.

Sasha hatte Mühe, mit den Handschellen auf dem Rücken auf den Stuhl zu steigen.

»Ich habe mir diese Firma aufgebaut.« Harms zeigte mit geöffneten Armen um sich. »Angefangen habe ich als Ein-Mann-Alarmanlagenfirma im Keller meiner Wohnung. Ich habe Tag und Nacht gearbeitet. Mit der Zeit bekam ich immer mehr Aufträge. Ich konnte ein kleines Ladenlokal anmieten und meinen ersten Mitarbeiter einstellen. Dann kam der Umzug in diese ehemalige Klempnerfirma. Ich habe dafür einen Riesenkredit aufgenommen. Die Geschäfte liefen gut, und ich konnte nach und nach weitere Leute einstellen. Am Schluss war *Harms Sicherheitstechnik* mit sechs Mitarbeitern der Platzhirsch auf dem Kiez. Es hat mich zehn Jahre harte Arbeit gekostet, das alles aufzubauen.«

Sasha stand reglos auf dem Stuhl und hörte zu.

»Dann hat mir das Fehlurteil alles genommen. Ich habe drei Jahre im Gefängnis gesessen für einen Mord, den ich nicht begangen habe. Über tausend Tage lang habe ich mir jeden Morgen Rache geschworen. Als ich wieder rauskam, war meine Firma pleite und verrammelt.«

Das Gesicht von Harms war rot und an seiner Schläfe pulsierte eine Ader.

Sasha fiel nichts ein, um Harms zu beschwichtigen. Für jemanden, der schon mal eine Freiheitsstrafe abgesessen und sich danach mühsam wieder ins Leben zurückgekämpft hatte, war es der Super-GAU, aufgrund eines Fehlurteils wieder ins Gefängnis zu wandern.

Harms rammte das Messer in den Erste-Hilfe-Kasten an der Wand. Die Klinge spaltete ihn, sodass er scheppernd auf den Boden fiel.

Sasha erstarrte. Sie war dem wütendem Harms mit seinem Messer hilflos ausgeliefert.

Er holte eine Trittleiter aus der Ecke und ein Seil. Mit so einem daumendicken Seil war von Allwörden stranguliert worden. Er knüpfte daraus eine Schlinge und stieg auf die Leiter. Sie versuchte, den Kopf wegzudrehen.

»Halt still, oder möchtest du lieber, dass ich dir den

Hals durchschneide?«

War erhängt zu werden ein schmerzloserer Tod als die Kehle durchgeschnitten zu bekommen? Auf jeden Fall war er weniger blutig.

Sasha hielt still. Harms legte ihr die Schlinge um den Hals. Das Seil fühlte sich rau auf ihrer Haut an.

»Haben Sie Nils Ohnsorg auch auf dem Gewissen?«, fragte Sasha, um ihn am Reden zu halten.

Harms schlang das Ende des Seils um einen Stahlträger an der Decke und band es fest.

Das Seil um ihren Hals saß straff. Sasha bemühte sich, auf dem Stuhl gerade zu stehen. Wenn sie jetzt die Balance verlor, würde sie sterben.

Harms stieg von der Leiter und stellte sie weg.

»Ohnsorg habe ich mir als Erstes geschnappt. Für euch habe ich ihn mit gefälschten Posts auf Facebook am Leben erhalten.«

»Warum haben Sie ihn nicht wie Fahrenkrog in die Elbe geworfen?«

»Seine Leiche hätte den Verdacht auf mich gelenkt. Ohnsorg war an den Fehlurteilen beteiligt, bei denen ich eins der Opfer war. Da wäre die Polizei schnell auf mich gekommen. Ohnsorg war der Schlüssel zum Ganzen und durfte nicht wieder auftauchen.«

»Woher hatten Sie die Fotos für die Photoshop-Fälschungen?«

»Die Fotos von ihm hatte ich von seinem Laptop, die von seinen angeblichen Urlaubsorten aus dem Internet.«

Harms sah nach oben auf das straff zwischen dem Stahlträger und Sashas Hals gespannte Seil.

»Und jetzt haben wir genug geredet.«

Harms hob das rechte Bein und zielte.

»Nein!«, schrie Sasha. Sie konnte nichts dagegen tun.

Harms trat wuchtig zu.

Sasha sah seinen Stiefel auf die Vorderkante des Sitzes zufliegen.

Als das Stiefelprofil sich in das Holz rammte, wurde der Stuhl nach hinten weggeschleudert.

Unter ihren Füßen war nichts mehr.

Sie fiel.

Mit einem Ruck zog sich die Schlinge um ihren Hals zu.

86

»Wir gehen rein«, sagte Jan und steckte sein Handy ein. »Michael hat sein Okay gegeben. Für eine stillgelegte Firma brauchen wir keinen Durchsuchungsbeschluss. Außerdem ist jetzt wirklich Gefahr im Verzug.«

Jan und Renate standen an der Rückseite der Alarmanlagenfirma vor einem offenen Fenster. Fußspuren im Schnee endeten dort. Es waren kleine Schuhabdrücke, wie von einer zierlichen Frau. Am Boden davor lag eine Spanplatte.

»Hier könnte Sasha reingegangen sein.«

Jan leuchtete mit einer Taschenlampe in die Küche. Dann stieg er als Erster ein. Von drinnen reichte er Renate die Hand, die Mühe hatte, hineinzuklettern.

«Für so etwas bin ich zu alt.«

Jan zog seine Pistole und bedeutete Renate mit einem Finger auf dem Mund, still zu sein.

Beide schlichen auf den Flur. Vorne war ein Geschäftsraum. Durch Lücken in den Holzbrettern vor den Fenstern fiel Licht von den Straßenlaternen hinein. Jan ging darauf zu. Er zog seine Taschenlampe aus dem Gürtel und wollte sie gerade anschalten, da ließ ein Poltern seinen Kopf herumschnellen.

»Hast du das auch gehört?«

»Hört sich an, als ob Möbel umgestoßen werden.«

»Es kam von weiter hinten.«

Jan zeigte Renate die neue Richtung und bedeutete ihr, hinter ihm zu bleiben.

Hinten fiel Licht aus einer offenen Tür auf den Flur. Es war ein Röcheln zu hören. Die Pistole im Anschlag ging er darauf zu. Renate folgte ihm mit zwei Meter Abstand.

Da war jemand in dem Raum! Das auf den Flur fallende Licht bewegte sich.

»Hier ist die Polizei! Kommen Sie heraus!« Jan entsicherte seine Pistole und hielt sie mit dem Lauf nach oben.

Ein Schatten rannte aus dem Raum und quer über den Flur.

Jan versuchte, zu zielen. Doch bevor er die Person im Visier hatte, war sie schon rechts auf einer Treppe nach unten verschwunden.

Wieder hörte er die röchelnden Geräusche.

Jan rannte los. Vor der offenen Tür stoppte er, presste sich mit dem Rücken an die Wand und schaute um die Ecke.

»Sasha!«

Sie hing mit einem Seil um den Hals an der Decke. Ihre Beine zuckten schwach.

Jan ging breitbeinig in Schussposition, richtete die Pistole nach oben und zog den Abzug. Der Knall zerriss die Luft.

Das Projektil durchtrennte das Seil.

Mit einem dumpfen Geräusch schlug Sasha auf dem Boden auf. Jan lief zu ihr, kniete sich hin und löste das Seil von ihrem Hals.

Sasha hatte die Augen geschlossen, einen Speichelfaden von den Lippen zum Kinn verlaufend und eine Strangmarke am Hals.

Er bemerkte Renate hinter sich.

Er schüttelte sie. »Sasha!«
Sasha zeigte keine Lebenszeichen.

87

»Das Schwein kauf ich mir!«

Jan nahm die Verfolgung auf und lief zur Kellertreppe. Er haute mit der flachen Hand auf den Lichtschalter. Er rannte die Treppe hinunter, die Pistole im Anschlag.

Der Keller war verwinkelt und stand voller Gerümpel. Jan hörte sich entfernende Schritte und eilte ihnen nach.

Als er um eine Ecke rannte, sah er Harms keine vier Meter vor sich stehen. Er hatte eine Pistole in der Hand. Auf einmal ging das Licht aus.

Jan hörte, wie Harms den Abzug durchzog und warf sich auf den Boden. Zwei Projektile flirrten über ihn durch die Luft und schlugen funkensprühend in die Wand hinter ihm.

Jan zielte dorthin, wo er eben noch die Beine von Harms gesehen hatte, und drückte ab. Der Mündungsblitz zerriss die Dunkelheit.

Jan stand auf. Der Geruch von Kordit hing in der Luft. Er hörte sich entfernende Schritte und dann eine Tür. Hatte er danebengeschossen?

Er machte die Taschenlampe seines Handys an und ging

zu der Stelle, an der Harms gestanden hatte. Die nach dem Schuss nutzlos gewordene Elektroschockpistole lag auf dem Boden. Im staubigen Dreck am Boden waren Blutspritzer zu sehen. Er musste Harms doch getroffen haben.

Mit der Pistole in der einen und dem Handy in der anderen Hand ging Jan weiter. Er erreichte das Ende des Kellers und stieß auf eine Stahltür. Ihre unteren zwei Drittel waren rostbraun verfärbt, ihr oberes Drittel grau. Er machte sie auf und sah einen Tunnel. Dieser war mit uralten rissigen Balken und Brettern verschalt. An der Seite lehnte ein verstaubter Spaten. Auf einem Brett waren chinesische Schriftzeichen zu sehen. Er hatte das unterirdische Labyrinth gefunden. Michael hatte doch recht gehabt.

Harms sah er gerade noch um die Ecke laufen.

»Bleiben Sie stehen oder ich schieße!«

Jan sprintete los. Von oben rieselte Erde herab. Der Schacht war eng. Er trat im Laufen gegen einen großen Stein, geriet ins Stolpern und prallte mit der Schulter gegen einen Stützbalken. Dieser ächzte laut. Sand prasselte ihm auf Nacken und Schultern.

Als Jan um die Ecke bog, teilte sich der Schacht in zwei Gänge auf. Er blieb stehen. Die Luft in dem Schacht war kalt und abgestanden. Er musste sich unter einer Straße befinden, denn er hörte das Rumpeln eines Lkws über sich. Harms war nicht mehr zu sehen. Jan schaute in beide Gänge. Sie waren verlassen. Er richtete das Licht seines Handys auf den Boden. Die roten Augen einer Ratte leuchteten kurz auf, bevor sie umdrehte und weglief. Er konnte keine Blutspuren auf dem Boden erkennen. Das Handy piepte und er sah auf das Display. Sein Akku hatte nur noch zehn Prozent. Er horchte angestrengt und hörte links Schritte, die sich entfernten. Jan nahm diesen Gang.

Schnell zu laufen war in den engen, verwinkelten Gängen

schwierig. Aber Harms würde ihm angeschossen nicht entkommen. Es war nur eine Frage der Zeit, bis er ihn einholen würde.

Jan hörte vor sich verrutschende Steine. Er war auf der richtigen Spur.

Wieder kam er an eine Gabelung und blieb stehen. Diesmal glänzten Blutstropfen am Boden im Licht seines Handys. Die Blutspur führte nach rechts.

»Kommen Sie heraus! Sie haben keine Chance, zu entkommen.«

Keine Antwort.

Jan begann wieder zu laufen.

Die Schritte von Harms wurden lauter, und bald hörte Jan auch dessen Keuchen.

Die Schritte hörten unvermittelt auf, dafür war ein hackendes Geräusch zu hören, als wenn Metall auf Holz träfe. Was ging da vor?

Jan verlangsamte seinen Lauf. Das Hacken wurde lauter. War Harms dabei, eine Tür nach draußen einzuschlagen? Er durfte ihm nicht entkommen.

Er bog um eine weitere Ecke und blieb stehen. Im Licht seines Handys blitzte eine Spitzhacke am Boden auf. Daneben lagen Holzsplitter. Harms konnte er nicht entdecken.

In dem Augenblick erlosch seine Handytaschenlampe.

Ein knirschendes Geräusch ließ Jan nach oben blicken, doch er konnte in der Dunkelheit nichts erkennen. Der fallende Stützbalken traf ihn hart an der Schulter und ihm folgten Bretter. Jan duckte sich und verbarg seinen Kopf schützend zwischen seinen Armen. Donnernd stürzte das Erdreich auf ihn runter. Jan schrie und versuchte zu entkommen. Doch er konnte nichts sehen, die Lawine war überall. Die schwere Masse drückte ihn zu Boden und begrub Jan unter sich. Er lag auf dem Rücken. Die erdrückende Last auf seiner Brust wurde immer schwerer. Jan hustete, weil er Krümel eingeatmet hatte.

Was für ein Ende für einen Kämpfer, dachte Jan noch. Von einem Erdrutsch zerquetscht.

Eine weitere Lawine löste sich.

Dann spürte Jan nichts mehr.

88

Der Kopf von Harms erschien in seiner Wohnungstür. Er sah sich ängstlich um. Viel zu erkennen gab es nicht, denn das gelbe Licht der Straßenlaterne reichte kaum bis zum Eingang seiner Kellerwohnung. Dann kam er heraus und machte die Tür hinter sich zu. Er trug einen Rucksack auf dem Rücken. Die drei Stufen nach oben schienen ihm Mühe zu machen. Aus einer Wunde am Oberschenkel floss Blut herunter.

Das war der Moment, auf den Michael gewartet hatte. Als Harms die Box mit den Ascheimern schlurfend passierte, schoss er dahinter hervor und schlug ihm mit einer Krücke die Beine weg. Auf das hohle Klong der Krücke folgte ein Schmerzensschrei von Harms, der bäuchlings in den Schnee fiel.

Harms versuchte, sich wieder aufzurappeln. Michael schlug ihm mit der erstaunlich stabilen Unterarmstütze aus Stahl gegen die Schläfe. Harms blieb benommen liegen. Michael kniete auf ihm und legte ihm Handschellen an. Mit zweimaligem Ratschen war die Flucht von Harms beendet.

Michael hatte Mühe, wieder aufzustehen. Sein Bein

schmerzte immer noch. Er hatte sich gegen ärztlichen Rat selbst aus dem Krankenhaus entlassen. Dann hatte er sich vor Harms Wohnung auf die Lauer gelegt. Irgendwann hatte die Ratte aus ihrem Bau kommen müssen.

Jan hatte Harms in dem dunklen Keller noch angeschossen, bevor er verschüttet worden war. War der Junge doch zu etwas gut gewesen.

Harms kam langsam wieder zu sich.

»Sie sind wegen Mordes in vier Fällen festgenommen. Sie haben Glück, dass Petrowa gerade noch rechtzeitig gerettet werden konnte, sonst wären es fünf.«

»Helfen Sie mir auf. Der Schnee ist kalt.«

»Tut mir leid, ich bin etwas indisponiert.« Michael lehnte an der Ascheimerbox und zeigte auf seine Krücken neben sich. Er nahm eine und rammte ihr Ende in die Wunde von Harms' Bein. Dieser schrie gequält auf. Blut spritzte in den Schnee. »Das ist für Betty.«

»Wer ist Betty?«

»Mein Flugzeug.«

»Ich will einen Anwalt.« Harms drehte den Kopf und schaute hoch.

»Wirklich? Es könnte schwierig werden, einen Anwalt zu finden, der einen Anwaltsmörder verteidigen will.«

»Und ich brauche einen Krankenwagen. Ich verblute.«

Der Schnee unter Harms' Bein färbte sich blutrot.

»Fahrenkrog haben Sie umgebracht, um den Mord Ragnar unterzuschieben.«

»Ragnar hat mir diese ganze Scheiße erst eingebrockt. Er sollte ebenfalls für einen Anwaltsmord in den Knast gehen, den er nicht begangen hat.«

Verbrecher haben oft ihre ganz eigene Vorstellung von Gerechtigkeit, dachte Michael.

»Tatsächlich hat Magnus Ragnar nur den Mord an Katharina von Allwörden begangen, alle anderen Morde gehen auf Ihr Konto.«

»Diese Leute haben mein Leben zerstört.«

Michael holte sein Handy heraus, um einen Krankenwagen zu rufen.

89

Montag um 7 Uhr war eine perfekte Zeit für eine Verhaftung. Die meisten Leute waren zu dieser Zeit noch zu Hause und rechneten nicht mit der Polizei.

Das weiße Gründerzeithaus lag in Pöseldorf. Es war eine vornehme Adresse mit Blick auf die von Parks umsäumte Alster.

Michael, Jan, Renate und zwei Streifenpolizisten versammelten sich vor einer Wohnungstür. *Sternberg* stand auf dem Klingelschild.

Jan hatte den Erdrutsch überlebt. So plötzlich, wie er begonnen hatte, hatte er auch wieder aufgehört. Es hatte gedauert, bis Jan sich aus der Erde freigegraben hatte. Die Verfolgung von Harms hatte er dann aufgegeben und war zur Alarmanlagenfirma zurückgegangen.

Michael hatte sich einen Haftbefehl gegen Magnus Ragnar besorgt. Zuerst hatten sie in seiner Eigentumswohnung im Marco-Polo-Tower nach ihm gesucht, doch der Vogel war ausgeflogen. Das Büro der Nordic Group und den Bunker hatte Michael observieren lassen. Dorthin war er nicht zurückgekehrt. Doch Michael wusste aus der Klatschpresse von der Beziehung mit Jessica Sternberg.

Michael war froh über den Fahrstuhl. Ohne wäre es ihm auf den Krücken schwergefallen, in den vierten Stock zu kommen. Er drückte dreimal kräftig auf die Klingel. Durch die Milchglasscheiben der Holztür war der Flur schemenhaft zu sehen.

Es tat sich nichts.

Jan hämmerte mit der Faust gegen die Tür und rief laut: »Polizei! Machen Sie auf!«

Nachdem sich weiter nichts rührte, fragte Jan: »Darf ich, Chef?«

Michael nickte.

Jan hob sein rechtes Bein an und trat zu. Er traf direkt unterhalb der Türklinke. Mit einem berstenden Geräusch flog die Tür nach innen auf.

Jan stürmte mit gezogener Waffe und den beiden Streifenpolizisten zuerst in die Wohnung.

Als Michael auf den Krücken ins Wohnzimmer kam, hatte Jan Ragnar schon an die Wand gedrückt und durchsuchte ihn. Jessica Sternberg saß auf dem Sofa. Ihr Blick zeigte pure Fassungslosigkeit. Auf dem Couchtisch lagen Reiseprospekte über die Karibik.

Michael wandte sich an Jan.

»Leg ihm Handschellen an.«

Jan ließ die Handschellen um Ragnars Gelenke einrasten, zog ihn von der Wand und drehte ihn um. Er stand jetzt vor Michael, der den roten Haftbefehl in der Hand hielt.

»Sie sind wegen Mordes an Katharina von Allwörden festgenommen.«

90

Das Cold-Case-Team feierte seinen Erfolg. Sie saßen an dem großen Tisch im Besprechungsraum zusammen. Michael hatte Essen vom chinesischen Restaurant liefern lassen. Jan hatte Sekt und Wodka im Getränkemarkt besorgt.

Den Tag über hatten sie damit verbracht, einen ausführlichen Abschlussbericht zu schreiben. Staatsanwalt Clages brauchte diesen, um Ragnar und Harms wegen der Morde anzuklagen. Als sie um 16 Uhr damit fertig waren, war Michael zum feierlichen Teil des Tages übergegangen.

Sasha trug einen Verband um den Hals. Es ging ihr aber wieder gut. Sie hatte lediglich Schürfwunden und Quetschungen am Hals.

Michael stand etwas mühsam auf und hob sein Glas Sekt zum Toast.

»Wir haben unseren ersten Fall zusammen gelöst. Darauf möchte ich mit euch anstoßen.«

Jan, Renate und Sasha standen auf. Gläser klirrten.

Die Aufklärung des Mordes an Katharina von Allwörden war nach vier Wochen intensiver Ermittlungen doch noch geglückt.

»Ihr seid ein tolles Team.«

»Komme ich ungelegen?«, ertönte die harte Stimme von Hauke Beesten an der Tür. Michael drehte sich um. Er sah, wie der Blick des Polizeipräsidenten über das Team, das Essen und die Getränke wanderte. »Konsumieren Sie etwa alkoholische Getränke?«

»Wir feiern gerade die Aufklärung des Mordes an von Allwörden«, beeilte sich Michael zu sagen.

»Ich habe von dem Erfolg gehört.« Beesten nickte leicht. »Aber Sie sollten jetzt nicht übermütig werden.«

Michael sah sein Team an. In ihren Gesichtern war die ausgelassene Freude der letzten Minuten schlagartig erloschen. Auch dass Sasha in Beestens Auftrag spioniert hatte, war noch nicht geklärt. Aber das würde er zu einer anderen Zeit an einem anderen Ort mit den Beteiligten besprechen.

»Sie werden noch lernen müssen, als Team zusammenzuarbeiten und die Alleingänge zu unterlassen.«

Jans Gesicht rötete sich, und er wollte gerade loslegen, da brachte Renate ihn mit einer dezenten Handbewegung zum Schweigen.

»Wir danken für den Hinweis und werden hart an uns arbeiten«, sagte Renate.

Beesten schaute auf seine Uhr. »Da es schon nach Dienstschluss ist, werde ich Ihre kleine Feier ausnahmsweise dulden.« Er drehte sich um und ging grußlos.

Niemand sagte etwas, bis das Zuschlagen der Stahltür signalisierte, dass der Präsident den Keller verlassen hatte.

»Was war das für ein Auftritt?« Sasha schraubte die Wodkaflasche auf und füllte vier kleine Gläser.

»Das war seine Art, uns zu gratulieren«, erwiderte Renate.

»Habe von dem Erfolg gehört, ist wohl kaum eine Gratulation.« Jan zog ein Glas zu sich hin.

»Für ihn schon. Außerdem hat er genickt.« Michael hob sein Glas zum Toast.

»Und jetzt Freunde, einer für alle, alle für einen!«

NACHWORT

Liebe Leserin, lieber Leser,

ich möchte mich herzlich bedanken, dass Sie meinen Thriller *Schuld - Ein Cold-Case-Team Thriller* gelesen haben. Hoffentlich haben Sie die spannende Lektüre genossen!

Wenn Ihnen dieser Thriller gefallen hat, freue ich mich über eine kurze Rezension auf Amazon.

An einem zweiten Fall des Cold-Case-Teams arbeite ich bereits. Möchten Sie immer auf dem neuesten Stand sein, so abonnieren Sie meinen Newsletter unter https://patrickburow.de. Sie erhalten nicht mehr als eine E-Mail im Monat. Alle Leser, die sich neu eintragen, erhalten den Kurzthriller *Der Maskenmann* als Dankeschön geschenkt.

Wenn Sie mir schreiben wollen, können Sie mich unter autor_burow@mailbox.org erreichen.

Vielen Dank und herzliche Grüße
Patrick Burow, Januar 2021

ÜBER DEN AUTOR

Dr. iur. Patrick Burow wurde in Hamburg geboren, studierte dort Jura und promovierte. Er wurde 1996 zunächst Staatsanwalt und 1998 Richter. Als Strafrichter weiß er aus eigener Erfahrung, wovon er in seinem Thriller erzählt. Er hat schon mehr als zwanzig Bücher geschrieben, unter anderem Juristenhumorbücher (unter dem Pseudonym Falk van Helsing), Sachbücher und Thriller. Wenn Dr. Burow keine Bücher schreibt, sitzt er gerne am Steuerknüppel einer Cessna und fliegt dem Sonnenuntergang entgegen.

Printed in Germany
by Amazon Distribution
GmbH, Leipzig

22282784R00186